DER SCHEIN TRÜGT

DER SCHEIN TRÜGT

Thriller

MARION KRAFZIK

Deutsche Erstveröffentlichung

Wittenbecksweg 51, 29646 Bispingen

info@krafzik-marion@t-online.de

www.facebock.com/autorinmarionkrafzik

E-Mail: info@marionkrafzik.de

Covergestaltung: VercoDesign, Unna

Clipdealer:A26297756-original / coleong, A44184398-original / vinoverde, A7515806-original / radarreklama

Coverabbildung: oleksandrmazur88.gmail.com / Depositphotos.com, Kuzmafoto / Depositphotos.com

Lektorat: Inca Vogt

Korrektorat: Lisas Korrekturservice

Buchsatz: Inca Vogt

Depositphoto: 704617914 (Kajak)

Kannst du dem Menschen vertrauen,
den du liebst?

In einer Welt aus Manipulation und
eiskalter Intrigen
gerät die Liebe zur gefährlichsten Falle.

Es ist Finjas fünfunddreißigster Geburtstag und der Gedanke, dass sie immer noch Single ist, nagt an ihr. Sie sehnt sich nach dem Mann fürs Leben. Nach Kindern, einem Hund, einem Häuschen. Nach der heilen Welt!

Dann begegnet sie Aron, dem Mann, der alles verkörpert, wovon sie träumt. Nichtsahnend, was hinter seiner charismatischen Fassade schlummert, zieht sie zu ihm nach Vaxholm. Und ihr persönlicher Albtraum beginnt.

Als Finja herausfindet, dass Arons Ex-Freundin Selbstmord beging, spitzen sich die Ereignisse dramatisch zu. Ihr wird bewusst, dass es nur einen Weg gibt, um ihr Leben zu retten.

Prolog

Wütend fegt der Sturm durch das Tal, rüttelt unerbittlich an dem Zeltdach und lässt die Halteriemen an den Stangen klappern. Aufgeregte Stimmen, Hundegebell, Anweisungen werden gegen den Wind gerufen, Funkgeräte knattern. Eine heftige Windböe ergreift das Zelt. All das höre ich zwar, aber ich nehme es nicht wirklich wahr. Es prallt an mir ab, alles in mir ist taub.

Ich friere erbärmlich, ziehe die Wolldecke fester um meinen Körper. Mit beiden Händen umklammere ich den Becher mit heißem Tee. In meinem Kopf wirbeln die Gedanken durcheinander. Ich kann sie nicht stoppen. Nicht mal sortieren.

Ich lebe. Das ist alles, was ich im Moment weiß. Doch was ist mit meinen Freunden? Eine erneute Windböe erfasst das Zelt. Ich schrecke zusammen, lausche. Doch da ist nur Wind und der Regen, der unaufhörlich auf das Zeltdach trommelt.

Ich bin schuld. An allem.

Erschöpft schließe ich die Augen und suche nach einem Grund für all das. Grübele, warum ich so gehandelt habe, und darüber, ob ich etwas davon hätte verhindern können.

Kapitel Eins

Finja

STOCKHOLM ZWEI JAHRE ZUVOR

Voller Vorfreude auf den heutigen Abend, drehe und wende ich mich vor dem bodentiefen Spiegel in meinem Schlafzimmer. Immer wieder streiche ich über den feinen Seidenstoff meines neuen smaragdgrünen Kleides.

Es steht mir, finde ich. Aber das Kleid betont etwas zu deutlich meine Kurven und der Ausschnitt ist für mein Empfinden recht gewagt. Meine erste Begeisterung schwindet. Seufzend frage ich mich, warum ich ausgerechnet dieses Kleid gewählt habe. Im ersten Moment schien es mir perfekt zu sein für den heutigen Abend. Und meine beste Freundin Elsie meinte ja, ich solle mich elegant kleiden.

Aber ist das elegant?

Wieder blicke ich prüfend an mir herunter, bin unsicher, ob mein Outfit nicht zu sexy, womöglich sogar ein wenig anrüchig ist. Am Spiegel vorbei blicke ich zu dem Kleiderhaufen auf dem Bett, den ich auf der Suche nach der idealen Garderobe hinterlassen habe. Sollte ich nicht besser das Cocktailkleid tragen, das meine Kurven nur locker umspielt?

Ich drehe mich erneut vor dem Spiegel, lächle mir zu, gefalle mir. Es bleibt dabei. Ich überprüfe mein Make-up, fahre mit den Händen durch mein hellblondes, schulterlanges Haar und wäge ab, ob ich es hochstecken soll. Versuchsweise streiche ich es nach hinten, halte es hoch und muss lachen. So sehe ich wie eine Professorin aus, fehlt nur die Hornbrille.

Aus dem Wohnzimmer wehen die ersten Takte der Musik von den *The weather girls.* »It's raining men, hallelujah It's raining men.«

Oh, wie ich diesen Song liebe! Ich singe aus Leibeskräften mit und bewege mich zu dem Rhythmus der Musik. Sofort fühle ich mich zurückversetzt in meine Teenagerzeit. Erinnere mich an die wilden Partys, den ersten Alkohol und meinen ersten Kuss.

Ist das wirklich schon so lange her? Es kommt mir vor wie gestern, dass ich meinen fünfzehnten, dann den sechzehnten Geburtstag gefeiert habe.

Heute ist mein fünfunddreißigster Geburtstag.

Und wie aus dem Nichts ist sie wieder da, die biologische Uhr, die mit jedem Jahr lauter tickt. Ich versuche sie zu ignorieren und die damit verbundenen Gedanken.

Mann fürs Leben!

Kinder, Haus und Hund!

Heile Welt.

Ein Allerweltsleben, wie es alle leben, versuche ich diese Sehnsüchte zu relativieren. Aber so recht gelingt es mir nicht. Verdammt, warum bekomme ich das nicht hin?

»It's raining men, hallelujah It's raining men, every specimen Tall, blonde, dark and Lean Rough and tough and strong and mean ...«, singe ich noch lauter und stocke bei der Zeile, die mich stört ...

... tough and strong and mean.

Zäh und stark und gemein.

Zäh und stark ist ja okay. Aber gemein?

Nein so einen Mann brauche ich nicht.

Aber was mache ich mir darüber Gedanken? Es ist kein Mann in Sicht, geschweige denn in meinem Leben. Also entspanne ich mich und warte darauf, dass es Männer regnet. Und dann werde ich auswählen. Den einen, den Richtigen.

Ich muss aufhören, mir zu viele Gedanken über eine Beziehung zu machen, auch wenn die Sehnsucht nach Zweisamkeit mich immer wieder überrollt.

Entschlossen schlüpfe ich in meine hochhackigen Schuhe und im richtigen Moment klingelt es an der Wohnungstür. Das muss Elsie sein, die mich abholt. Ich eile in den Flur, ziehe hastig die Schlafzimmertür hinter mir zu, damit sie das Klamottenchaos auf meinem Bett nicht entdeckt und eile zur Tür, reiße sie auf.

Hinter einem riesigen Strauß bunter Blumen blickt meine beste Freundin verschmitzt hervor.

»Herzlichen Glückwunsch zum Geburtstag!«

Ihre tiefblauen Augen strahlen, während sie sich vorbeugt, rechts und links meine Wangen küsst und mich dabei an ihren warmen weichen Körper drückt. »Ich wünsche dir von Herzen alles Liebe und Gute.«

Sie tritt einen Schritt zurück. »Lass dich anschauen ... wow du siehst toll aus. Dieses Kleid steht dir unheimlich gut und die Farbe betont deine grünen Augen.«

»Nicht zu sexy?«

»Finja, ich bitte dich! Du siehst mega aus. Hör auf dich zu verkriechen. Geh raus, stürz dich ins Leben. Zeig dich den Menschen, denn du hast nicht nur eine atemberaubende Ausstrahlung, du bist auch die freundlichste, charmanteste und liebenswerteste Person, die ich kenne. Und darauf kommt es an.«

»Du machst mich ganz verlegen. Meinst du das ehrlich?«

»Aber ja! Schau dich an! Du siehst wie ein Filmstar aus.

Ich könnte direkt neidisch werden.« Elsie blickt grinsend an sich herunter. »Schau mich dagegen an. Seit ich meine Tochter Tilda hab, ist meine Figur dahin. Hier zum Beispiel.« Sie kneift sich an der Taille »Siehst du die Speckrollen? Ich kann machen, was ich will. Diese Biester gehören seit drei Jahren fest zu mir.«

»Aber dafür hast du eine wunderbare Tochter und einen Ehemann, der dich liebt.«

»Das ist richtig, aber manchmal ...« Sie seufzt tief. »Ganz ehrlich, manchmal sehne ich mich nach unserer wilden Zeit zurück. Als wir wie die Irren Partys gefeiert und die Nächte durchgetanzt haben, um am nächsten Tag mit einem mächtigen Kater aufzuwachen. Aber selbst diese Hangover fehlen mir irgendwie. Erinnerst du dich?«

»Oh ja, daran habe ich heute auch gedacht. War eine tolle Zeit, aber ich vermisse das alles nicht wirklich. Zu viel Kopfschmerzen und verlorene Zeit. Aber offensichtlich gehörte es zum Leben dazu. Na ja, das liegt ja alles längst hinter uns.«

Wir sehen uns an und schweigen.

Plötzlich fühle ich mich fehl am Platz. Selbst unser Schweigen ist mir unangenehm. Ich versuche zu ergründen, was gerade mit mir los ist. Und dann weiß ich es und fühle mich noch schlechter. Ich will keine Party, kein großes Tamtam um meinen Geburtstag. Schlagartig ist mir alles zu viel. Die bedrückenden Gedanken von vorhin schleichen sich wieder in mein Bewusstsein.

Elsie räuspert sich. »Natürlich ist es vorbei, wir sind ja keine zwanzig mehr.« Sie streicht über meinen Arm. »Was ist los, du wirkst plötzlich so betrübt.«

»Ach, das bildest du dir nur ein.« Ich weiche Elsies kritischem Blick aus, indem ich meine Nase in den Blumenstrauß vergrabe. »Die duften herrlich und diese Farben sind meine. Rot und Orange. Danke dir. Am besten stelle ich den Strauß rasch in die Vase.«

Hastig wende ich mich um und eile in die Küche. Ich muss meine blöde Melancholie, die mich seit heute früh noch mehr im Griff hat, abschütteln. Ich bin gesund, habe einen tollen Job, der mich ausfüllt, und Freunde wie Elsie, die immer für mich da sind.

Mein Gott, reiß dich zusammen.

Viel zu heftig zerre ich die Schranktür über der Spüle auf und suche nach einer passenden Vase.

Elsie, die mir gefolgt ist, beobachtet mich, wie ich Wasser in die Vase einlasse und die Blumen darin drapiere.

»Sag schon, was ist los?«, hakt sie nach.

»Nichts weiter.« Flüchtig sehe ich über die Schulter und fange Elsies fragenden Blick auf.

Sie glaubt mir nicht. Kein Wunder, so idiotisch, wie ich mich benehme.

»Ist doch nur wieder ein Jahr obendrauf.« Ich betrachte die Blumen. »Sie sind wirklich wunderschön«, sage ich und fühle mich besser. »Ich freue mich auf einen lustigen und entspannten Abend, auch wenn ich nicht weiß, was du geplant hast.«

Elsie seufzt tief und sieht auf ihre Armbanduhr. »Dann sollten wir nicht länger warten.« Sie klemmt sich eine Strähne ihres kastanienbraunen langen Haares hinter das Ohr und eilt voraus. »Das Taxi wartet schon auf uns.«

»Wohin entführst du mich?«

»Das verrate ich dir nicht.« Sie grinst verschmitzt und hakt sich bei mir unter.

Kapitel Zwei

Finja

Gleich vor dem Wohnhaus empfängt uns warme seidige Frühlingsluft. Der Himmel hat die Farbe von Malve angenommen, die schon bald verschwinden wird, denke ich ein klein wenig wehmütig.

»Dreh dich um«, befiehlt Elsie.

Fragend sehe ich sie an.

»Vertrau mir! Und nun mach schon. Augen zu!«

Ich schließe die Augen, fühle, wie sich ein seidiges Tuch locker darauf legt, spüre, wie Elsie an meinem Kopf hantiert, bekomme Panik.

»Was ... was soll das?« Aus einem Impuls heraus greife ich hart nach Elsies Handgelenken. Halte sie eisern fest. »Du weißt, ich mag das nicht! Nimm das Tuch weg! Sofort!«

»Oh tut mir leid, daran habe ich wirklich nicht gedacht. Entschuldige bitte.«

Ich löse meinen Griff, kann endlich wieder sehen. Elsie hält das Tuch, mit dem sie mir die Augen verbinden wollte, noch in der Hand. Nur am Rand bemerke ich, dass es schwarz ist. Schwarz wie eine meiner grauenvollsten Erinnerungen. Mein Herz rast wie verrückt und ich japse nach Luft.

»Ehrlich Finja, ich hab nicht daran gedacht, dass du diese Ängste hast, seitdem du in dem Erdkeller eingeschlossen warst. Tut mir so leid. Ich hab's echt vergessen.« Bedrückt blickt sie mich an und dann auf ihre Pumps.

»Ist ja auch eine Ewigkeit her.«

Zustimmend nickt Elsie. »Um genau zu sein, neunundzwanzig Jahre.«

»Eine lange Zeit.«

»Dass du immer noch nicht darüber hinweg bist«, sagt Elsie und schaut mich besorgt an. »Gehts wieder?«

Ich nicke, ärgere mich, dass ich ihr den Spaß verdorben habe. »Entschuldige, aber ich werde es einfach nicht los, dieses Gefühl, für immer begraben zu sein. Diese Furcht, dass niemand mich finden wird. Diese Spinnenweben, der Geruch nach Moder und Fäulnis.« Es auch nur auszusprechen, fällt mir schwer und ein eisiger Schauer rinnt über meinen Körper.

»Das kann ich verstehen.« Liebevoll berührt Elsie meinen Arm. »Aber ich hab dich damals gefunden und gerettet.«

»Und das werde ich dir nie vergessen.«

Nervös kaue ich auf der Unterlippe, wäge ab, ob ich mutig genug bin, um diese Angst wenigstens kurz zu überwinden. Werde ich es aushalten, nicht zu wissen, was um mich herum geschieht?

»Also gut. Mach einfach«, sage ich. »Verbinde mir die Augen.«

Erleichtert sieht Elsie mich an und dann zum Taxifahrer, dessen Miene angespannt ist, während seine Finger rhythmisch auf das Lenkrad trommeln.

»Ist auch gut so, unser Chauffeur wird langsam ungeduldig«, flüstert sie mir verschwörerisch ins Ohr. »Also, entspann dich«, haucht sie, legt das Tuch erneut über meine Augen und verknotet es hinter dem Kopf.

Wieder habe ich dieses Gefühl, zu ersticken und fürchte mich, lebendig begraben zu werden. Ich reiße mich zusammen. Konzentriere mich auf die Geräusche, die Autos, die an uns vorbei brausen, die warme Luft, die ich auf meiner Haut spüre und atme tief durch. Dennoch bleibt diese Beklemmung.

»Alles gut?«, fragt Elsie nach.

»Ja schon«, stoße ich aus, obwohl ich das Tuch am liebsten von meinen Augen reißen würde. »Wenn ich nicht weiß, was um mich herum geschieht, werde ich nervös.«

»Ach Schätzchen, ich bin doch bei dir.«

»Ich weiß.«

Ich kann Elsies Zwiespalt spüren, ob sie es doch lassen soll mit ihrer Überraschung. Und das möchte ich nicht. Sie ist der einzige Mensch, dem ich blind vertraue.

»Nun mach schon und hilf mir ins Taxi, bevor ich es mir anders überlege«, scherze ich und höre das Zittern in meiner Stimme.

Elsies Hand legt sich auf meinen Kopf. Sie erklärt, wie ich sicher in das Taxi komme. Blind, wie ich bin, versteife ich mich und habe Mühe, rechts und links auseinander zu halten ...

»Können Sie ihr das Ding nicht später, wenn sie sitzt, umbinden?«, grummelt der Fahrer indessen ungeduldig und ich muss losprusten.

»Nee, geht schon«, beteuert Elsie. Am Ende schaffen wir es. Ich sitze im Wagen und wir kichern beide ausgelassen vor uns hin.

Nachdem wir uns beruhigt haben, spüre ich, wie Elsie sich neben mir vorbeugt. »Die Adresse steht hier drauf«, sagt sie und dann fühle ich auch schon wieder ihre Hand in meiner. Sie drückt sie leicht.

»Ich bin so gespannt auf dein Gesicht«, flüstert sie an meinem Ohr.

»Und ich bin gespannt, wohin die Reise geht.« Und das bin ich tatsächlich. Elsies warme Hand gibt mir Kraft, die Dunkelheit und die Ungewissheit zu überstehen. Schließlich war sie es, die mich damals wirklich gerettet hat.

Damals, als wir im Wald gespielt haben, und ich plötzlich nicht mehr bei ihnen war.

Sie hat sich daran erinnert, dass es dort einen alten Erdkeller gab, in dem ich sein könnte. Allerdings hat es zwei Tage gedauert, bis sie darauf kam. Inzwischen hatte ich mich längst aufgegeben und jegliche Hoffnung verloren. Ich habe Elsie nie gefragt, warum ihr das nicht früher eingefallen ist.

»So, da wären wir.« Die dunkle Stimme des Taxifahrers lässt mich zusammenzucken. Ungeduldig richte ich mich auf.

»Super, vielen Dank«, höre ich Elsie sagen, während sie meine Hand loslässt. Ich kann nur vermuten, dass sie ihre Handtasche öffnet, und in ihrer Geldbörse nach dem Taxigeld kramt, während ich weiter auf dem Sitz darauf warte, endlich erlöst zu werden.

»Oh Gott, ich bin so gespannt, was du sagst«, flüstert Elsie wieder dicht an meinem Ohr.

»Darf ich die Augenbinde jetzt abnehmen?«

»Nein, noch nicht.«

Ich spüre ihre Aufregung, während sie mir beim Aussteigen hilft und noch etwas fühle und höre ich: Wind, der kühl in mein warmes Gesicht weht, der Geruch nach Wasser und das Gemurmel von Menschen. Meine Kehle ist trocken vor Anspannung.

»Okay«, raunt Elsie mir zu und löst endlich die Augenbinde.

Ich blinzle, brauche einen Moment, bis ich realisiere, wo

wir sind. Es verschlägt mir die Sprache. »Was …« Fassungslos blicke ich zu Elsie, die mich erwartungsvoll anstrahlt.

»Das glaube ich jetzt nicht!« Ich blicke auf das historische Gebäude des Kunstmuseums *Fotografiska.* An der Eingangsfront hängt ein riesiges Banner mit der Aufschrift *John B. Wright.* »Aber das ist doch ausverkauft!«

»Ja, ist es und ich hab zwei Karten.« Triumphierend hält Elsie die Karten in der Hand.

»Wie hast du das angestellt?«

»Nun, ich kenne da jemanden, der jemanden kennt.« Sie hakt sich bei mir unter. »Komm, lass uns reingehen.«

»John B. Wright. Ich kann es immer noch nicht fassen, er ist mein Lieblingskünstler. Und ich war maßlos enttäuscht, dass ich keine Karte mehr bekommen konnte.«

»Ich weiß.« Strahlend lacht sie mich an.

»Moment mal … Hast du was damit zu tun? Hast du jemanden bestochen?«

Elsie zuckt mit den Schultern und schuldet mir die Antwort. Aber das ist mir im Moment egal. Ich bin hier und das ist alles, was zählt.

»Ich danke dir Elsie, das ist das schönste Geburtstagsgeschenk, das ich jemals bekam.«

»Wow! Jetzt ich bin erleichtert.« Sie legt den Kopf in den Nacken und lacht. »Aber das ist noch nicht alles.«

»Wie meinst du das? Das ist mehr, als ich mir erträumt, oder zu erhoffen gewagt habe.« Völlig überwältigt umarme ich meine Freundin. Wir wiegen uns wie früher, als wir Kinder waren. Vertraut und sicher.

Langsam lösen wir uns voneinander und haben beide feuchte Augen vor Rührung.

Elsie wischt sich verschämt eine Träne von den Wangen.

»Warten wir es ab.« Sie greift nach meiner Hand und zieht mich in Richtung des imposanten Gebäudes.

Kapitel Drei

Aron

»Aron, ich möchte da nicht rein. Es interessiert mich nicht ... ich ... ich möchte, dass wir reden. Bitte!« Britt legt vorsichtig die Hand auf Arons Arm. »Aron. Es ist wichtig für mich – für uns.«

Aron beachtet sie nicht, fährt rasant in die Parkbucht, die für ihn reserviert ist. Er dreht den Zündschlüssel herum und das leise Schnurren des Mercedes SUV verstummt.

Erst jetzt wendet er sich lächelnd Britt zu. »Ich weiß nicht, was es da zu reden gibt. Ehrlich. Es ist doch alles in Ordnung.«

»Nein, das ist es nicht. Du hast dich verändert, bist irgendwie nicht mehr der Mann, den ich kennen und lieben gelernt habe.«

»Britt, nicht das schon wieder! Das bildest du dir nur ein. So wie du dir auch andere Dinge einbildest, die ich gesagt oder getan haben soll.« Immer noch lächelnd fügt er hinzu: »Und wir wissen doch beide, dass sich am Ende wieder herausstellt, dass ich recht hatte.« Auffordernd sieht er sie an. »Stimmt doch, oder?«

»Kann sein«, gibt sie kleinlaut von sich und betrachtet

ihre feingliedrigen Hände, die wie zu einem Gebet gefaltet in ihrem Schoß liegen. »Ich liebe dich Aron, aber ich habe das Gefühl, dich zu verlieren.«

Aron wendet seinen Blick aus dem Seitenfenster und bleibt ihr eine Antwort schuldig. Er erblickt zwei Frauen, die soeben aus dem Taxi steigen. Eine der Frauen, die mit den blonden Haaren, hat eine Augenbinde um und bewegt sich staksig und orientierungslos. Die kleinere Brünette löst die Augenbinde und sie reden aufgeregt miteinander, wiegen sich vor Freude. Er schmunzelt.

»Was gibt es da zu lächeln, es geht um uns«, meldet Britt sich. »Hast du mir überhaupt zugehört?«

Ihre Stimme hat einen schrillen Ton angenommen und doch hört er die Angst darin mitschwingen. Die Angst, ihn zu verlieren.

Mit einem Stoßseufzer greift er nach ihren Händen, die immer noch verkrampft in ihrem Schoß liegen. Liebevoll streicht er mit dem Daumen darüber, bis er spürt, dass sie sich entspannt. »Natürlich mein Schatz. Es geht um uns. Deshalb lass uns einfach mal alles vergessen und Abstand von unseren Problemen nehmen. Genießen wir unsere kleine Auszeit. Und später reden wir.«

»Also gibst du zu, dass wir Probleme haben.«

»Nein ich habe keine Probleme, aber offensichtlich du. Aber das werden wir schon meistern.« Er führt ihre Hand zu seinem Mund und küsst zärtlich ihre Fingerspitzen.

»Liebst du mich noch – so wie am Anfang, als wir uns kennenlernten?«, fragt Britt und sieht ihn mit flehenden Augen an.

»Aber natürlich. Ich liebe dich so wie am ersten Tag.«

»Und warum habe ich dann dieses Gefühl, mich zu verlieren – nicht mehr ich selbst zu sein?«

»Ich weiß es nicht«, sagt er sanft. »Vielleicht holt dich unser gemeinsamer Abend aus deiner depressiven Stimmung heraus.« Zärtlich streicht er eine Haarsträhne hinter ihr Ohr. »Deshalb sind wir hier und ich verspreche dir, wir werden auch reden. Doch jetzt genießen wir einfach diesen Abend. Okay?«

Kapitel Vier

Finja

Aufgeregtes Stimmengewirr empfängt uns, als wir die Halle betreten. Ich blende es aus, sauge stattdessen die Stimmung wie ein Schwamm in mir auf. Die Atmosphäre ist überwältigend. Es ist nicht das erste Mal, dass ich hier bin, doch dieses Mal wird der Künstler persönlich anwesend sein und ich bin so dankbar, dass ich hier sein darf.

»Ich organisiere uns erst einmal was Anständiges zu trinken«, höre ich Elsie neben mir.

Ohne sie anzusehen, stimme ich zu und lasse weiter meinen Blick über die Menschen streifen, die sich angeregt unterhalten. Am liebsten würde ich mich heimlich kneifen und mich so vergewissern, dass ich wirklich hier bin und John B. Wright sehen werde.

Allmählich nähere ich mich seinen Exponaten. Fühle die Anziehungskraft, die sie auf mich ausüben. Ein wunderbares und zugleich ein intimes Gefühl, weil ich schon so viele seiner Werke studiert habe. Ja nahezu davor meditiert habe.

John B. Wrights Motive sind düster. Und doch, wenn man genauer hinsieht, entdeckt man immer einen winzigen, versteckten Part in seinen Aufnahmen, der Hoffnung verspricht. Genau das mag ich an John. B. Wrights Arbeiten.

Sie spiegeln die Gesellschaft, und wie sie mit sich selbst und der Welt umgeht.

Ich nähere mich dem ersten Foto, vertiefe mich in das Motiv. Ein dunkler Hinterhof irgendwo in New York. Mülltonnen, die vom Unrat überquellen, eine struppige Katze auf der Suche nach Futter. Ich neige den Kopf, kneife die Augen zusammen und dann finde ich, wonach ich gesucht habe – ein Symbol der Hoffnung. Aus dem düsteren Mauerwerk entspringt die zarte gelbe Knospe einer Blume. Unwillkürlich strecke ich die Hand aus, bin versucht, das Foto zu berühren ... Meine Hand zuckt zurück, als ich Elsie neben mir bemerke.

»Du findest also dieses Fotos unwiderstehlich? Und was ist hiermit?« Elsie drückt mir ein Glas in die Hand. »Champagner zur Feier des Tages.«

»Perfekt! Da sage ich nicht nein.«

»Auf dich, meine beste Freundin. Ich wünsche dir alles erdenklich Liebe und Gute und mögen all deine Wünsche in Erfüllung gehen.«

»Danke, darauf stoße ich gern mit dir an.«

Die Gläser klingen hell, während wir anstoßen.

Elsie kneift die Augen zusammen, nachdem sie einen Schluck getrunken hat und die Champagnerperlen in ihrer Nase kitzeln. »Was für ein prickelndes Getränk, ich hoffe, meine Mascara ist nicht verlaufen.«

»Du siehst wie immer fantastisch aus.«

»Schmeichlerin«, neckt sie und sieht auf ihre Armbanduhr.

»Was ist?«, frage ich und wende mich zur Eingangstür. Mein Blick geht suchend über die Menschen nach Elsies Mann. »Kommt Olek noch?«

»Oh nein, dies ist nur für uns. Wir treffen ihn, Nele und Lucas später im Restaurant ...«

In der Menge entdecke ich einen Mann, der mich offenherzig ansieht. Als er meinen Blick bemerkt, verharrt er etwas zu lange. Erst dann wendet er sich ab, legt galant seine Hand auf den Rücken seiner Begleitung, einer attraktiven Brünetten. Sein Blick hat mich für den Bruchteil einer Sekunde aus der Bahn geworfen und ein aufregendes Kribbeln hinterlassen. Seltsam, aber schön. Verwirrt nehme ich einen beherzten Schluck von dem Champagner.

Fragend kraust Elsie die Stirn. »Was ist los? Hast du mir zugehört?«

»Ja klar.«

»Bist du einverstanden mit der Wahl des Restaurants?«

»Natürlich.«

»Du schwindelst, du warst mit deinen Gedanken ganz woanders.«

»Nein, ich hab dir zugehört. Wir gehen ins *Pelikan.* Es ist eines meiner Lieblingsrestaurants und ich freue mich, dass Nele und Lucas auch kommen.« Diebisch grinse ich Elsie an.

»Nun, wenn du es sagst. Ich dachte wirklich, du flirtest mit diesem attraktiven Mann, der dich eben so auffällig angestarrt hat.«

»Ich ... ich weiß nicht, von wem du redest.«

»Ach Finja, mir kannst du doch nichts vormachen.« Elsie hebt spöttisch die Augenbrauen und lächelt breit.

Als plötzlich das Licht gedimmt wird, und dramatische Musik die Halle erfüllt, kommt Unruhe auf. Ich atme auf, fühle mich ertappt und bin erleichtert darüber, mich Elsies weiteren Fragen entziehen zu können.

Der Kurator der Ausstellung betritt den Saal, in seiner Hand ein Mikrofon. Er räuspert sich, tippt ein paar Mal mit seinen Fingern auf das Mikrofon. Er wartet lächelnd ab, bis er die Aufmerksamkeit des Publikums hat, begrüßt dann mit blumigen Worten die Gäste. Nach einer kurzen Kunstpause kündigt er mit einer ausladenden Handbewegung den Künstler an.

Meine Aufregung steigt, ich recke den Kopf, sehe immer

wieder Elsie an, die merkwürdig grinst. Aber darüber zerbreche ich mir im Moment nicht den Kopf.

Und da ist er: John. B. Wright.

Er sieht kleiner aus, als ich ihn mir vorgestellt habe, sein krauses Haar ist kurzgeschnitten und die braune Haut heller, als ich angenommen habe. Aber das liegt wahrscheinlich an dem auf ihn gerichteten Spotlight. Er begrüßt uns mit tiefer, einnehmender Stimme, sagt Worte, die mir gefallen. In gelassenem Plauderton geht er auf seine Werke ein und auf das, was er damit ausdrücken möchte. Ich bin begeistert.

»Ist er nicht fantastisch?«, frage ich Elsie, die neben mir steht. Sie zeigt keine Reaktion, sondern reckt den Kopf. Sie wirkt angespannt.

»Hast du mich verstanden?« Ich knuffe sie in die Seite. »Oder bist du ebenso gefangen von dem Künstler wie ich?«

»Was?« Irritiert sieht sie mich an. »Ja ja, er sieht sehr sympathisch aus«, erwidert sie und hebt flüchtig die Hand.

Verdutzt schüttle ich den Kopf. Muss wohl an dem Champagner liegen, dass sie so merkwürdig ist.

Überrascht höre ich meinen Namen. Viel zu laut über den Lautsprecher.

Jetzt ist es Elsie, die mich anschubst. »Hast du gehört? Dein Künstler ruft nach dir.«

»We've got a Birthday Lady tonight. Finja Hellström!« John. B. Wright sieht in meine Richtung und lächelt mir zu.

Benommen sehe ich zu ihm, dann zu Elsie.

»Nun los, mach schon.« Sie nimmt mir das Glas aus der Hand und gibt mir einen Schubs.

Meine Knie sind weich, als ich auf John zugehe. Ich stolpere über die einzige Stufe, die mich von ihm trennt, spüre die Röte, die heiß in mein Gesicht schießt.

John lächelt mich an und streckt mir seine Hand entgegen. Sie fühlt sich weich und warm an, dann zieht er mich zu sich heran und umarmt mich flüchtig, flüstert mir ein erneutes Happy Birthday ins Ohr.

»Jemand hat mir verraten, dass du ein Fan von mir bist. Stimmt das?«

»Ja«, krächze ich. Meine Kehle ist trocken und mir ist das Ganze peinlich, denn alle starren mich an.

»Das ehrt mich.« John greift hinter sich.

Es ist dunkel und der Scheinwerfer blendet mich, ich kann nicht erkennen, was der Kurator ihm reicht.

»Ich habe ein Geschenk für dich.« John hält mir ein gerahmtes, signiertes Foto aus seiner neuen Serie entgegen.

Ich bin überwältigt und kann meine Freude darüber kaum fassen. Nach ein paar Dankesbekundungen taumle ich wieder auf Elsie zu.

»Oh Gott, mir ist ganz anders. Woher wusste er davon und überhaupt ...«

Elsie legt den Kopf in den Nacken und lacht. »Nun ja, ich kenne da jemanden, der jemanden kennt.«

»Das hast du organisiert?«

Zustimmend nickt sie.

Überschwänglich umarme ich sie. »Ich danke dir, das ist so ... so ... so toll. Ich bin sprachlos.«

Wir trinken ein weiteres Glas Champagner und sehen uns die Ausstellung an. Mein Exponat habe ich fest an meine Brust gedrückt. Das werde ich niemals wieder hergeben. Ich fühle mich geehrt, kann es immer noch nicht fassen, dass John mich umarmt hat und ich ein signiertes Exponat von ihm habe.

»Hier, halte mal bitte.« Ich drücke Elsie das Foto in die Hand. »Aber gut darauf aufpassen, hörst du? Ich muss nur mal schnell für kleine Mädchen.«

Rasch navigiere ich mich durch die Menschen, die mich

ansehen, als wäre ich ein Star. Und ein wenig fühle ich mich auch so. Ich bemerke, wie mein Gang aufrechter und lockerer wird.

»Herzlichen Glückwunsch zum Geburtstag.«

»Danke«, erwidere ich und sehe in das Gesicht des Mannes von vorhin.

Von nahem sieht er noch attraktiver aus. Kurze hellbraune Haare, blaugraue Augen.

Er erwidert meinen Blick, lächelt mich an, nickt mir zu und wendet sich zum Gehen. Dieses Mal bin ich es, die nicht wegsehen kann, die ihm hinterher schaut. Mir ist schwummerig. Was für ein Geburtstag. Nie hätte ich gedacht, dass er sich so entwickelt.

Kapitel Fünf

Finja

Die Geräuschkulisse in dem Restaurant ist enorm. Die Kellner flitzen mit prall gefüllten Tellern und Getränken durch das Restaurant. Die Luft ist warm, angefüllt mit den unterschiedlichsten Aromen.

Ich entdecke meine Freunde in der hinteren Ecke am Fenster, vertieft in ein Gespräch. Sie lachen miteinander, scheinen sich zu amüsieren. Nele sieht auf und winkt uns zu.

»Hej Geburtstagskind!«, ruft sie, springt von ihrem Platz auf und eilt mit ausgebreiteten Armen auf mich zu.

Ihre Umarmung ist gewohnt stürmisch. »Grattis på födelsedagen!«

»Danke dir.«

Sie hält mich bei den Händen, ihre großen dunkelblauen Augen sehen an mir herunter. »Du siehst toll aus.«

Verlegen lächle ich. »Du aber auch. Ich mag deine neue Frisur. Das Kurze steht dir und betont deine Augen und Wangenknochen viel besser als die langen Haare. Und auch der rötliche Ton in dem Braun kommt besser zur Geltung.«

Sie lacht und blickt über die Schulter. »Sag das mal meinem Mann Lucas. Er findet es zu burschikos.«

»Ach Quatsch.«

»Nun lass sie doch mal los«, meint Lucas, der inzwischen hinzugekommen ist, und umarmt mich ebenfalls.

Der Nächste, der mich umarmt und mir gratuliert, ist Olek.

Meine beiden Männer.

Beide sind vom Typ her genau so, wie ich es mag. Dunkelhaarig, groß und durchtrainiert. Aber leider schon vergeben.

»Wie war die Ausstellung und natürlich die Überraschung«, möchte Olek wissen, noch bevor wir an unserem Tisch angekommen sind.

»Ihr hättet mal Finjas Gesicht sehen sollen, als ihr Lieblings-Künstler sie auf das Podium bat. Köstlich!«

»Ja, mach dich nur lustig über mich.« Ich zwinkere Elsie zu und umarme sie. »Das war das beste Geschenk, das ich je erhalten habe. Danke dir. Danke euch.«

»Liebend gern.«

»Und du hast mit Sicherheit vergessen, Fotos zu machen«, wirft Olek ein.

Elsie verzieht resigniert ihren Mund. »Ja, leider.«

»Wusste ich es doch.« Er grinst und wendet sich mir zu.

»Zeig mal das Bild her, das meine Frau dir ausgesucht hat.«

»Schön vorsichtig, okay. Wenn es auch nur einen Kratzer bekommt, bringe ich dich um.«

»Ich passe schon auf«, sagt Nele, die neben Olek sitzt.

Ich reiche das Bild erst Nele, da ich ahne, dass Olek sich nur lustig machen wird über das Motiv *Frau im Sommerkleid im Winter in New York.*

»Wow! Das ist wirklich toll.« Fasziniert betrachtet Nele das Foto. »Schau mal Lucas, ist das nicht toll?« Sie reicht es ihm.

Mit ernsten Augen begutachtet er es. »Oh ja, das hat was.«

»Was ist, kann ich es jetzt auch mal sehen?«, beschwert sich Olek.

»Kumpel, jetzt bin ich erst einmal dran«, erwidert Lucas, während er jedes Detail in sich aufsaugt. »Oh, ich sehe im Hintergrund einen Mann. Sehr interessant.« Er grinst Olek an, der sich neugierig vorbeugt.

»Geduld mein Lieber«, spottet Lucas.

Ich liebe dieses Geplänkel zwischen Olek und Lucas. Die beiden sind ein Herz und eine Seele.

Wir lachen und spaßen herum. Das sind die Menschen, auf die ich mich verlassen kann und die ich liebe. Mir wird warm ums Herz.

»Okay Olek, hier hast du das Meisterwerk. Aber Vorsicht, es ist handsigniert und wird in zwanzig Jahren Millionen wert sein.« Lucas reicht es vorsichtig über den Tisch und bevor Olek es in die Hand nehmen kann, deutet Lucas an, dass er es fallen lässt. Alle, selbst ich, halten den Atem an. Und dann lachen wir über Oleks erschrockenen Gesichtsausdruck.

Wir bestellen noch mehr Wein und besprechen unsere nächste Kajaktour. Eifrig planen wir eine Route in den Scheren.

Elsie beugt sich zu mir und flüstert mir ins Ohr: »Nicht hinsehen, aber da ist dieser Typ von vorhin. Es sitzt am Nachbartisch. Er starrt dich schon die ganze Zeit an.«

»Okay.« Der Impuls, mich sofort umzudrehen ist enorm, doch ich spüre Elsies Hand an meinem Arm, die mich eisern festhält. »Nicht hinsehen«, flüstert sie. »Der Kerl sieht verdammt gut aus … wenn ich nicht schon meinen Olek hätte …«

»Elsie sei still.« Ich muss mich zusammenreißen, um nicht doch hinzusehen.

»Okay, mach schnell, er sieht gerade nicht hierher«, erlöst mich Elsie nach einer gefühlten Ewigkeit, in der ich mich frage, wen sie mit dem Kerl von vorhin meint.

Und dann stockt mir der Atem, als ich erkenne, wer sich da angeregt mit seiner Begleitung unterhält. Wobei es auf mich wirkt, als ob es keine freundliche Unterhaltung wäre, eher eine hitzige Diskussion.

Als er sich aufrichtet und flüchtig in meine Richtung sieht, halte ich den Blick jetzt schon zum dritten Mal. Nur, dass es dieses Mal anders ist. Er wirkt nachdenklich und aufgewühlt.

Ich lächle ihn an, weiß nicht mal, warum ich das tue. Er erwidert mein Lächeln und erst, als ich den traurigen Blick seiner Begleitung bemerke, der auch auf mich gerichtet ist, wende ich mich rasch ab.

Müde aber glücklich kuschele ich mich unter die Bettdecke und lasse den Abend Revue passieren. Was für ein Geburtstagsgeschenk haben mir Elsie und meine Freunde bereitet. Immer noch überwältigt, wende ich den Kopf zur Seite und betrachte das Foto meines Lieblingskünstlers, das an der Wand gelehnt steht. Es ist Wirklichkeit und kein Traum.

Seufzend starre ich an die Decke und muss an diese merkwürdige Begegnung mit diesem Fremden denken. Wieder spüre ich dieses Kribbeln im Bauch. Rasch knipse ich die Nachttischlampe aus und verscheuche auch die negativen Gedanken. Die Frau an seiner Seite, die so traurig ausgesehen hat.

Kapitel Sechs

Finja

Meine Nachtschicht im Krankenhaus ist zu Ende und ich bin todmüde, unterdrücke ein Gähnen, während ich meiner Kollegin Astrid die Unterlagen der letzten Schicht übergebe. »War nicht viel los. Die Patienten sind alle versorgt und keiner hatte Probleme.«

»Na, das klingt nach einem ruhigen Tag«, sagt Astrid und streicht unentwegt über ihren Schwesternkittel. »Ich glaube, ich hab schon wieder zugenommen.«

Aufmerksam betrachte ich meine Kollegin und kann keinen Unterschied feststellen. Astrid ist füllig, ob sie ein Kilo mehr auf den Rippen hat, kann ich nicht beurteilen.

»Nun sag schon! Hab ich zugenommen?«

»Vielleicht ... ist schwer zu sagen.«

»Ja ich weiß, ich liebe das Essen.« Sie nimmt die Unterlagen der Patienten und lässt sich schwer auf den Bürostuhl fallen.

»Du hast es gut. Es war deine letzte Schicht vor dem Urlaub, oder?«

»Ja, und ich freu mich schon tierisch.«

»Was hast du vor, an den Strand und faulenzen?«

»Eher nicht. Ich werde mit meinen Freunden eine Kajaktour an den Schären unternehmen.«

»Ach ja, du bist ja so ein Outdoorfreak. Das wär nichts für mich und schon gar nicht, wenn es so warm ist.«

»Das würde dir aber guttun. Mit ein bisschen Sport wäre auch dein Figurproblem rasch erledigt. Du müsstest nicht mal hungern.«

Abwehrend hebt Astrid die Hände. »Nein danke, aber dir viel Spaß und eine schöne Zeit.«

»Danke dir, also bis in zwei Wochen und halte die Ohren steif«, erwidere ich und streife mir die Umhängetasche über die Schulter. An der Tür bleibe ich stehen und sehe mich noch einmal um.

»Was ist, hast du was vergessen oder kannst du dich mal wieder nicht von der Arbeit trennen?«, scherzt Astrid. »Los, mach, dass du hier rauskommst. Aber schnell.«

»Mach ich und dir wünsche ich eine ruhige Zeit.«

Astrid reckt den Daumen und widmet sich dem Tagesplan für die Patienten.

Als ich aus dem Fahrstuhl im Erdgeschoss aussteige, sehe ich das Blaulicht eines Krankenwagens.

Scheiße.

Sollte ich zurück, um Astrid zu helfen? Ich weiß, dass die Morgenschicht immer schwierig ist. Wir haben einfach zu wenig Personal. Ich hadere mit mir.

Ich weiß nicht, was passiert ist, und auf welcher Station der Patient landen wird, aber trotzdem fühle ich mich verantwortlich. Insgeheim verfluche ich mein Helfersyndrom. Rede mir ein, dass ich nicht jedem helfen kann. Und doch warte ich ab und kaue nervös auf der Unterlippe, während der Rettungsdienst eine Trage in Richtung Fahrstuhl schiebt.

Ich trete zur Seite, werfe einen Blick auf die Trage. Eine Frau. Kein Blut. Kein Unfall. Erleichtert atme ich auf und entscheide, dass ich nicht zurückmuss.

Ich werfe einen zweiten Blick auf die Frau, und obwohl sie eine Beatmungsmaske trägt, erkenne ich sie wieder.

»Was ist passiert?«, frage ich die Sanitäter.

Aber die sind schon am Fahrstuhl, dessen Tür sich gerade hinter ihnen schließt.

Ich komme mir so dumm vor. Natürlich haben sie keine Zeit mit mir zu reden, schließlich bin ich keine Ärztin und diese Frau muss versorgt werden.

Mit gesenktem Kopf eile ich auf den Parkplatz zu. Es sind nur zwei Minuten Fußweg, und doch kommt es mir vor, als wäre es weit entfernt. Selbst die wärmenden Sonnenstrahlen und das Zwitschern der Vögel, das ich so liebe, dringen nicht zu mir durch.

Was mag der Frau passiert sein?

Der Frau, die ich mit diesem attraktiven Fremden in der Galerie und später im Restaurant gesehen habe.

Ich schüttele mich, versuche die Erinnerung daran hinter mir zu lassen. Was geht es mich an, was mit seiner Begleiterin passiert ist? Selbst das Kribbeln in meinem Bauch ist verschwunden, wenn ich an den Mann denke. Es ist zu lange her. Und jetzt ist es mir peinlich, dass ich mit ihm geflirtet habe.

Ich bleibe stehen, wende mich noch einmal um. Die wirren Gedanken rühren mit Sicherheit daher, dass ich einfach nur müde bin. Und mit dieser Erkenntnis fällt auch die Anspannung von mir ab.

Ich lasse meinen Blick über den Parkplatz gleiten und steuere auf das einzige Auto zu, das aus der Masse hervorsticht. Mein quietschgelber Polo.

Kapitel Sieben

Finja

Gleichmäßig tauchen die Paddel in das Wasser ein. Glitzernde Tropfen bilden sich, wenn die Paddel aus dem Wasser nach oben schwingen und fallen wieder in das dunkelblaue Nass, und so geht es in einem stetigen Rhythmus. Paddel ins Wasser, kräftig durchziehen und mit einer geschmeidigen Bewegung die Seite wechseln.

Mittlerweile bin ich gut im Kajakfahren. Lucas und Olek haben es mir beigebracht. Es hat gedauert, bis ich den Dreh raus hatte. Etliche Male bin ich gekentert, habe geflucht, Wasser geschluckt und weitergemacht. Inzwischen liebe ich es. Es ist der beste Ausgleich zu meinem Job und die aufregendste Art, die Natur aus einer anderen Perspektive zu sehen und zu erleben.

Heute ist der dritte Tag an den Schären und bis jetzt habe ich jede Minute genossen. Dank Lucas und seiner Kontakte zu den Landbesitzern ist es uns erlaubt, fernab von dem Touristenstrom zu paddeln und wild zu campen. Wir nähern uns Vaxholm von der Seite, wo die Schären kaum von Touristen frequentiert werden.

»Hej Finja mach mal langsam!«, ruft Lucas hinter mir. »Wir sind hier nicht bei einer Olympiade!«

Lachend lege ich den Kopf in den Nacken und wende mich um. »Tut mir leid, ich war ganz in Gedanken.« Ich lasse das Kajak treiben, bis die anderen neben mir sind.

»Du bist echt gut geworden. Alle Achtung«, meint Lucas, als er neben mein Boot gleitet.

»Ja, dank deiner und Oleks Ausdauer es mir beizubringen.«

»Gern geschehen. Und als Nächstes wirst du lernen, im Zweier zu fahren.«

Nele, die hinter ihm sitzt, rollt belustigt mit den Augen.

»Lass mich mal vor. Wir sind gleich da und ich möchte die Lage checken, ob wir hier sicher an Land gehen können.«

Nele beugt sich zu ihm vor. »Hast du das etwa nicht vorher geprüft?« Gespielte Panik schwingt in ihrer Stimme mit.

»Entspann dich, natürlich hab ich das. Aber nur von Land aus.«

Sie zieht hörbar die Luft durch die Nase. »Männer«, raunt sie mir zu. »Immer nach dem Motto, wird schon gutgehen. Uns Frauen würde so etwas nicht in den Sinn kommen. Was meinst du Finja?«

»Auf gar keinen Fall. Wir würden alles dreimal checken und genau planen, bevor wir losfahren«, stimme ich grinsend zu.

»Sagt mal Mädels, gehts noch? Die anderen Locations waren doch optimal. Nur hier drängte die Zeit und deshalb habe ich sie nur vom Landweg aus prüfen können.« Lucas wendet sich Nele zu. »Und vom Wasser sieht es dann eben ein wenig anders aus.« Er wirkt angesäuert.

»Das war doch nur Spaß, mein Schatz.« Nele beugt sich vor und legt ihm beschwichtigend die Hand auf die Schulter.

Ich bin irritiert, dass er so dünnhäutig reagiert. Normalerweise steckt Lucas so etwas weg oder erkennt, dass er auf den Arm genommen wird.

»Hauptsache der Eigentümer weiß, dass wir bei ihm zelten werden«, antworte ich.

»Was ist los? Gibt es ein Problem?«, fragt Olek, der zu uns aufschließt und jetzt an unsere Seite paddelt.

»Nein, alles im grünen Bereich. Ich fahre voraus, um die richtige Abzweigung zu finden, die ich von Land aus gesehen habe«, wiederholt Lucas.

»Alles klar, wir folgen dir.« Olek reckt seinen Daumen.

Bewusst lasse ich mich zurückfallen. Ich mag es nicht, wie die Stimmung gerade kippt. Mir ist schon klar, dass Lucas ein Pedant ist und immer alles sorgfältig organisiert. Inzwischen bedaure ich, dass ich mich auf Neles Necken eingelassen habe. Aber wer konnte ahnen, dass Lucas so empfindlich reagiert? Ich mag ihn, er ist immer sehr besonnen, ruhig und fair. Ich nehme mir vor, mich in einer ruhigen Minute bei ihm zu entschuldigen.

Nach etwa zehn Minuten und drei umschifften Felsen erstreckt sich vor uns ein goldgelber Kiesstrand. Die Sonne steht schon tief und lässt die Steine wie Edelsteine glitzern. Dahinter erheben sich langgezogene flache Felsen, in deren Spalten kleine struppige Büsche wachsen.

»Und, was sagt ihr?«, will Lucas wissen, als wir aus den Kajaks steigen und sie an Land ziehen.

»Wahnsinnsplatz, toll ausgewählt, Schatz«, lobt Nele ihn und umarmt ihn innig. »Du bist mein Held.«

»Das will ich doch meinen.« Breit grinsend legt er den Arm um ihre Taille. »Und was ist mit dir Finja, findet das Plätzchen deine Zustimmung?«

»Ich bin geflasht, das ist bislang der schönste Anlegeplatz.«

»Puh, dann habe ich euch Mädels ja doch noch überzeugen können.«

»Das hast du auf jeden Fall.«

Erleichtert darüber, dass die Stimmung wieder normal ist, sehe ich mich zu Elsie und Olek um, die sich ebenfalls staunend umsehen.

»Was denkst du Lucas? Wollen wir fischen?«, fragt Olek und kramt schon seine Angelrute aus dem Boot.

»Klar will ich.«

Wir sehen den Männern hinterher, wie sie in Oleks Kajak davon paddeln.

»Na toll! Wie üblich müssen die Frauen das Lager aufschlagen«, brummelt Elsie, die mit der Hand ihre Augen gegen die Sonne abschirmt. »Ist doch immer dasselbe.« Seufzend lässt sie die Hand sinken.

»Ach lass sie doch.« Ich hake mich bei Elsie und Nele unter. »Ich habe da etwas für uns.«

Die Flasche Prosecco ist leer und die Zelte sind aufgebaut, bevor unsere Helden vom Fischen zurück sind.

Aber sie waren erfolgreich und präsentieren uns stolz ihren Fang. Und somit gibt es frischen Fisch vom Grill und gebackene Folienkartoffeln.

Es ist ein perfekter Abschluss eines wundervollen Tages. Angelehnt an einen Felsen genieße ich die laue Sommernacht, das sanfte Plätschern des Wassers an der Uferkante, das Knistern des Lagerfeuers und das Lachen meiner Freunde.

Sie reden über ihre Jobs, machen Zukunftspläne und ich lausche ihnen eine Weile. Es ist nicht so, dass ich nichts zu sagen hätte, aber ich habe niemanden, mit dem ich meine Zukunft planen kann. Ich fühle mich ausgeschlossen, wie das nun mal vorkommt, wenn man mit zwei

Pärchen unterwegs ist, auch wenn es die besten Freunde sind.

Elsie und Nele spüren, dass ich mich in mein Schneckenhaus zurückziehe, und wechseln das Thema.

»Wohin geht es morgen«, fragt Elsie.

»Wie wäre es mit einer Wanderung, mal raus aus den Booten und quer übers Land«, schlägt Lucas vor und greift nach einem weiteren Bier. Prompt fängt er einen mahnenden Blick von Nele ein.

Das zu sehen, lässt mich schmunzeln.

Es hat doch etwas Gutes, wenn keiner hinter einem hinterher meckert und sich einmischt. Wenn ich eines nicht mag, ist es Bevormundung, schließlich bin ich erwachsen und weiß was ich will und was nicht.

Als ich sehe, wie Lucas einen Dackelblick auflegt und Nele ihm gönnerhaft erlaubt, sein Bier zu trinken, gehe ich noch tiefer in mich. Frage mich, ob so etwas dazu gehört, wenn man ein Paar ist. War es damals bei mir auch so? Ich kann mich kaum noch daran erinnern, wie es mit Matteo und mir war. Es ist schon zu lange her.

Ausgiebig recke ich mich. »Mir langt's für heute, ich leg mich schlafen. Wann wollen wir morgen los?«

»Keine Ahnung, so um acht? Also ich mein, Frühstück um acht«, meint Olek achselzuckend und blickt in die Runde.

Wir stimmen zu und ich verabschiede mich laut gähnend und krieche in mein kleines Zelt. Es dauert nicht lang und es ist ruhig. Nur das seichte Plätschern des Wassers ist zu hören und lullt mich ein.

Genervt strample ich mich aus meinem Schlafsack. Es ist zu eng, mir ist es zu warm. Seufzend starre ich an das Zeltdach. Dann ziehe ich den Reißverschluss am Zelt einen Spalt auf, linse dann nach draußen und sehe über mir den Vollmond in ganzer Pracht.

Kein Wunder, dass ich nicht schlafen kann. Das kann ich nie, wenn das Himmelsgestirn voll aufdreht.

Ich kann mich weiter hin und her wälzen oder aber einen kleinen Spaziergang am Wasser machen. Einschlafen werde ich ohnehin nicht mehr. Die Entscheidung fällt mir leicht. Ich werde mich ein wenig umsehen.

Während ich auf Zehenspitzen an den Zelten vorbeischleiche, höre ich leises Schnarchen und traumgemurmelte Laute. Unwillkürlich muss ich lächeln. Und so verrückt wie das ist, diese Geräusche vermitteln mir Geborgenheit.

Die Luft ist warm, kein Wind weht. Ich höre nur das sanfte Plätschern des Wassers, das auf die Uferkante trifft, irgendwo schreit ein Käuzchen. Ich bleibe stehen, horche, ob es noch einmal ruft. Doch nichts dergleichen. Schade.

Der Kies unter meinen nackten Füßen ist mittlerweile kalt. Ich hätte Schuhe anziehen sollen, aber was soll's. Ich lege den Kopf in den Nacken und inhaliere die würzige Luft, die meine Sinne ankurbelt. Ich fühle mich großartig, will irgendwas anstellen, meine Energie loswerden. Übermütig springe ich von Felsen zu Felsen. Ich kann mich gerade noch zurückhalten, dass ich nicht laut juchze.

Auf einen der flachen Felsen setze ich mich und betrachte das vom Mondlicht erhellte Wasser. Das Schimmern hat etwas Hypnotisches. Ich lege meinen Kopf auf meine angezogenen Knie und döse jetzt doch ein wenig vor mich hin.

Plötzlich rucke ich alarmiert hoch. Was war das für ein Geräusch? Knirschender Kies! Schritte! Ich springe auf. Mein Blick hetzt von dem Schatten, der auf mich zukommt, zu dem Lagerplatz, der etwa zweihundert Meter entfernt ist. Ich rechne mir aus, wie lange ich brauchen werde, um dort hinzugelangen, und ob mich meine Freunde hören, wenn ich nur laut genug um Hilfe schreie.

»Was machen Sie hier auf meinem Grundstück?!« Die dunkle Stimme ist herrisch, passt zu der harsch hervorgebrachten Frage.

»Ich ... ich bin mit meinen Freunden hier«, stammle ich. Lucas Jansson hat bei dem Eigentümer nachgefragt. Er hat erlaubt, dass wir hier zelten.«

Ich versuche, meine Panik niederzudrücken, blicke der Gestalt entgegen.

»So so.«

Er kommt näher.

Ich weiche einen Schritt zurück, bin bereit zu schreien und wegzulaufen.

»Ich kenne keinen Lucas Jansson«, erwidert er und bleibt breitbeinig vor mir stehen.

»Lucas arbeitet im Lantmäteriet«, erkläre ich. »Dort wo die Liegenschaften verwaltet und registriert werden ...«

»Ich weiß, was die machen! Halten Sie mich nicht für dumm«, unterbricht er mich.

»Das mache ich nicht. Ich wollte Ihnen nur erklären, dass er alles mit den jeweiligen Besitzern abgesprochen hat.« Nervös sehe ich mich um, als er einen Schritt näherkommt und mich mit zusammengekniffenen Augen mustert.

»Kennen wir uns?«

»Nein, ich glaube nicht.« Ich weiche weiter zurück, spüre das kalte Wasser an meinen Füßen.

»Doch, Sie kommen mir bekannt vor.« Er vergräbt seine Hände in den Hosentaschen und neigt nachdenklich den Kopf.

Seine Geste erleichtert mich und ich wage es, einen Schritt auf ihn zuzugehen, raus aus dem kalten Nass.

Forschend sehe ich ihn an und zucke im gleichen Moment zurück, als ich erkenne, wer da vor mir steht. Ungelenk streiche ich über mein ungekämmtes Haar. Ich muss schrecklich aussehen.

Aber was soll's, er hat mich trotzdem erkannt. »Nun,

kennen würde ich nicht sagen«, sprudelt es aus mir heraus. »Wir haben uns auf der Vernissage von John B. Wright gesehen.«

»Oh ja natürlich, ich erinnere mich. Sie hatten Geburtstag und der Künstler persönlich hat Ihnen ein Bild geschenkt.« Sein Ton ist eine Spur freundlicher.

»Genau.« Ich bin erstaunt, dass er sich daran erinnert und es freut mich.

Eine Pause entsteht, in der wir uns nur im Schein des Mondes ansehen. Ich komme mir vor wie in einem dieser kitschigen Liebesfilme, die ich mir nur zu Weihnachten ansehe, wenn ich melancholisch drauf bin. Doch der Zauber hält nicht an. Sofort erinnere ich mich wieder an seine harsche Frage von eben, mit der er mich zu Tode erschreckt hat.

»Ich geh dann mal wieder zu meinen Freunden«, sage ich, recke stolz mein Kinn und sehe ihn mit einem kalten Lächeln an. »Ich verspreche Ihnen, dass wir in aller Früh von hier verschwunden sind. Entschuldigen Sie die Unannehmlichkeiten.«

Er scheint zu zögern, setzt zum Sprechen an, räuspert sich, bevor er mir freundlich zunickt.

»Kein Problem. Ich muss mich wohl bei Ihnen entschuldigen, dass ich so hart reagiert habe. Es kann sein, dass ich nicht hingehört habe, als mir mein Verwalter mitgeteilt hat, dass Sie und ihre Freunde heute hier lagern. Aber wissen Sie ...« Er hebt entschuldigend die Hände. »Wissen Sie ... es ist nur so, dass Jugendliche hier oft wilde Partys feiern und dann ihren Dreck liegen lassen.«

»Das werden wir sicher nicht«, beteuere ich.

»Ja, sicher nicht«, sagt er und kickt einen Kieselstein ins Wasser. »Aber ich lebe allein und die nächsten Nachbarn sind weit entfernt und bis die Polizei hier ist, dauert es ... ach was rede ich da. Bleiben Sie ruhig da, solange Sie möchten.«

Und da ist es wieder.

Dieses Lächeln, das mir auf der Vernissage den Atem nahm … doch jetzt.

»Danke«, sage ich hastig. Mehr bekomme ich nicht raus, denn seine erste Reaktion war für mein Empfinden viel zu heftig. Das macht auch sein Lächeln nicht wett.

Ich wende mich zum Gehen und laufe regelrecht vor ihm davon. Erst nach einer Weile bleibe ich stehen und drehe mich noch mal um. Doch er ist längst verschwunden.

Nachdenklich hebe ich einen Stein auf, reibe über seine Oberfläche. Er ist glatt und perfekt. Ich kann nicht widerstehen, hole aus und lasse ihn in einem idealen Winkel über das Wasser hüpfen. Stumm zähle ich mit, wie oft er über das Wasser springt. Neun Mal.

Kapitel Acht

Aron

Nachdenklich wandert Aron den schmalen Pfad hinauf zu seinem Anwesen. Immer wieder sieht er sich um. Von hier oben kann er Finjas Silhouette noch erkennen. Er bleibt stehen, als er sieht, wie sie sich bückt, einen Stein begutachtet und ihn dann mit Schwung über das Wasser hüpfen lässt. So wie er es getan hatte, als er ein Kind war und mit seinen Freunden spielte. Es war ein Wettbewerb, eine Herausforderung. Wer es schaffte, den Stein am längsten über das Wasser hüpfen zu lassen, siegte. Er war ein Meister darin. Alle haben ihn bewundert, wenn er den perfekten Stein auswählte, um ihn dann mit Eleganz über das Wasser hüpfen zu lassen. Und er hat den Applaus genossen. Niemand war so gut wie er.

Er zählt mit ... neun Mal. Sie kann es.

Sie ist so gut, wie er es war. Respekt.

Als er wieder ins Haus geht, wendet er sich noch einmal um, blickt zum vollen Mond, genießt die feuchte Meeresluft. Schmeckt das Salz auf seiner Zunge, spürt, wie er zu neuem Leben erwacht. Sie sah so schön, so natürlich aus, im Schein des Mondes. Es kann kein Zufall sein, dass sie hier ist.

Kapitel Neun

Finja

Nebel wabert über das Wasser und in Kürze wird die Sonne ihn vertrieben haben. Ich wende meinen Blick von dem Wasser hin zu dem Platz, an dem wir unser Lager aufgeschlagen hatten.

Die Zelte sind bereits abgebaut, alles ist in den Kajaks verstaut und der Lagerplatz ist aufgeräumt. Wir sind bereit, so schnell wie möglich von hier zu verschwinden. Lucas war peinlich berührt, als ich ihm von meiner nächtlichen Begegnung mit dem Grundstückseigentümer berichtet habe.

Bewusst habe ich nicht erwähnt, dass wir uns schon mal begegnet sind. Es war mir unangenehm.

Trotz meiner Versicherung, dass der Mann nichts dagegen hätte, wenn wir blieben, war die Stimmung gekippt. Die Pläne für eine Wanderung sind abgeblasen und unser Aufbruch scheint beschlossene Sache zu sein.

Noch einmal schaue ich mich um, ob auch kein Fitzelchen Unrat liegengeblieben ist. Dabei bemerke ich Lucas, der immer noch damit hadert, dass wir angeblich illegal hier campen würden. Unermüdlich durchwühlt er seinen Rucksack.

Nele redete auf ihn ein, dass er es lassen soll. Genervt

schüttelt er den Kopf. Und dann holt er einen Umschlag aus dem Rucksack hervor. Seine Hände beben, als er ein Blatt Papier aus dem Umschlag zieht. Seine Augen fliegen über das Schriftstück, sein Gesicht erhellt sich. »Hier!«, triumphierend hält er das Papier hoch. »Da ist es! Und hier die Unterschrift des Verwalters. Ich wusste es doch!«

»Ist doch jetzt egal, wir haben gepackt und suchen uns woanders ein ruhiges Plätzchen, an dem wir in Ruhe frühstücken können«, meint Nele und umarmt Lucas. »Ist doch nicht deine Schuld. Der Typ hat einfach keinen Bock auf Leute wie uns, die es lieben, sich mal richtig auszupowern und die Natur genießen. Komm schon, lassen wir das hier hinter uns.«

Nele sieht zu mir herüber und irgendwie fühle ich mich schuldig an diesem Dilemma.

»Nele hat recht«, meldet sich Olek. »Wir hatten einen lustigen Abend und eine ruhige Nacht, was will man mehr. Und frühstücken können wir überall.«

»Aber der Besitzer hat nichts dagegen, dass wir länger bleiben«, versuche ich es noch mal.

»Mag sein, aber die Lust ist mir vergangen«, sagt Olek und sieht uns fragend an. »Also, fahren wir jetzt endlich?«

»Hej wartet!«

Ruckartig wende ich mich der Stimme zu und fasse es nicht.

Suchend sieht sich der Mann von heute Nacht um, der sich mir als Besitzer des Grundstücks vorgestellt hat. »Wer von euch ist Lucas?«

»Ich.« Lucas hebt seine Hand, um sie sofort wieder sinken zu lassen.

»Ich möchte mich entschuldigen. Es tut mir wirklich leid Lucas. Nachdem mich ihre Freundin, deren Namen ich leider nicht kenne, darauf hingewiesen hat, dass Sie eine Genehmigung hätten, habe ich mit meinem Verwalter telefoniert. Und was soll ich sagen?«, entschuldigend hebt er seine Hände. »Sie hatten natürlich recht.« Er nickt mir lächelnd zu. »Es ist mir äußerst unangenehm. Aber vielleicht kann ich das Missverständnis mit einem ausgiebigen Frühstück wiedergutmachen.« Erwartungsvoll sieht er in die Runde.

Elsie und ich tauschen Blicke aus, natürlich hat auch sie ihn erkannt. Rasch wende ich mich ab und starre auf meine nackten Füße.

»Das ist eine ausgezeichnete Idee«, sagt Lucas und ergreift erfreut Arons Hand.

Ich kann die Erleichterung meiner Freunde spüren. Mir geht es nicht anders. Ich fühle mich, als hätte jemand eine Last von meinen Schultern genommen.

»Ach übrigens, ich heiße Aron.« Mit ausgestreckter Hand geht er zu jedem Einzelnen und begrüßt uns, bis er vor mir stehenbleibt. »Danke für den Hinweis und entschuldige, dass ich mich gestern Nacht wie ein Idiot aufgeführt habe.« Er streckt mir seine Hand entgegen.

»Schon okay. Ich bin Finja.« Zögernd ergreife ich seine Hand. Sie fühlt sich warm und irgendwie vertraut an und das löst in mir ein merkwürdiges Gefühl aus. Bevor ich das ergründen kann, lässt er meine Hand los und wendet sich meinen Freunden zu. »Also, folgt mir.« Mit ausholenden Schritten eilt Aron voran.

Aufgereiht wie auf einer Perlenschnur folgen wir ihm auf dem Pfad den Hügel hinauf. Aron scheint sich bestens mit unseren Jungs zu verstehen, die mit ihm voraus marschieren. Immer wieder wehen Wortfetzen und Gelächter zu mir, sowohl von ihm als auch von Lucas und Olek.

Worüber sie reden, bekomme ich nur bruchstückhaft mit, da Elsie mich schon nach wenigen Schritten zurückhält.

»Warte mal, warum hast du nicht gesagt, dass er der Typ von der Vernissage ist?«, flüstert sie mir zu. »Das ist doch der Kerl, der dich so angeschmachtet hat?«

»Weil ich es nicht für wichtig hielt«, antworte ich und versichere mich mit einem Blick zu den anderen, dass Aron uns nicht hören kann.

»War da sonst noch was? Oder warum hast du das nicht verraten?«

»Warum sollte ich. Heute Nacht hat er sich wie ein Arsch aufgeführt.«

Nele, die inzwischen ebenfalls hinter den Männern zurückgeblieben und zu uns umgewandt hat, lacht los. »Wusste ich es doch, dass ich ihn schon mal gesehen habe.« Sie grinst mich an. »Der ist nicht von schlechten Eltern ... , selbst wenn er ein Arsch ist.«

»Wenn du das sagst«, erwidere ich.

Oben angekommen lasse ich meinen Blick über das fantastische Anwesen streifen, bevor ich wieder das Haus bewundere. Ein zweistöckiges, weiß gestrichenes Holzhaus mit einem Panoramafenster zum Meer hin. Die Fenster im zweiten Stock schmücken rote Blumenkästen, in denen gelbe und blaue Blumen leuchten, deren Namen ich nicht kenne. Ich sehe nur, dass sie perfekt zum Rest passen. Ich drehe mich um und bin erschlagen von dem Ausblick auf das Meer und die Schären. Wieder überkommt mich dieses Gefühl, das ich nicht einordnen kann, aber es ist wohlig und ein wenig Bauchkribbeln ist auch dabei.

»Wow! Na das ist ja mal eine Aussicht«, meint Nele und schirmt ihre Augen mit der Hand vor dem gleißenden Sonnenlicht ab. »Schnapp dir den Typen, und sei es nur für deine Freunde. Hier lässt es sich aushalten.«

»Ach Nele, ich bitte dich.«

»Nein, sie hat recht«, sagt Elsie und hakt sich bei mir und Nele unter. »Der Mann ist heiß! Kommt, gehen wir und schauen nach, ob sein Frühstück genauso vielversprechend ist.«

Ich erspare mir eine Antwort und lasse mich von meinen Freundinnen ins Innere des Hauses geleiten, wo wir nur dem fröhlichen Plaudern der Männer ins Esszimmer folgen müssen. Ein riesiger Holztisch, beladen mit Unmengen von Speisen, ist das Herzstück des Raums, der an eine offene Küche grenzt.

Olek und Lucas haben sich bereits die besten Plätze gesichert und scheinen es kaum abwarten zu können, endlich zuzugreifen. Typisch.

»Bitte, fühlt euch wie zu Hause«, sagt Aron mit einer einladenden Handbewegung. Dann rückt er mir einen Stuhl zurecht und als ich mich darauf niederlasse, berührt er flüchtig meine Schulter.

Ich weiß, es ist nur Wunschdenken, aber sekundenlang habe ich das Gefühl, mit ihm verbunden zu sein. »Danke«, hauche ich und bemerke, wie mir die Röte ins Gesicht schießt. Ich senke rasch meinen Kopf. Hoffentlich haben Elsie und Nele nichts davon mitbekommen.

Aron setzt sich neben mich. »Bitte greift zu«, fordert er uns auf. »Den Räucherlachs habe ich frisch aus einer kleinen Räucherei hier aus Vaxholm. Der ist eine echte Spezialität.« Er lässt seinen Blick über die Speisen gleiten. »Ach ihr seht ja selbst, was alles da ist.«

Im Nu ist nur das Klappern von Besteck und leises Gemurmel zu hören, das wie ein Hummelschwarm durch den lichtdurchfluteten Raum schwebt.

Meine Befangenheit hat sich wieder gelegt. Auch ich greife kräftig zu und genieße die ausgelassene Stimmung. Mir ist, als würden wir hier schon ewig ein- und ausgehen. Es wird geredet, gelacht und gescherzt. Nacheinander erzählen wir Aron, was wir so machen. Dass Nele eine Boutique betreibt, Elsie als Lehrerin arbeitet und jetzt wegen der Tochter in Teilzeit ist, Olek Filialleiter der SEB-Bank ist und ich Krankenschwester bin. Zu jedem hat Aron ein anmerkendes Wort.

»Und was machst du beruflich, Aron?«, fragt Olek zwischen zwei Bissen Toast, den er reichlich mit Lachs belegt hat.

Bevor Aron antwortet, tupft er sich den Mund mit der blütenweißen Serviette ab, und ich kann ihn dabei nur anstarren. Wie er sich die Lippen abtupft hat etwas Elegantes, aber, wie ich finde, auch etwas Überhebliches an sich. Und sofort sind die Bilder und Worte der letzten Nacht wieder präsent. Ich senke meinen Blick. Wünsche mir zurück, wie es bis eben war. Entspannt, fröhlich und unkompliziert.

»Ich mache nichts Aufregendes«, höre ich Aron antworten. »Ich habe eine Werbeagentur. Sjögren Art & Image. Keine große Sache.«

Lucas räuspert sich. »Nun, keine große Sache würde ich das nicht gerade nennen. Wenn ich richtig informiert bin, dann zählt sie zu den Top 3 der Werbeagenturen in Schweden.« Er sieht Olek an, der zustimmend nickt. Schließlich arbeitet er in der Bank und hat auch so seine Informationen.

Für einen Moment entsteht ein unangenehmes Schweigen. Es ist Elsie, die die Situation rettet, indem sie ihre Tasse hochhebt. »Aron, hast du noch Kaffee?«

»Aber ja.« Unverzüglich erhebt er sich und eilt, ganz der perfekte Gastgeber, in den Küchenbereich.

Keine Ahnung was mich antreibt, aber ich habe das Gefühl, etwas erklären zu müssen, also folge ich ihm. Er hat mir den Rücken zugekehrt und ich bemerke, wie fahrig seine Handgriffe sind, während er die Kaffeemaschine befüllt.

»Tut mir leid, Aron«, sage ich leise. »Meine Freunde sind immer sehr direkt.«

Er dreht sich zu mir um. »Aber das macht doch nichts.« Er lächelt gequält. »Um ehrlich zu sein, bin ich es gewohnt. Man wird auf den Job reduziert und ... und wenn man dann das hier sieht«, er macht eine ausladende Handbewegung. »Mein Haus, das Grundstück, dann ist man ein anderer Mensch, einer, der nicht zu der breiten Masse zählt. Aber keiner ahnt, oder interessiert sich dafür, wie hart ich dafür arbeiten musste. Das sieht keiner. Vielleicht will man es nicht sehen.« Traurig schüttelt er den Kopf und kehrt mir den Rücken zu.

Aus einem Impuls heraus lege ich ihm die Hand auf den Arm.

Er blickt mich über die Schulter an. Seine Gesichtszüge entspannen sich sofort. »Ich bin ein Idiot. Manchmal nehme ich mir solche Sachen wie eben einfach viel zu sehr zu Herzen. Denn im Grunde bin ich immer noch der Mensch, der ich vorher war, bevor ich Erfolg hatte.«

»Vielleicht hast du recht, aber so war das nicht gemeint. Es ist doch normal, dass man gerne mehr über einen Menschen erfahren möchte, und da gehören solche Fragen wie die nach dem Job auch dazu.«

»Ja, vielleicht.«

Lange sehen wir uns an. Es ist, als wären nur wir beide hier. Dieses Gefühl ist überwältigend und zugleich ängstigt es mich. Unvermittelt verschränke ich meine Arme vor der Brust und lehne mich an die Arbeitsplatte. »Wie geht es deiner Freundin? Ist wieder alles okay?«

»Freundin?«, fragt er verdutzt. »Ich verstehe nicht, was du meinst.«

»Auf der Vernissage warst du mit einer Frau und ich hatte den Eindruck, dass ihr euch nahesteht.«

Er runzelt die Stirn. »Ach jetzt weiß ich, wen du meinst. Sie ist nicht meine Freundin. Nur eine Bekannte. Ich hatte sie eingeladen, mit mir in die Galerie zu gehen, weil sie ... nun wie soll ich sagen, sie hatte Probleme mit ihrem Mann und ich dachte, eine Abwechslung würde ihr guttun und sie für eine Weile von allem, was sie belastet, ablenken.«

»Verstehe, aber offensichtlich weißt du nicht, dass sie ein paar Tage später in die Klinik eingeliefert wurde.«

»In die Klinik?«

Ich neige den Kopf. »Ich bin Krankenschwester, schon vergessen?«

»Ach natürlich.« Irritiert fährt er sich durch sein Haar. Lächelt gequält. »Nein wusste ich nicht ... ich hatte die letzten Tage viel um die Ohren und ... ich hatte gedacht, dass alles wieder in Ordnung ist. Weißt du, was passiert ist?«

Er wirkt sichtlich nervös, aber auch ergriffen.

»Nein, ich war gerade auf dem Weg nach Hause, als sie eingeliefert wurde. Das war unmittelbar vor meinem Urlaub, ich hab sie nur gesehen, als sie ankam.«

»Verstehe ... verstehe. Oh, das ist furchtbar, sie ist so eine liebenswerte Person.« Er schluckt. »Ich werde sie gleich kontaktieren.«

Kontaktieren schießt es mir durch den Kopf, das klingt nicht besonders empathisch. Aber vielleicht ist es auch nur der Schock über diese Nachricht. Ich schiebe den Gedanken beiseite und sage: »Der Kaffee ist durch.«

Keine halbe Stunde später machen wir uns wieder auf den Weg.

Olek bleibt in der Diele stehen. »Oh, die sind mir beim Reinkommen gar nicht aufgefallen.« Er deutet auf die Fotos an den Wänden. Dramatische Fotografien von einem Kajakfahrer in den Stromschnellen. Olek geht näher heran. »Bist du das?«

»Ja. Ist schon ein wenig her. Das waren die Meisterschaften in Västerdalälven.«

Neugierig betrachte auch ich die Bilder. Er sieht toll darauf aus. Ernst. Konzentriert. Und ziemlich sexy.

»Und hast du sie gewonnen?«, möchte Olek wissen.

»Klar.« Aron richtet sich stolz auf.

»Wow, das sieht nach einem harten Wettkampf aus und du scheinst verdammt gut in Form zu sein«, meint Nele und wirft mir einen Blick über die Schulter zu.

Nach ein paar Worten über das Kajakfahren verlassen wir das Haus.

Aron begleitet uns noch ein Stück bis zu dem Pfad, auf dem wir gekommen sind. »Ich habe mich sehr gefreut, eure Bekanntschaft gemacht zu haben.«

Nachdenklich beobachte ich ihn. Das klang wieder ziemlich förmlich und ich bin merkwürdig berührt. Das ist nicht mehr der selbstbewusste und entspannte Mann, den ich beim Frühstück erlebt habe. Offensichtlich ist ihm die Nachricht mit der Freundin nahe gegangen. Ich will es nicht zugeben, aber es versetzt mir doch einen kleinen Dämpfer.

Als hätte er meine Gedanken gelesen, lacht Aron. »Leute tut mir leid, anscheinend bin ich es nicht mehr gewohnt, mich privat auszutauschen. Zu viele Geschäftsessen und Meetings.« Er zwinkert Olek zu. »Ehrlich, ich habe mich wirklich gefreut und hoffe, dass wir uns wiedersehen.«

Lucas schüttelt ihm die Hand. »Das werden wir. Meine Telefonnummer hast du ja. Steht auf dem Formular, das dein Verwalter hat.«

»Richtig.« Er klopft Lucas freundschaftlich auf die Schulter.

Dann sieht er mich an.

»Verrätst du mir auch deine Nummer?«, fragt er leise.

Ich zögere nur eine Sekunde.

Kapitel Zehn

Aron

Aron sieht ihnen hinterher, wie sie den Pfad zum Meer hinuntergehen. Es war ein wunderbarer Morgen, ganz anders als sonst. Er hat die Gesellschaft genossen. Er hatte das Gefühl, dass er sich in einem Traum befindet und der Wunsch, nicht daraus zu erwachen, wuchs mit jeder Minute. Daran war Finja schuld, ihre ruhige und sanfte Gegenwart war erregend für ihn. Sie verkörpert all das, wonach er sucht.

Sie hat einen wachen Verstand, ist einfühlsam und mutig. Sie versteht es auch, ihren Standpunkt zu vertreten. Es hat ihm gefallen, dass sie nicht sofort eingeschüchtert davonrannte, als er sie hart angegangen ist, weil sie auf seinem Grund und Boden kampierten. Sie ist stark und das gefällt ihm. Und sie ist schön.

Er spürt diese besondere Verbindung zu ihr. Dieses einmalige Gefühl, den Menschen zu treffen, der ihm ebenbürtig ist. Tatsächlich hatte er das schon wahrgenommen, als er sie zum ersten Mal auf der Vernissage sah.

Bitte dreh dich um.

Er kreuzt seinen Mittelfinger über den Zeigefinger und hält dabei die Hand hinter dem Rücken versteckt. Er schließt die Augen. *Tu es Finja, dreh dich um.* Er öffnet die Augen.

Und es passiert.

Es ist wie eine Zeitlupenszene in einem Film. Die Zeit dehnt sich für ihn, als Finja sich umdreht und ihm zuwinkt.

Das Schicksal hat entschieden.

Immer noch erfreut über diese Geste und seine Entscheidung, vergräbt er die Hände in den Hosentaschen, fühlt dabei den Zettel mit Finjas Telefonnummer. Wie einen Schatz hält er ihn fest und geht hochaufgerichtet ins Haus.

Als er das Chaos im Esszimmer entdeckt, das seine Gäste hinterlassen haben, ändert sich seine Stimmung. Er ballt die Hände zu Fäusten. Widerwillig räumt er den Tisch ab, räumt alles in den Geschirrspüler. Schiebt die Stühle akkurat an den Tisch, kontrolliert das Bücherregal, rückt die Kissen auf dem Sofa zurecht. Erst als alles wieder an seinem Platz ist, fällt die Anspannung von ihm ab.

Jetzt hat er Ruhe und die Zeit, sich Gedanken über Finja zu machen.

Er legt eine Platte von Leonard Cohen auf. *Halleluja,* passend zu seiner Stimmung. Oh ja, er ist stolz auf seine Plattensammlung. Er liebt das Geräusch der Nadel, das leichte Kratzen, das Nostalgie verbreitet.

Es ist ihm nach Feiern zumute. Er geht zu seiner gutbestückten Bar, füllt sich ein Glas mit Whiskey, setzt sich damit auf das weiche cremefarbene Sofa, trinkt genüsslich einen Schluck von der bernsteinfarbenen Flüssigkeit und lauscht mit geschlossenen Augen den Klängen nach.

Seine Gedanken kreisen um Finja und ein wohliges Gefühl macht sich in ihm breit. Wie kann er vorgehen, um sie für sich zu gewinnen? Ihm ist klar, dass er es bedacht angehen sollte. Er darf sich keinen Fehler erlauben, denn sie ist clever, zumindest vermutet er das.

Doch da ist ein Problem, das er zuvor lösen muss.

Kapitel Elf

Finja

Wieder zuhause, geht mir die Begegnung mit Aron nicht aus dem Kopf. Ich stopfe die Waschmaschine voll und sehe selbst bei dieser banalen Beschäftigung seine Augen vor mir, die mich flehend ansahen, als er nach meiner Telefonnummer fragte. Das Lächeln, die Erleichterung, als ich mich noch einmal umdrehte und ihm zuwinkte.

Und jetzt?

Nicht ein einziges Mal hat er angerufen.

Und ich blöde Kuh trage ständig mein Handy mit mir herum, für den Fall, dass er sich doch noch meldet oder eine Nachricht schickt. Dabei hatte ich fest damit gerechnet, dass er keine Zeit verstreichen lässt.

Ich Idiotin!

Da war wohl mehr Wunschdenken als sonst etwas im Spiel. Offensichtlich habe ich zu viel in sein Lächeln hineininterpretiert.

Und schon wieder sehe ich auf das Display, ob ich nicht doch einen verpassten Anruf habe. Erst dann starte ich den Waschvorgang und realisiere, wie sehr ich mich zum Affen mache. Kurzerhand verstaue ich das Handy in meiner Hosentasche und hake gedanklich das Thema Aron ab.

Das war es mal wieder zum Thema Mann!

Summend schlendere ich in die Küche, um meine neugefundene Gelassenheit zu demonstrieren. Da wartet zwar nur mein Kaffee auf mich, aber bekanntlich kann ja eine äußere Haltung sich auch auf das Innere auswirken.

Ich gieße mir einen Kaffee ein und blicke aus dem Fenster, das auf den Hinterhof zeigt. Es ist ein trüber und verregneter Sommertag. Draußen spielen keine Kinder wie sonst. Da ist nur eine alte Frau, die sich abmüht, ihren Müllbeutel in die bereits volle Tonne zu pressen.

So geht's mir auch, stelle ich fest.

Gespannt schaue ich zu, wie die Frau so lange drückt, bis der Müll reinpasst. Sie schafft es sogar, den Deckel bündig zu verschließen.

Dann sollte ich es ja wohl auch schaffen, alles in die berühmte Tonne zu werfen und den Deckel zu schließen.

Aus der Traum!

Mit meinem Kaffeebecher in der Hand setze ich mich auf die tiefe Fensterbank und versuche, an etwas Positives zu denken, doch so recht will es mir nicht gelingen. Mein Kopf scheint jegliche Gedanken, die nichts mit Aron zu tun haben, zu ignorieren.

Warum rufe ich ihn eigentlich nicht an?

Ich könnte mir die Nummer von Lucas geben lassen. Ein Lichtblick, der sofort erlischt. Nein, er hat nur die Nummer des Verwalters. Mein Gott, ein Verwalter! Der Typ muss stinkend reich sein. Doch auch diese Vorstellung schmälert mein Interesse an ihm nicht.

Wütend verdränge ich meinen Vorsatz, ihn zu vergessen. Es klappt ja doch nicht. Und somit grüble ich weiter.

Warum hat er mir eigentlich nicht seine Nummer gegeben? Er hat nur nach meiner gefragt. Aber was hindert ihn daran, mich anzurufen? War das nur eine Laune von ihm, weil es sich gerade nett anfühlte? Oh Gott, ich benehme mich wie ein Teenager.

Fest umschließe ich den Becher mit beiden Händen, und als ich an dem Kaffee nippe, ist er nur noch lauwarm. Ich springe auf, will ihn wegschütten und endlich aufhören, mich zu bedauern.

Mein Handy klingelt.

Mit flatterigen Fingern ziehe ich es aus der Hosentasche. Mein Herz schlägt so schnell, das ich kaum Luft bekomme. Ich schaue auf das Display – und spüre, wie meine Mundwinkel sich südwärts bewegen. »Hej Elsie«, melde ich mich.

»Hej meine beste Freundin, was machst du gerade?«

»Ich wasche Wäsche und überlege, was ich noch anstellen kann an meinem letzten Urlaubstag.«

Sie schweigt. »Dann hat er sich also nicht mehr gemeldet?«

»Nein und ich will auch nicht darüber reden.«

»Okay, ich verstehe.«

Elsie ist eine wahre Freundin. Sie fragt nicht nach, sondern erzählt mir alles, was so in ihrer Nachbarschaft los war, gefolgt von den neusten Anekdoten ihrer Tochter Tilda, die mich zum Lachen bringen.

Es hilft. Vergessen sind die trüben Gedanken.

»Finja, ich finde, du, Nele und ich sollten mal wieder ein Mädelsabend machen.«

»Das ist eine sehr gute Idee, ich schau mal, wie mein Dienstplan aussieht und melde mich morgen bei dir.«

Ich beende das Gespräch, schaue lächelnd auf das Handy. Die Aussicht auf einen lustigen Abend mit meinen Freundinnen beflügelt mich. Ich lege das Handy auf den Tisch und gehe ins Bad, um die Wäsche aufzuhängen.

Kaum im Bad angekommen, klingelt mein Handy erneut. Typisch Elsie, wahrscheinlich hat sie was vergessen.

Grinsend gehe ich zurück, nehme das Gespräch an. »Und, was ist es diesmal?«, frage ich.

»Ich … hallo? Ist da Finja?«

Ich schließe die Augen und spüre diesen Druck in meinen Magen. »Ja.«

Kapitel Zwölf

Finja

Die Staatsbibliothek ist spärlich besucht, leises Gemurmel, verschämtes Husten und dieser Geruch nach alten Büchern ist mir vertraut und lieb. Oft komme ich her, um einfach nur zu stöbern, einen Kaffee zu trinken und die Menschen zu beobachten.

Ich schlendere an den Regalen entlang und greife wahllos nach einem Klassiker von Charles Dickens *Oliver Twist*. Verstohlen sehe ich mich immer wieder um. Und dann fange ich an, die ersten Sätze zu lesen. Sofort bin ich gefesselt von der Atmosphäre der alten Zeit. Fühle mich schon nach wenigen Sätzen zu Hause in der alten Sprache, bei den Menschen, wie sie einst waren und miteinander umgingen. Vergleiche ich sie mit den Menschen von heute. Haben wir uns wirklich so verändert? Ja, sogar der Ton ist anders. Hektischer, unbedachter. Nachdenklich blättere ich die Seite um.

»Oh, ein Klassiker. Allerdings bevorzuge ich die Weihnachtsgeschichte mit dem geizigen Mr. *Scrooge*, er ist mein Lieblingscharakter …«

Abrupt trete ich einen Schritt zurück.

»Wie geht es dir Finja? Es tut mir leid, wenn ich dich

erschreckt habe ... und, dass ich dich nicht schon früher angerufen habe.«

Ich lasse das Buch sinken, ignoriere mein Herzklopfen. »Oh, ich hab gar nicht auf die Zeit geachtet«, schwindele ich und merke selbst, dass meine Stimme alles andere als gelassen klingt. »Mir geht es fantastisch. Schön, dass du angerufen hast, ich hatte mich gerade gelangweilt und überlegt, was ich an diesem verregneten Tag anstellen soll.«

Aron lacht mich an, nimmt mir das Buch aus der Hand. Sieht sich um. »Lust auf einen Kaffee?«

»Ja, warum nicht.«

Das Café in der Bibliothek ist mäßig besucht. Der Duft von Kaffee und Zimt und leise klassische Musik empfängt uns. Aron sieht sich suchend um. »Wie wär's mit dem Platz da hinten in der gemütlichen Ecke?«, fragt er, sich lächelnd an mich wendend.

»Gern«, stammle ich und weiß immer noch nicht so recht, wie ich mich verhalten soll. Arons Vorschlag, uns in der Bibliothek zu treffen, hat mich fast noch mehr überrascht, als sein Anruf.

Aron geleitet mich zu dem freien Tisch. »Hier sind wir ungestört«, sagt er, rückt mir einen Stuhl zurecht und wartet, bis ich sitze, bevor er sich mir gegenüber niederlässt. Das gefällt mir, es hat Stil und zeigt Respekt.

Eine Stille, gefüllt mit Erwartungen und Neugier, herrscht zwischen uns.

Aron winkt dem Kellner zu.

»Was möchtest du?«, fragt Aron.

»Kaffee und eine Zimtschnecke.«

Aron lacht.

»Was ist?« Irritiert runzele ich die Stirn.

»Genau das möchte ich auch, ist mein Lieblingsgebäck.« Schmunzelnd nickt er dem Kellner zu. »Sie haben es gehört, Kaffee und zwei Zimtschnecken.«

Indessen der Kellner davoneilt, ergreift Aron spontan meine Hand. »Unsere erste Gemeinsamkeit.«

Bei dieser Aussage wird mir leicht schwindelig. »Ja, scheint so.« Mehr bekomme ich nicht raus. Ich genieße diesen Moment, der mich glücklich macht, aber auch ängstigt. Inzwischen ist mein Gefühlschaos komplett. Seine Hand ruht immer noch auf meiner. Und es ist mir nicht unangenehm, ganz im Gegenteil.

»Erzähl mir von dir.« Aron beugt sich vor und blickt mich intensiv an.

Ich drohe, mich in diesem Blick zu verlieren, doch bevor das geschieht, entziehe ich ihm meine Hand. Erinnere mich daran, wie lange er mich hat zappeln lassen und wie es mir dabei ergangen ist. Nein, so einfach werde ich es ihm nicht machen.

»Erst wenn du mir sagst, warum du mich erst jetzt angerufen hast«, erwidere ich und lehne mich bewusst zurück, um auch körperlich Abstand zu demonstrieren.

»Tja, in meinem Job geht es manchmal drunter und drüber. Ich musste nach London zu einem Kunden ... natürlich hätte ich dich anrufen können und das wollte ich auch, aber dann dachte ich mir, das es doch viel schöner ist, wenn wir uns auch gleich sehen können.«

Das war es. Das war es, was ich hören wollte und herbeigesehnt hatte. Er hat an mich gedacht, sich etwas überlegt für unser erstes Treffen.

Ich fühle mich großartig. Leicht und beschwingt.

Kapitel Dreizehn

Aron

Schwungvoll parkt Aron seinen Wagen unter dem Carport. Als er aussteigt, saugt er tief die frische, kühle Meeresluft ein und sieht hinauf zum sternenklaren Himmel. Das hat er schon lange nicht mehr getan. Und das liegt einzig und allein an Finja. Er hat immer noch ihren Blick vor sich, wie sie aus dem Wagen gestiegen ist und sich ihm noch einmal mit einem Lächeln zugewandt hat, bevor sie in das Wohnhaus geeilt ist.

Es war alles, wie er es sich ausgemalt hatte.

Immer noch beschwingt, schließt er seine Haustür auf und legt, nachdem er die Tür ordentlich abgeschlossen hat, seinen Schlüsselbund in die kleine handgefertigte froschgrüne Keramikschale auf der Kommode im Flur. Er blickt in den Spiegel darüber und kann es nicht fassen, dass er lächelt und entspannt wirkt.

Mit großen Schritten durchquert er den Wohnraum, gießt sich einen Whiskey ein und geht mit dem Glas in der Hand hinüber zu seinem Plattenspieler und wählt von Maurice Ravel das Stück Bolero aus. Als die ersten Töne erklingen, setzt er sich auf das Sofa, nimmt einen Schluck von dem Whiskey, schließt die Augen und lehnt sich zurück.

Noch immer glaubt er, Finjas Duft zu riechen. Er war blumig mit einer herben Note. So wie er es mag, und während er noch über ihren Duft sinniert, fährt er sich mit dem Finger über die Lippen. Der Kuss, den sie ihm zum Abschied gab, war weich und … irgendwie vertraut. Sehnsüchtig lässt er seinen Atem entweichen.

Auch Minuten später ist Aron in Gedanken noch bei Finja, wenn auch nicht mehr ganz so verträumt. Er zieht ein Fazit, das ihn zutiefst befriedigt. Ja, es war ein erfüllender und aufschlussreicher Nachmittag für ihn. Finja ist genau die Frau, die er braucht, nach der er so lange gesucht hat. Sie hat Willensstärke, ist bezaubernd und intelligent. Er mag die Art, wie sie ihn ansah, wenn sie redete, lachte und nachdachte, bevor sie etwas sagte.

Aber sie ist keine Frau, die es einem Mann leicht macht. Auch das schätzt er an ihr.

Er leert sein Glas in einem Zug und nach kurzem Zögern füllt er es erneut. Mit dem Glas in der Hand wandert er herum. Er kann nicht still sitzen. Die Bilder von Finja, die er in seinem Kopf hat, gehen weit über das Erlebte hinaus, münden in einer Art Tagtraum. Er stellt sich vor, wie sie ihre Arme um seinen Hals schlingt, ihn mit einem leidenschaftlichen Kuss begrüßt.

Er sieht sie in der Küche, wie sie sich lachend zu ihm umwendet, während sie am Herd die Steaks brät und er ihr ein Glas Wein reicht. Aron schließt die Augen, genießt diesen Moment.

Mit dem Glas in der Hand schreitet er Minuten später die Stufen zum Obergeschoß hinauf. Öffnet die Tür zu seinem Schlafzimmer, lehnt sich an den Türrahmen, nimmt einen kräftigen Schluck, blickt auf das Bett. Die Klänge der Musik, der Moll, das Crescendo, beflügeln ihn. Finja, wie sie sich räkelt und ihn lockt. Er darf es sich nicht zu sehr wünschen. Noch ist sie nicht hier.

»Wo warst du?«

Sein Traum endet jäh.

»In der Agentur«, antwortet er bewusst beiläufig.

»Nein, warst du nicht.«

»Ach Schatz, sag nur, du hast es wieder vergessen.«

»Ich habe mit dem Abendessen auf dich gewartet. Wir wollten es uns gemütlich machen und über unsere Diskrepanzen reden. Das war dein Vorschlag.«

»Britt, ich weiß genau, was ich gesagt habe, nämlich, dass ich noch in die Agentur muss. Aber bitte lass uns nicht darüber streiten. Ruh dich aus und denk mal ernsthaft darüber nach, eine Therapie zu machen, so wie die Ärzte es dir empfohlen haben.«

Er setzt sich zu ihr auf die Bettkante, streicht eine Haarsträhne von ihrer verschwitzten Stirn. »Nicht weinen, alles wird gut.« Er beugt sich vor und küsst sanft ihre Wange.

Kapitel Vierzehn

Finja

Eine Woche später

»Oh, wer ist denn dieses Schnuckelchen?«, säuselt Astrid und bleibt unvermittelt mitten auf dem Krankenhausparkplatz stehen.

Ich laufe fast in sie hinein. »Wen meinst du?«, frage ich verdutzt.

»Na den Typ da drüben. Dieser gutaussehende Kerl, der in unsere Richtung starrt und jetzt auf uns zukommt.«

»Oh.«

»Was heiß hier *Oh*?«

»Das ist Aron, mein ... mein Freund.«

»Du meinst, der Typ ist dein Lover? Wow! Der ist nicht von schlechten Eltern.«

»Astrid. Bitte.«

Aron winkt und kommt mit einem strahlenden Lächeln auf uns zu.

»Hej Finja.«

Er beugt sich vor und küsst meine Wange. Dann sieht er Astrid an. »Sie sind Astrid, nicht wahr? Finja hat mir nur

Gutes über Sie erzählt.« Er reicht ihr die Hand. Hält sie länger fest als üblich.

Astrid blickt zuerst ihn, dann mich verlegen an. »Schön, Sie kennzulernen, Aron.« Sie fährt sich mit dem Finger nervös über die Lippen. »Tja ich ... ich geh dann mal. Wir sehen uns morgen.« Sie grinst mich an und eilt davon, in Richtung U-Bahnstation.

»Ist irgendetwas passiert? Oder hab ich vergessen, dass wir verabredet waren?«, frage ich, obwohl das unwahrscheinlich ist. Wie könnte ich eine Verabredung mit Aron vergessen?

»Nein. Ich wollte dich einfach sehen und hatte gehofft, dass du schon Feierabend hast.«

»Du hättest anrufen sollen.«

»Hätte ich tun können, aber ich liebe Spontanität. Bist du spontan?«

Ich schmiege mich in den weichen Sitz des SUV. Blicke verstohlen zu Aron, der souverän den Wagen durch den Stockholmer Verkehr lenkt.

Er sieht so verdammt umwerfend aus, mit diesem angedeuteten Lächeln. Mir klopft das Herz bis zum Hals, wenn ich ihn nur ansehe. Und egal, nach was ich suche, um diese Faszination zu dämmen, es gelingt mir nicht. Ob ich mir einrede, dass seine Nase einen Tick zu groß ist, dass seine Augen zu intensiv die Welt betrachten, und er es offensichtlich gewohnt ist, den Ton anzugeben.

Ich atme tief durch, zwinge mich, aufzuhören mit meinen Tagträumen, denn da sitzt er ja ganz real neben mir und entführt mich ...

»Wohin fahren wir?«, frage ich.

»Lass dich überraschen. Es ist ein Ort, an dem ich mich gern aufhalte. Ich hoffe, es gefällt dir dort.«

Wir lassen Stockholm hinter uns. Aron fragt mich, wie mein Tag war und ob ich schon immer Krankenschwester werden wollte.

Darüber muss ich nachdenken, denn für mich war das schon immer klar gewesen. »Ja, schon als Kind wollte ich den Menschen helfen«, antworte ich schließlich.

Nachdenklich blickt er mich an. »Gibt es einen Grund dafür?«

Wieder denke ich nach und bin mir nicht sicher, ob ich ihm den Grund nennen soll. Dass ich eine verfluchte Kindheit hatte und viel zu früh viel Leid und Elend erfahren habe.

»Nein eigentlich nicht«, schwindele ich. »Und was ist mit dir? Wolltest du schon immer was Kreatives machen und in die Werbung gehen?«

»Oh ja, ich liebe Kreativität und mir macht es Spaß, mit Menschen zusammen zu arbeiten. So ähnlich wie du, nur das du den Patienten hilfst, damit sie gesund werden und sich wohl fühlen. Das ist doch so, nehme ich an. Helfen ist deine Passion.«

»Hm ... ja da ist was dran.«

Wir rollen auf einen großen Parkplatz.

»Ein Zoo?«

Er lacht, als er mein entgeistertes Gesicht bemerkt.

»Ja, warum nicht? Magst du ein Eis?« Er ist noch vor mir aus dem Auto, läuft um den Wagen herum, reicht mir die Hand und steuert mit mir geradewegs auf einen Eisstand zu. »Ich finde, ein Zoobesuch ohne Eis ist«, er zuckt mit den Schultern. »Keine Ahnung, aber für mich gehört es dazu. War schon immer so. Meine Eltern gingen jeden Sonntag mit mir in den Zoo und es gab immer Eis.« Er strahlt mich an. »Was sind deine Lieblingssorten?«

»Vanille und Schoko.«

»Ich fasse es nicht! Das sind auch meine.«

Erleichtert atmet er tief durch und ich bin gerührt und von einer Sekunde auf die andere – verliebt.

Eis schleckend wandeln wir schweigend durch den Zoo, genießen unser Eis und das Zusammensein.

»Sieh nur, die Kapuzineräffchen. Sind die nicht witzig?« Aron lehnt sich an das Geländer und betrachtet grinsend die Affen hinter der Absperrung, wie sie von Ast zu Ast schwingen.

»Hm ... lustig«, gebe ich lahm von mir.

Er umfasst meine Hand. »Lass uns zu den Elefanten gehen. Ich mag diese imposanten Tiere.«

Er ist wie ein Kind, das zum ersten Mal exotische Tiere sieht. Und ich bin zwiegespalten. Wenn ich ihm jetzt sage, was diese eingesperrten Tiere bei mir auslösen, verderbe ich ihm den Spaß.

Am Elefantengehege setzen wir uns auf eine Bank.

»Was ist? Du bist so still?« Er beugt sich vor, um in mein Gesicht zu sehen.

Angespannt nestle ich an dem Kragen meiner Bluse.

»Finja, sieh mich an.«

Abwehrend hebe ich die Hände. »Tut mir leid, aber ich mag keine Tiere ansehen, die in Gefangenschaft leben. Sie gehören nicht hierher. Sie sind Wildtiere und hier sind sie eingesperrt in engen Käfigen, können ihre Feinde riechen. Haben nicht die Möglichkeit, zu flüchten. Sie sind gefangen.«

Aron richtet sich auf. Sieht zu den Elefanten, seine Miene ist ernst.

Und ich könnte mich ohrfeigen, warum ich so reagiert habe. »Tut mir leid, ich wollte deine Begeisterung nicht zerstören, es ist nur« ich senke meinen Blick, schließe die Augen, bin verunsichert, ob ich es ihm sagen soll.

»Was ist, Finja? Rede mit mir.«

»Ich war als Kind verschollen und eingesperrt in einem Erdkeller. Seitdem mag ich es nicht, wenn zum Beispiel die

Türen verschlossen sind, und ich fürchte mich in engen Räumen. Ich kann mir nur zu gut vorstellen, wie es sich für die Tiere anfühlen muss, eingesperrt zu sein.«

Nachdenklich reibt er über sein Kinn. »So habe ich das noch nie betrachtet. Aber vielleicht hast du recht. Sie gehören nicht eingesperrt.«

Er schlingt seine Arme um mich, hält mich ganz fest. Küsst meine Schläfen, streicht über mein Haar. Meine Lippen suchen seine.

Kapitel Fünfzehn

Finja

Wochen später

»Was! Habe ich das richtig verstanden, du willst mit diesem Aron zusammenziehen?!« Nele lässt sich an die Stuhllehne fallen.

»Nicht so laut«, hektisch sehe ich mich in unserem Lieblingsrestaurant am Strandvägen um. Auch wenn das Plätschern des Wassers und das Gemurmel der Leute so einiges verschluckt, ist es mir peinlich. »Das muss ja nicht gleich jeder wissen.«

Kopfschüttelnd folgt Nele meinem Blick. »Ja, ja, schon gut«, stimmt sie halblaut zu, verschränkt ihre Arme vor der Brust, blickt zu Elsie. »Wusstest du davon?«

Elsie schüttelt den Kopf. »Nein, ich bin genau wie du geschockt.«

»Wie lange kennst du ihn? Drei Wochen?«

»Nein, es sind ein paar Wochen mehr.«

»Wie viel mehr?«, hakt Nele nach.

»Oh bitte! Du weißt doch, wann wir uns kennengelernt haben.«

»Das ist nicht genügend Zeit, um jemanden wirklich zu kennen. Du bist verliebt und ich verstehe das. Aber dann gleich zusammenziehen!?« Sie beugt sich vor. »Lern ihn doch erst einmal richtig kennen.«

Diese heftige Reaktion hatte ich nicht erwartet. Ich bin enttäuscht und suche Elsies Blick. Doch auch sie sieht mich an, als hätte ich Pestbeulen im Gesicht.

»Ich glaub, ich brauche einen Schnaps.« Nele winkt den Kellner an den Tisch. »Bitte bringen Sie uns drei Aquavit zur Verdauung.«

»War das Essen so schwer?«, fragt er besorgt.

»Nein, nicht das Essen, das war vorzüglich wie immer. Es ist eine Nachricht, die verdaut werden möchte.« Sie blickt flüchtig in meine Richtung.

Ich kann ihre Zweifel und ihre Sorge förmlich greifen. Fast hätte ich sie um Vergebung gebeten, dass ich eine Entscheidung getroffen habe, die für mich wichtig ist, ohne sie um Erlaubnis zu bitten.

Auch Elsie beugt sich vor, sieht mich besorgt an. »Warum, Finja? Warum so schnell?«

»Weil ich das Gefühl habe, das Aron und ich perfekt zueinander passen«, erkläre ich und komm mir ein wenig vor, wie auf der Schulbank.

»Ach, und das weißt du nach so kurzer Zeit?«, wirft Nele ein.

»Ja, das weiß ich! In den letzten Wochen haben wir uns fast täglich gesehen, viel unternommen und geredet und ... nun ja. Es passt. Was ist daran so verwerflich?« frage ich einen Ticken zu scharf. Aber ich bin genervt, fühle mich bevormundet von meinen Freundinnen. Dabei hatte ich mir ausgemalt, wie sie sich mit mir freuen und jetzt das.

»Nach ein paar Wochen weiß man das noch nicht, weil da immer noch Schmetterlinge im Bauch sind.« Elsies Ton ist genauso hart wie meiner. »Das weißt du, genau wie ich.«

»Ja schon, aber diesmal ist es anders.«

»Natürlich ist es das.« Elsie blickt zu Nele, die mit den Augen rollt, als wäre ich nicht bei Sinnen.

»Warum hast du nicht vorher mit uns gesprochen?«, fährt Nele dann auch prompt fort.

»Tut mir leid, ich weiß es nicht. Vielleicht ... vielleicht, weil ich wusste, dass ihr versuchen würdet, es mir auszureden«, stammele ich und ärgere mich jetzt auch über mich selbst. Als ob ich die beiden um Erlaubnis bitten müsste.

»Da liegst du richtig«, bestätigt Elsie.

»Hör zu Finja, ich versteh ja, dass du verliebt bist«, sagt Nele. »Ich kann die Schmetterlinge immer noch sehen, wie sie dich blenden. Schau dich doch an. Das bist nicht mehr du! Und in dem Zustand solltest du nicht so eine Entscheidung treffen. Es ist einfach zu früh.«

»Es reicht«, platzt es aus mir raus. »Ja, ihr seid meine besten Freundinnen, aber nicht meine Gouvernanten. Was ihr da von euch gebt, ist übergriffig. Ich entscheide, was gut für mich ist, und nicht ihr.«

Die Leichtigkeit, die wir noch vor zwei Stunden verspürten, als wir den extra von mir organisierten Platz direkt am Wasser in Beschlag nahmen, ist verflogen. Mir ist zum Heulen zumute. Rasch blinzle ich die Tränen weg, schirme mit der Hand die Sonne ab und sehe auf das Wasser. Es ist still zwischen uns, nur das Gemurmel und Gelächter der anderen Gäste ist zu hören.

Zum Glück kommt der Kellner mit den Getränken.

Nele schiebt mir das Glas rüber. »Tut mir leid, dass ich so harsch war ... war einfach nur der Schock. Dennoch musst du mir bitte erklären, was dich bewegt, so schnell mit einem Mann zusammenzuziehen. Aber erst nach dem Schnaps.«

Nach dem dritten Aquavit sind wir wieder Freundinnen, die einander zuhören und miteinander lachen können. Ich blicke in ihre Gesichter und frage mich, warum wir den Alkohol dafür brauchten. Aber vielleicht ist das manchmal so. Im Grunde weiß ich, dass die beiden alles für mich tun würden, auch ohne Alkohol. Sie wollen nur mein Bestes und mich beschützen. Aber jetzt möchte ich einfach nur tun und lassen, was ich will. Leben. Lieben. Und geliebt werden.

Ich atme tief durch und lehne mich vor. »Wisst ihr, ich habe befürchtet, dass ihr so reagiert und zugleich gehofft, dass ihr euch einfach mit mir freut.«

»Wir freuen uns, wenn du glücklich bist, aber ...«, beginnt Elsie.

»Dann lasst mich glücklich sein«, unterbreche ich sie. »Ich möchte ein Leben in Geborgenheit. Ich sehne mich danach, eine Familie zu gründen ...«

»Aber ...«, setzt Elsie an

Ich hebe die Hand, stoppe sie. »Warte bitte, ich weiß, was du sagen willst, dass alles kein Zuckerschlecken ist. Stimmt's?«

Zustimmend nickt sie.

»Und Nele, ich bewundere deine Tatkraft in deiner Boutique, die du erfolgreich führst, deine Unabhängigkeit in deiner Beziehung mit Lucas. All das bist du. Aber ich brauche etwas anderes. Ich sehne mich nach Geborgenheit und einer eigenen Familie«, wiederhole ich mich. »Außerdem werde ich nicht jünger. Ich hatte nie eine Familie. Nachdem sich meine Mutter totgesoffen hat, weil mein Vater ein notorischer Fremdgänger war und er auf Nimmerwiedersehen verschwand, wuchs ich in einer Pflegefamilie auf. Sie waren ... na ja, sie waren okay. Mehr aber auch nicht.«

Als ich Elsies Blick auf mir spüre, schüttle ich unmerklich den Kopf. Ich will nicht weiterreden, nicht daran erinnert werden, wie ich in der Pflegefamilie gelitten habe. Die Zurückweisungen, die Behauptungen der Pflegeeltern, dass ich Lügen und Geschichten erfinde. All das verfolgt mich bis heute. Ich räuspere den dicken Kloß in meinem Hals herunter. »Das ist Vergangenheit und jetzt habe ich die Chance, einen neuen Schritt in meinem Leben zu gehen.«

Nele presst die Lippen aufeinander und legt sachte die Hand auf meine. »Ja, das versteh ich alles. Dennoch finde ich es verfrüht. Aber du hast recht. Es ist dein Leben.«

»Ja Nele, es ist mein Leben.«

Kapitel Sechzehn

Finja

Über drei Wochen ist es jetzt her, dass ich mit meinen Freundinnen diesen denkwürdigen Abend unten im Strandvägen verbracht habe. Und jetzt habe ich sie in mein neues Zuhause eingeladen. Es fühlt sich alles an wie ein Traum, aus dem ich niemals mehr erwachen möchte. Ich schwebe buchstäblich auf der berühmten Wolke sieben.

Mit verschränkten Armen betrachte ich den gedeckten Tisch unter der Birke, an deren Ästen bunte Lampions hängen. Über dem Lagerfeuer baumelt ein Kessel mit einem von Aron kreierten Eintopf. Auf dem ganzen Anwesen habe ich diese bauchigen Kerzen verteilt, die stundenlang brennen und alles in ein warmes Licht tauchen.

Nervös sehe ich auf meine Armbanduhr. Es ist fast sechs Uhr. Sie müssten jeden Moment aufkreuzen.

»Mach dir doch nicht so viel Gedanken, Finja. Alles ist perfekt.«

Aron schlingt seine Arme von hinten um mich. Selig schmiege ich meinen Körper an seinen. »Ich weiß, aber ich möchte, dass es ein wundervoller Abend wird.«

»So, wie ich deine Freunde einschätze, wird es das. Ich mag sie.«

Sein Zuspruch erleichtert mich. Ich wende mich um und lege meine Arme um seinen Hals. »Danke.«

»Wofür?«

»Für alles. Ich, ich bin so ... ich weiß nicht, wie ich es sagen soll ...«

»Glücklich?«

»Ja, ich bin glücklich.«

»Geht mir auch so.«

Das Knirschen von Reifen auf dem Kies der Auffahrt kündigt unseren Besuch an. Ich löse mich von Aron und eile zu meinen Freunden. Die Begrüßung ist fröhlich und warmherzig und langsam entspanne ich mich.

»Lass dich ansehen«, sagt Elsie, die sich aus unserer Umarmung schält und einen Schritt zurücktritt. Ihr Blick gleitet prüfend von meinem Gesicht abwärts. »Siehst gut aus und hast nicht abgenommen.«

Als sie mein verdutztes Gesicht bemerkt, fügt sie hinzu: »Das hat meine Mutter immer gesagt, wenn sie mich zwei Tage – ich betone, zwei Tage – nicht gesehen hat.«

Sie drückt mich erneut. »Bist du glücklich?«, flüstert sie dicht an meinem Ohr.

»Ja, bin ich.«

»Darf ich auch mal?«, meldet sich Nele. Sie hält mich lange fest umarmt. »Danke für die Einladung. Hab ich schon gesagt, wie sehr ich dich vermisse?« Sie hält mich kurz auf Abstand, um mir in die Augen sehen zu können. »Ich vermisse dich wirklich«, bekräftigt sie. »Kein spontaner Kaffee mehr im Laden ... kein stundenlanges nächtliches Telefonat oder einfach mal reinschneien.«

Ich bemerke, wie ihre Augen feucht werden. Es rührt mich, denn normalerweise ist Nele eher sparsam mit Gefühlsausbrüchen. »Ach, das wird sich ändern. Sobald ich einen Rhythmus finde. Dann komme ich wieder in deinen Laden und bestaune deine neusten Angebote und lass mir von dir die hippsten Teile andrehen.«

Zustimmend nickt sie und wischt verstohlen eine Träne von der Wange. »Ich nehm dich beim Wort!«

Ich bin gerührt und muss mich zusammenreißen, um nicht loszuheulen.

Rasch umarme ich Lucas, um das zu überspielen. »Hej Lucas, schön dich zu sehen.«

»Geht mir auch so. Alles gut bei dir?«

»Ja.«

»So, nun möchte ich auch von dir gedrückt werden«, murrt Olek und drängt sich zwischen uns. Ich sehe über die Schulter zu Aron.

Lächelnd sieht er uns zu und klatscht in die Hände. »Wer von euch möchte einen Drink?«

»Hast du Bier da?«, fragt Olek.

»Natürlich, was ist mit den Damen? Wein?«

Nachdem Aron uns mit Getränken versorgt hat, frage ich mich, warum ich mich so verrückt gemacht habe? Das sind meine Freunde und ich habe allen Grund, mich auf einen wundervollen Abend mit ihnen zu freuen. »Habt ihr Lust, euch das Haus anzusehen?«, wende ich mich an Nele und Elsie, die immer noch dicht bei mir stehen.

»Natürlich wollen wir es sehen! Nicht wahr Nele?«

»Ja, unbedingt. Deshalb sind wir doch hier.«

»Und was ist mit euch, braucht ihr noch was? Wollt ihr euch auch umsehen?« Ich sehe zu Olek und Lucas, die eine kleine Männerrunde mit Aron bilden.

»Später«, meint Olek und prostet mir zu. »Aron hat uns bestens versorgt.«

»Na, dann kommt mal«, fordere ich Elsie und Nele auf.

»Bleibt nicht zu lang, Aron hat uns von seinem Eintopf erzählt«, ruft Olek uns nach.

»Typisch für dich, immer nur an Essen denken.« Ich knuffe ihn leicht in die Seite. »Also, bis gleich. Lasst uns was übrig.«

Fröhlich plaudernd geleite ich meine Mädels in mein

neues Zuhause, auf das ich mächtig stolz bin. »Das Esszimmer und die Küche kennt ihr ja schon.« Ich gehe weiter voran und öffne die Schiebetür zum Wohnzimmer.

»Wow … na das nenne ich mal ein Sofa.« Elsie lässt sich auf das cremefarbene Samtsofa fallen. »Boah, das reicht ja für eine halbe Fußballmannschaft«, sagt sie, streift ihre Schuhe ab und fläzt sich in die weichen Polster. »Geht ruhig weiter, ich hab meinen Lieblingsplatz gefunden.«

»Oh, sag nur, Aron ist ein Klassikfan?«, fragt Nele, als sie die Plattensammlung und den Plattenspieler entdeckt. Anerkennend hebt sie eine Augenbraue. »Der Mann hat Stil.«

Es freut mich, dass sie so über ihn redet, nachdem sie zuvor skeptisch war. »Ja, er hat Stil und er kann sogar exzellent kochen.«

»Also ein Traummann, wie für dich gebacken«, sagt sie lachend. »Offenbar hast du ja alles richtig gemacht.«

»So ist es. Wollt ihr auch den Rest sehen, oder gleich hierbleiben?«, frage ich grinsend, von Elsie, die auf der Coch lümmelt, zu Nele blickend, die in Arons Musikschätzen wühlt.

Sofort springt Elsie auf, schlüpft wieder in ihre Schuhe, und auch Nele folgt mir die breite Holztreppe hinauf nach oben. Ein merkwürdiges Gefühl macht sich in mir breit. *Stolz?* Ja, es ist ein Anflug von Stolz und auch Aufregung, was mich noch in meinem Leben erwarten wird. Ich mag gar nicht daran denken, geschweige denn, es auszusprechen. Aber gerade eben, als ich Elsie auf unserer wirklich riesigen Couch liegen sah, hatte ich ein Bild vor Augen. Ein Wunschbild. Ich sah all unsere Freunde, dazwischen Aron, ich und ein oder zwei herumwuselnde Kinder.

Unsere Kinder?

Aaron und ich in ein paar Jahren?

Schnell schiebe ich diese Vorstellung zur Seite. Es ist zu früh, um überhaupt daran zu denken. Außerdem weiß ich, wie rasch allzu hohe Erwartungen enttäuscht werden. Ich lasse mich lieber überraschen und genieße den Moment.

Oben angekommen, bleibe ich vor einer Tür stehen, drücke sie auf. »Das ist das Arbeitszimmer von Aron. Sein Heiligtum, das in der Regel verschlossen ist. Nur heute nicht, damit ich es euch zeigen kann.«

»Sieht nach Arbeit aus, aber sehr aufgeräumt«, bemerkt Nele, wenig begeistert.

»Darauf legt Aron wert«, sage ich schmunzelnd. »Ordnung ist das halbe Leben, sagt er und das sieht dann so aus.«

»Hm ... und damit kommst du klar?«

»Natürlich. Ich bin anpassungsfähig.«

»Ach ja, seit wann?«, fragt Nele und sieht mich skeptisch an.

»Hallo, ich genieße durchaus die Vorzüge einer aufgeräumten und strukturierten Umgebung«, flachse ich. Und das meine ich tatsächlich so. Ja, es stimmt, Ordnung halten ist wirklich nicht mein Ding, aber es macht mir nichts aus, Aron zuliebe meinen Schlendrian hinter mir zu lassen.

»Kommt weiter«, fordere ich meine Freundinnen auf. »Ich bin gespannt, was ihr dazu sagt.«

Erwartungsvoll sehe ich die beiden an.

»Zeigst du uns jetzt eure Spielwiese?«, neckt Elsie.

»Gleich, aber erst zeige ich euch mein Zimmer.«

»Dein Zimmer?«, fragt Elsie verdutzt und tauscht einen Blick mit Nele aus.

»Aron meinte, ich solle ein Zimmer nur für mich haben, falls ich mal allein sein möchte. Zuerst habe ich gestutzt und überlegt, wozu ich so ein Zimmer brauchen sollte. Aber dann fand ich es gut.«

Ich öffne die Tür. »Tada! Und das ist es, kommt rein. Es ist klein aber mein.«

Nele schlüpft in das Zimmer und sieht sich um. »Sehr schön und wird bestimmt gemütlich sein, wenn du es fertig eingerichtet hast.« Sie dreht sich um die eigene Achse und ihr Blick trifft meinen.

»Ja, noch bin ich nicht dazu gekommen. Es ist eben sehr klein und ich muss mich entscheiden, was alles rein soll, bevor ich Möbel kaufe und es mir schön mache.«

Ertappt sehe ich mich um. Tatsächlich habe ich mich noch nicht mal darum gekümmert, es mir hier gemütlich zu machen, wie Nele meinte.

»Entspann dich, es ist dein Zimmer und da solltest du dir Zeit lassen. Die Idee finde ich gut. Der Mann gefällt mir immer mehr.« Nele grinst breit.

»So hast du wirklich einen Raum, in den du dich zurückziehen kannst und für dich bist«, stimmt Elsie zu. »Die Zeit, in der du das schätzen wirst, kommt schon noch.«

»Noch bin ich nicht so weit. Aber allein diese Möglichkeit zu haben, ist unbezahlbar.«

»Oh ja, das wünsche ich mir auch ab und an«, sagt Nele.

»Du?«

»Nun ja, Zweisamkeit ist ja gut, aber manchmal wünschte ich mir auch einen Ort, an den ich mich zurückziehen kann. Ehrlich, ich beneide dich darum.«

Das hatte ich jetzt nicht bei Nele gedacht, ich dachte immer, sie fühlt sich wohl mit Lucas.

»Es ist wirklich ein schöner Raum«, äußert sich Elsie und lässt den Blick schweifen. »Das Zimmer ist zwar wirklich klein im Vergleich zu den übrigen Räumen. Aber nun ja, um mal allein zu sein, reicht es völlig. Kommst du denn damit klar?«

»Ja sicher«, antworte ich etwas zu hastig. »Aron weiß, das ich mit kleinen Räumen Schwierigkeiten habe. Er schlug sogar vor, dass wir die Zimmer tauschen. Doch das wollte ich nicht. Sein Büro in diesem kleinen Raum? Nein. Aber wir haben einen Kompromiss gefunden. Es gibt im ganzen Haus keine Schlüssel, außer zu seinem Büro.«

»Wenn du damit klar kommst, ist es doch okay.« Nele reibt besänftigend über meinen Arm. »Du musst dich uns gegenüber wirklich nicht erklären.«

»Denke ich auch, solange du dich wohlfühlst, ist doch alles in Ordnung«, pflichtet Elsie bei und schaut zum Fenster hinaus. »Die Aussicht auf das Meer allerdings ist fantastisch. Das gefällt mir.« Mit einem Leuchten in den Augen wendet sie sich um. »Und wenn der Nachwuchs kommt, wird es ein Kinderzimmer, nicht wahr?«

»Elsie, mach mal halblang ... ich bin selbst noch nicht angekommen, das hat ...«

»Ach, hier seid ihr.« Aron steht unvermittelt in der Tür. »Ja, das ist das Prinzessinnenzimmer, so sagt Finja jedenfalls dazu«, erklärt er. »Finja wollte unbedingt ihr kleines Reich haben, um mal allein zu sein. Und da ich meine kleine Prinzessin liebe, konnte ich nicht nein sagen.« Er neigt den Kopf und sieht mich mit einem strahlenden Lächeln an.

»So ganz stimmt das nicht«, protestiere ich. »Du warst es, der es mir vorgeschlagen hat.«

Er schüttelt den Kopf. »Nein meine Süße, du wolltest es.«

Er behält dieses Lächeln. Und mir wird vor Scham, meinen Freundinnen gegenüber, flau im Magen. Was redet Aron da? Ich brauche Nele und Elsie nicht anzusehen, mir ist auch so klar, dass sie irritierte Blicke tauschen.

»Nein verdammt, du warst es, der es vorgeschlagen hat!«, platzt es zornig aus mir heraus.

»Nein mein Schatz.«

Sanft und, wie ich finde, mit einer Spur von Mitleid, streichelt er meine Wange. »Das habe ich nicht. Aber ich habe, ohne lange zu diskutieren, zugestimmt. Weil ich nur das Beste für dich will.« Immer noch lächelnd blickt er zu

Elsie und Nele. »Ich schwöre bei allem, was mir heilig ist, so war es.«

»Ist doch kein Problem, so etwas kommt vor … auch ich hatte ein paar Unstimmigkeiten mit Olek, als wir zusammengezogen sind.« Elsie nickt mir unmerklich zu, als wolle sie mir etwas mitteilen. »Also, wie war das mit deiner berühmten Suppe? Können wir jetzt essen? Ich sterbe vor Hunger.«

Sie hakt sich bei mir unter und führt mich die Treppen hinunter, gefolgt von Nele, die Aron in ein unverfängliches Gespräch verwickelt.

Langsam ebbt meine Wut ab. Als wir auf den gedeckten Tisch und das Lagerfeuer zugehen, drücke ich Elsies Hand. »Danke dir«, sage ich leise. »Aber so war es nicht. Aron hat es mir vorgeschlagen.«

»Mag ja sein, aber vielleicht hast du es zuerst erwähnt und er hat zugestimmt. Manchmal vergisst man die kleinen Details. Geht mir auch oft so.«

»Nein, Elsie, ich weiß es ganz genau. Er hat den Vorschlag gemacht.«

»Und wenn schon, du hast ein tolles Zimmer und einen Mann, der dich offensichtlich auf Händen trägt.« Sie wirft einen Blick zu Aron hinter uns. »Ich muss neidlos zugeben, dass du dir einen charismatischen Kerl geangelt hast.«

»Elsie!«

»Na was schon? Ist doch so! Lass uns den Abend genießen und häng dich nicht an Kleinigkeiten auf.« Zusammen eilen wir über den Platz auf die Männer zu, die uns erwartungsvoll entgegensehen.

Nur am Rand bemerke ich, wie die feuchte kühle Luft vom Meer zu uns weht und bin froh über das lodernde Feuer.

»Na endlich! Was habt ihr denn so lange gemacht?«, will Olek wissen. »Wir haben das Haus bewundert und ihr? Oh, wie ich sehe, habt ihr schon ein paar Bier getrunken«, stellt Elsie mit Blick auf die leeren Flaschen fest und hakt sich bei ihrem Mann unter.

»Herrschaften, bitte anstellen für den köstlichsten Gemüseeintopf in ganz Schweden.« Als wäre nichts gewesen, schöpft Aron mit einer großen Kelle den Eintopf aus dem gusseisernen Kessel über dem Feuer in Suppenschalen.

Als alle bedient sind, tauche auch ich den Löffel in das dampfende Gericht und koste davon. Die Suppe wärmt mich von innen auf und ist köstlich. Aber so richtig genießen kann ich sie nicht. »Schmeckt hervorragend«, lobe ich Aron, als er mich erwartungsvoll ansieht.

»Danke Süße, ich habe mir auch besonders viel Mühe gegeben.«

»Ja, das glaube ich dir sofort«, antworte ich. »So, wie du dir auch alle Mühe gegeben hast, mich bei meinen Freundinnen ...« Ich beiße mir auf die Lippen. Aber jetzt ist raus, was weiter in mir grummelt. Wenn auch nur angedeutet.

Aron runzelt die Stirn. »Ich weiß nicht, was du meinst.«

»Aron, hast du noch ein Bier für mich?« Lucas hebt seine leere Flasche hoch.

»Kommt sofort.«

Während wir die Suppe löffeln, reden wir über das Kajakfahren und Aron ist eifrig dabei, seine Erfahrungen zum Besten zu geben. Ich bin erleichtert und glücklich, dass er so entspannt und witzig mit meinen Freunden agiert und verdränge die seltsame Geschichte mit meinem angeblich so wichtigen Prinzessinnenzimmer.

»Wie wäre es, wenn wir im nächsten Frühjahr alle zusammen eine Tour machen?«, schlägt Aron spontan vor und blickt sich beifallheischend um. »Ich kenne da ein tolles Camp. Sauberes Wasser, malerische Kulisse, das Gelände eine echte Herausforderung, aber zu schaffen. Na, was meint ihr?«

Freudig stimmen wir zu. »Gut, dann ist das abgemacht. Ich organisiere alles.«

Nach Arons Vorschlag und seinem Angebot, sich um alles zu kümmern, schmieden wir begeistert Pläne, während Aron weiter von dem Camp schwärmt.

In einem etwas ruhigeren Moment beobachte ich ihn und erkenne in ihm den perfekten Gastgeber. Er hat wirklich Charisma, stelle ich stolz fest. Er ist charmant, witzig und bringt nicht nur mich zum Lachen. Auch sein Angebot, sich um alles zu kümmern, für eine aufregende Kajaktour, beeindruckt mich. Dennoch werde ich mit ihm über das, was er vorhin über mein Zimmer behauptet hat, noch mal reden.

Doch nicht jetzt.

Jetzt genieße ich einfach nur den vielleicht letzten lauen Spätsommerabend mit meinen Freunden.

Kapitel Siebzehn

Aron

Er spürt Finjas warmen Körper neben sich, aber auch ihre Unruhe. Doch er ignoriert es und zieht sie noch enger an sich heran, vergräbt sein Gesicht in ihren Nacken, inhaliert ihren betörenden Duft.

Gespannt wartet er auf eine Reaktion von ihr. Doch sie bewegt sich keinen Millimeter. Für eine Sekunde ist er verunsichert. Er ist sicher, dass sie wach ist und wappnet sich. Falls sie auf die Idee kommt, mit ihm über den Abend zu diskutieren, wird er sich schlafend stellen.

Eigentlich hatte er nicht damit gerechnet, dass sie danach mit ihm das Bett teilen würde. Doch er hat sich geirrt und das macht es interessant für ihn. Sie ist anders als die Frauen, die er vorher kannte. Sie hat sich immer im Griff, selbst wenn sie wütend auf ihn ist. Respekt. Ja, er zollt ihr einen gewissen Respekt. Mit sich im Reinen schließt er die Augen und zutiefst befriedigt darüber, dass sie bei ihm ist, übermannt ihn der Schlaf.

Vogelgezwitscher dringt durch das gekippte Fenster. Blinzelnd orientiert sich Aron. Noch immer liegt er angeschmiegt an Finjas Rücken im Bett.

Er spürt, wie sie vorsichtig seinen Arm anhebt, um sich daraus zu befreien, und stellt sich weiter schlafend, gibt nur einen brummelnden Laut von sich.

Für einen Moment verharrt sie. Erst als er wieder ruhig ist, schlüpft sie aus dem Bett. Ihm den Rücken zukehrend, streift sie ihr T-Shirt ab. Er kann nicht umhin, ihren makellosen Körper anzustarren. Sie ist trainiert, durch das Rudern und Joggen. Alles an ihr ist fest und wohlgeformt und überzogen von samtweicher Haut. Ihr Anblick und seine Fantasien erregen ihn.

Rasch schließt er die Augen, als Finja einen flüchtigen Blick über die Schulter wirft. Dann sieht er wieder hin, beobachtet, wie sie sich ein Sweatshirt überstreift, ihre Haare zu einem Pferdeschwanz zusammenbindet und einen Moment verharrt.

Jetzt wäre der Moment, dass sie sich zu ihm beugt und ihn mit einem Kuss weckt. Mit geschlossenen Augen wartet er darauf. Doch dann hört er ihre leisen Schritte auf dem Holzboden und wie sie, darauf bedacht, ihn nicht zu wecken, langsam den Türgriff runter drückt und nahezu geräuschlos die Tür hinter sich schließt.

Was sollte das denn?

Enttäuscht dreht er sich auf den Rücken und starrt an die Decke. Sein Herz rast. Das Gefühl, dass er die Situation und Finja falsch eingeschätzt hat, macht ihn nervös – und wütend. Wütend auf sich selbst. Er hat sich zu sicher gewähnt.

Finja ist willensstark, aber er weiß auch, dass sie ihn liebt und er ist sich absolut sicher, dass sie ihre Beziehung um jeden Preis aufrecht erhalten will. Er presst die Zähne aufeinander, bis seine Kiefer schmerzen. Die Möglichkeit, Finja könne ihm entgleiten, wenn er es zu weit treibt, behagt ihm nicht.

Finja

Angelehnt an einen Pfeiler der Veranda, einen Becher heißen Kaffee in der Hand, recke ich mein Gesicht der Morgensonne entgegen. Ich genieße die leichte Brise, die vom Meer zu mir weht, den Duft nach Salz und Frische. Ich kann es immer noch nicht fassen, dass ich direkt am Meer wohne.

Ich beuge mich vor, um zu dem Gästehaus zu spähen. Dort sind die Vorhänge noch zugezogen, was mich nicht wundert. Die Jungs haben bis spät in die Nacht gebechert und sich Anekdoten aus ihrer Jugend erzählt. Auch Aron hat ordentlich mitgehalten. Elsie, Nele und ich haben uns klammheimlich in unsere Betten verzogen, als sich abzeichnete, dass der Alkohol unsere Männer fest im Griff hatte. Aber es freut mich, dass die Jungs sich so gut verstanden haben und ihren Spaß hatten.

Im Grunde war es ein rundum gelungener Abend, bis auf diese merkwürdige Äußerung von Aron. Im Nu fühle ich die Hilflosigkeit wieder in mir aufkeimen. Was hat Aron da nur geritten? Er hat sich wie mein Gebieter aufgeführt und mich vorgeführt. Später hat er nicht eine Sekunde darüber nachgedacht, wie das für mich gewesen sein muss. Im Gegenteil, er hat wiederholt, ich hätte den Wunsch nach dem eigenen Zimmer geäußert.

Wie kam er nur darauf?

Mit einem heftigen Schnauben lasse ich auch meine angestaute Wut entweichen. Danach kann ich wieder normal atmen und nehme einen weiteren Schluck des mittlerweile lauwarmen Kaffees. Aber so ganz durch bin ich mit dem Thema noch nicht. Vielleicht hat Elsie recht, dass ich es falsch interpretiert habe, als Aron mir das Zimmer zeigte. Nachdenklich reibe ich mir über die Stirn.

Jetzt habe ich schon so lange darüber gegrübelt, dass ich mir einfach nicht mehr sicher bin.

»Hej Liebes, wie geht es dir?«

Aron steht plötzlich neben mir, beugt sich vor und küsst mich auf die Wange. Erschrocken weiche ich zurück. »Aron! Meine Güte, ich war ganz in Gedanken und hab dich nicht kommen gehört.«

»Ich hoffe, es waren gute Gedanken.« Sein Blick ruht liebevoll auf meinem Gesicht. Und so sehr ich es versuche, meine Zweifel wie ein Schutzschild zwischen uns zu stellen, so sehr scheine ich ihm verfallen zu sein. Ich kann meine Augen nicht von ihm lassen, kann immer noch kaum fassen, dass wir ein Paar sind.

Er neigt den Kopf. »Alles in Ordnung?«

»Ja, mir geht es gut«, stammele ich. Verdammt! Wie kann es sein, dass allein sein Blick dieses rauschige Gefühl in mir auslöst? Ich nehme erneut einen Schluck Kaffee, der inzwischen bitter schmeckt.

Was ist es nur, was mich so zu ihm hinzieht? Warum verzeihe ich ihm so leichtgläubig und suche die Schuld bei mir, schiebe alles darauf, dass ich ihn nur falsch verstanden habe?

Klar, Aron sieht umwerfend aus, genau wie ich es mag. Rau und doch sensibel hinter der harten Schale. Aber da ist noch mehr. Sein Verstand, seine schnelle Auffassungsgabe und die Art, wie er mich behandelt. Unfassbar einfühlsam – nur gestern war er das krasse Gegenteil.

Oder war er es doch?

Hat er deswegen das Thema nicht weiter diskutiert, als wir wieder am Feuer saßen?

»Süße, warum siehst du mich so an?«

Ertappt! Mist! Vermutlich hat er mir meine widersprüchlichen Emotionen angesehen. »Nichts weiter«, sage ich betont lässig, lehne mich weit nach vorne, und linse wieder zum Gästehaus. »Schau mal. Die Vorhänge sind zurückgezogen. Sieht so aus, als wären unsere Schnapsdrosseln aufgewacht.«

Nachdem ich Aron dazu gebracht habe, meinem Blick zu folgen, bin ich selbst wieder locker genug drauf, ihn unbefangen anzusehen.

»Was ist mit dir, hast du Kopfschmerzen?«, frage ich.

»Aber nein, so viel habe ich nun auch nicht getrunken.«

»Wenn du es sagst.« Mit einem verschmitzten Lächeln wende ich mich wieder dem Gästehaus zu. »Ich fürchte, die Jungs werden einen mächtigen Kater haben. Du hast sie ganz schön abgefüllt.«

Protestierend hebt er die Hand. »Nein, ich hab immer höflich gefragt, ob sie noch was möchten.«

»Ja, und wer kann dir schon was abschlagen«, setze ich nach. »Wie auch immer. Ich werde jetzt mal unser Frühstück vorbereiten.«

»Soll ich dir helfen?«

»Nein ... und nur zur Sicherheit, ehe du mich wieder mal falsch verstehst. Das war ein Nein!« Ich schaffe es, ihm keck zuzuzwinkern und bevor er etwas erwidern kann, rausche ich an ihm vorbei ins Haus.

Kapitel Achtzehn

Finja

Zehn Tage später

»Hej Finja, du bist ja schon da«, begrüßt Astrid mich, streift ihre Jacke ab und hängt sie über den Stuhl. »Oder bin ich zu spät?«

Ich hebe meinen Blick von den Patientenberichten. »Nein, du bist pünktlich wie immer. Heute scheint es ein ruhiger Tag zu werden. Wir müssen drei Entlassungen vorbereiten und wenn wir Glück haben, kommt kein Notfall.«

»Also ein Tag, den wir uns rot im Kalender markieren sollten.«

Ich recke meinen Daumen.

Schwerfällig lässt Astrid sich auf den Stuhl mir gegenüber fallen und schnappt sich eine Akte. »Mein Gott, ich muss wirklich abnehmen«, murrt sie und zieht ihre Schwesterntracht zurecht. »Jetzt werden schon diese zeltartigen Kittel eng.«

»Ich hab dir ja gesagt, Sport hilft. Und eine gesunde Ernährung ebenfalls.«

»Ja ja, und damit fange ich auch heute an.« Sie grinst breit und legt demonstrativ einen Apfel auf den Tisch. »Siehst du. Ab heute wird sich nur noch gesund ernährt.«

»Das ist gut.«

»Tja, und bald werde ich schlank wie ein Strohhalm sein und du wirst aufgehen wie ein Hefeteig, an der Seite dieses heißen Typen, der angeblich auch noch ein Meisterkoch ist.« Sie zeigt grinsend mit dem Zeigefinger auf mich. »Hast du selbst gesagt. Und nun erzähl schon, was hat er dir gestern auf den Teller gezaubert?«

»Willst du es wirklich wissen? Ich meine, jetzt, nachdem du dich entschieden hast, eine Diät anzupeilen.«

Eifrig nickt sie.

»Also gut, aber auf eigene Gefahr. Es gab gedünsteten Lachs auf einem pikanten Reisbett und anschließend Crème brûlée.«

Entrückt leckt Astrid sich über die Lippen und schluckt trocken. »Okay, das reicht.«

»Ich hab dich gewarnt. Und jetzt lass uns die Patienten versorgen.«

»Ja, besser ist es … ach, du hast ein Glück mit deinem Kerl.« Seufzend schnappt sich Astrid das Tablett mit den Medikamenten für die Patienten, blickt aber über die Schulter noch mal zurück zu mir. »Ehrlich, ich beneide dich und ich wünsche dir alles Glück dieser Welt.«

Astrid mag es, wenn ich ihr von Aron erzähle. Ich glaube, sie hat sich ein wenig in ihn verguckt, obwohl sie ihn nur einmal flüchtig gesehen hat. Aber ging es mir nicht ähnlich?

Bei dem Gedanken an Aron muss ich schmunzeln. Offensichtlich hat es gewirkt, dass ich das Thema mit meinem angeblichen Wunschzimmer nicht mehr angesprochen habe. Seit Tagen ist er wie ausgewechselt. Fürsorglich, ruhig und gelassen. Nur gelegentlich weist er mich auf etwas hin, was ich angeblich verlegt haben soll. Er ist nun mal ein

Ordnungsfreak, und manchmal hat er wahrscheinlich sogar recht. Kein Grund, mich aufzuregen. Und das tue ich auch nicht. Ich reagiere einfach gelassen. Immer noch in mich hineinschmunzelnd, erinnere ich mich an heute Morgen. Er hat mich liebevoll in den Arm genommen und mir so verliebte Worte in mein Ohr gemurmelt, bevor er das Haus verließ.

An der Tür hat er sich noch einmal umgedreht. »Ich hab heute Abend ein Geschäftsessen. Ich möchte, dass du dabei bist.«

»Um wie viel Uhr?«

»Gegen sieben im Operakällaren. Und mach dich hübsch.«

Der Tag ist wie im Flug vergangen. Und ich freue mich auf den Abend mit Aron, auch wenn das Restaurant nicht so meins ist. Es ist viel zu gediegen für meinen Geschmack. Aber wenn es ein Geschäftsessen ist, hat Aron es vermutlich bewusst so ausgewählt, dass es seinem Kunden zusagt. Ich hoffe nur, dass ich die passende Garderobe gewählt habe. Ein Etuikleid in Kornblumenblau.

Ich gebe die Adresse in das Navi ein und starte meinen Polo, den Aron überhaupt nicht mag. Aber das ist mir egal. Er hat mich immer an mein Ziel gebracht.

Das schafft er auch heute. Auf Anhieb finde ich einen Parkplatz in der Nähe des bewunderungswürdigen alten Gebäudes, das früher ein Opernhaus war.

Dass ich trotzdem fünfzehn Minuten zu spät bin, bemerke ich, als ich auf meine Armbanduhr sehe. Ich laufe fast schon zu dem Restaurant. Aron hasst es, wenn man unpünktlich ist.

Kristalllüster an den hohen Decken werfen ein weiches Licht auf die blütenweißen Tischdecken. Leise Klaviermusik und gedämpfte Stimmen empfangen mich, als ich das Restaurant betrete und mich umsehe.

»Guten Abend. Haben Sie reserviert?«

Ich blicke in das Gesicht eines gepflegten älteren Herrn, der an der Tür zum Restaurant steht und mich freundlich ansieht. Vor ihm auf einem Podest liegt ein großes Reservierungsbuch.

»Ich bin mit Aron Sjögren verabredet.«

Der Mann sieht nach. Schüttelt bedauernd den Kopf.

»Auf den Namen habe ich leider keinen Eintrag.«

»Sehen Sie unter Sjögren Art & Image nach«, bitte ich.

»Tut mir leid, auch darunter finde ich nichts.«

»Vielen Dank«, murmele ich, auch wenn es nichts zu danken gibt und greife auf dem Weg nach draußen zum Handy. Ich wähle Arons Nummer.

»Hej Süße, wo bist du?«

»Vor dem Restaurant, das du mir genannt hast. Dem Operakällaren.«

»Nein, ich sagte Omnipollos.«

Genervt presse ich die Kiefer aufeinander, während er lacht und mir die Adresse gibt.

Zwanzig Minuten später bin ich dort. Meine Stimmung ist auf dem Tiefpunkt. Habe ich mich wirklich verhört? Ich bin mir sicher, dass Aron Operakällaren gesagt hat.

Vielleicht muss ich demnächst alles protokollieren und mir schriftlich von Aron bestätigen lassen, denke ich aufgebracht, als ich aus dem Wagen aussteige und zum Omnipollos eile.

Mit ausgebreiteten Armen kommt Aron auf mich zu. Doch ich sehe nur kurz zu ihm. Mein Blick gleitet durchs Restaurant. Oh verflucht! Ich bin total overdressed. Arons Blick bestätigt es mir.

»Wir reden später darüber«, zische ich ihn an.

»Worüber, bitte? Dass du die Namen verwechselt hast, weil du mir nicht richtig zugehört hast?«

»Aron, ich weiß genau, was du gesagt hast ...«

»Mach jetzt keine Szene. Lass uns den Abend genießen und Spaß haben.«

Er zieht mich zu einem großen runden Tisch in der Ecke.

»Hej Leute, das ist Finja, sie ist die Frau an meiner Seite.« Stolz reckt er das Kinn.

Ich nicke und lächle gequält in die Runde, bringe eine brüchige Begrüßung zustande. Es sind Menschen unterschiedlichen Alters, alle leger gekleidet und wie es scheint, fröhlich und entspannt.

»Darf ich dir meine Assistentin Liv vorstellen. Ohne Liv würde ich im Chaos versinken. Sie regelt alles und ist meine rechte Hand.« Er zwinkert ihr zu.

»Liv, das ist Finja, meine große Liebe.«

Liv streckt ihre Hand aus. »Schön, Sie kennzulernen.«

»Danke.« Sie sieht gut aus. Kurvenreich, blonder Bob und tiefblaue Augen.

»Aron ist ein angenehmer Boss. Ich arbeite gerne mit ihm.« Sie wirkt nervös und irgendwie angespannt, als ihr Blick zwischen Aron und mir hin und her gleitet.

Instinktiv vermute ich mehr dahinter. Ob die beiden eine Liaison haben?

»Setz dich doch, was möchtest du trinken?« Aron legt die Hand um meine Taille.

»Sagtest du nicht, dass es ein Geschäftsessen ist?«, frage ich leise.

»Ist es auch, und zwar mit meinen engsten Mitarbeitern. Ich wollte, dass du sie kennenlernst.«

»Das hättest du doch sagen können. Dann hätte ich mich nicht so ... so aufgebrezelt.«

Ich koche vor Wut und Scham, als er hemmungslos lacht.

Kapitel Neunzehn

Finja

Zwei Wochen später

Ich recke mein Gesicht der warmen Herbstsonne entgegen und spüre, wie sie mich belebt. Schwungvoll stoße ich das Kajak vom Ufer und finde meinen Rhythmus. Das Wasser ist ruhig und spornt mich an, mein Tempo zu steigern. Hoch über mir, an einem Himmel, dessen Farbe mich an wilde Malven erinnert, entdecke ich Möwen, die der untergehenden Sonne entgegenfliegen. Es könnte nicht kitschiger sein.

Zwei Wochen ist es jetzt her, dass Aron und ich einen fürchterlichen Streit wegen dem Missverständnis mit der Restaurantadresse hatten. Nachdem wir wieder allein waren, habe ich ihm klar zu verstehen gegeben, dass ich mich nicht verhört habe. Über die leisen Zweifel, die mir im Lauf des Abends selbst kamen, habe ich kein Wort verloren.

Am Ende hat Aron eingelenkt und am nächsten Tag stand er mit einem riesigen Strauß Rosen vor mir. Er wirkte wie ein gescholtenes Kind, als er mir die Blumen überreichte und sich tausendmal entschuldigte. Was blieb mir anderes übrig, als ihm zu verzeihen?

Es war doch nur eine Lappalie. Und ich bin erleichtert, dass es bis auf Kleinigkeiten großartig zwischen uns läuft. Das warme Gefühl, das ich gerade empfinde, ist unbeschreiblich. Mir geht es prächtig, ich bin immer noch verliebt und werde geliebt.

Kraftvoll stoße ich mit dem Paddel in das dunkle Wasser und genieße die Anstrengung und den Wind in meinem Gesicht. Ich fühle mich lebendig.

Ausgepowert, aber auch entspannt ziehe ich das Kajak an Land. Ich stützte meine Hände in die Hüften, schnaufe tief durch, warte darauf, dass ich wieder normal atmen kann, bevor ich das Kajak auf dem Trolley den Hang hochziehe. Das ist der Part, den ich an meinem Lieblingssport hasse. Mir graust jedes Mal davor, weil es wirklich verdammt mühsam ist, das Boot hochzuhieven und sicher zu befestigen. Das ist ein Grund, warum ich nur noch selten allein mit dem Kajak unterwegs bin. Aber wie heißt es? Man kann nicht alles haben und alles hat seinen Preis. »Blöder Spruch«, maule ich vor mich hin und vertäue das Kajak auf dem Trolley.

Der Pfad ist schmal und steinig. Still fluche ich vor mich hin. Und dann passiert es; Ich stolpere und schlage der Länge nach hin. Reflexartig umklammere ich das Seil am Boot.

»Warten Sie, ich helfen Ihnen!«

Eine Frau eilt auf mich zu.

»Alles in Ordnung bei Ihnen?«, fragt sie und hält mit beiden Händen das hintere Ende des Kajaks fest.

»Ja, danke. Ich war unvorsichtig und bin gestolpert.« Umständlich richte ich mich auf.

»Ich gehe hinter ihnen und schiebe, dann geht es einfacher.«

»Danke.«

Oben angekommen keuche ich erleichtert auf und betrachte meine aufgeschrammten Knie. »So was idiotisches! Das nächste Mal nehme ich den bequemen, längeren Weg.«

»Macht vielleicht Sinn.« Sie streckt mir ihre Hand entgegen. »Ich bin Hanna, Hanna Lund.«

»Finja Hellström.«

»Wohnen Sie hier?« Mit einer Kopfbewegung deutet sie zu dem Haus.

»Ja, seit kurzem. Und Sie? Wohnen Sie hier in der Nachbarschaft?«

»Oh nein, das kann ich mir nicht leisten. Ich wohne mitten in Vaxholm in einer kleinen, aber feinen Wohnung. Immerhin mit Blick aufs Meer.«

Aufmerksam betrachte ich sie. Sie hat ihr langes flachsblondes Haar unter einem Basecap versteckt und ihre Augen sind wach auf mich gerichtet. Fast schon beängstigend wach.

»Und wie lebt es sich hier?« Sie sieht sich um und macht eine ausladende Handbewegung. »Ist ja sehr einsam hier. Der nächste Nachbar ist nicht mal in Sichtweite. Ich schätze drei ... vierhundert Meter?«

»Ja, kommt etwa hin. Aber das stört mich nicht. Ich mag es abgeschieden«, erwidere ich und bestätige in Gedanken, was Hanna eben gesagt hat. Ja, es ist einsam und manchmal nervt es mich, dass ich mich nicht mal spontan mit Freunden auf ein Glas Wein treffen kann. Aber das werde ich ihr nicht auf die Nase binden.

»Was machen Sie beruflich?«, will Hanna wissen.

»Ich bin Krankenschwester im Karolinska Krankenhaus.«

»Oh, das ist mit Sicherheit interessant, aber auch anstrengend. Stelle ich mir jedenfalls vor. Schichtdienst und dann all die kranken Menschen ... und auch die, die das Krankenhaus nie wieder lebend verlassen werden. Muss hart sein.«

»Ist es, aber ich liebe meinen Job.«

Hanna zögert, vergräbt die Hände in die Taschen ihres Sweaters.

Sie scheint angesichts meiner knappen Antworten leicht verlegen zu sein, während ich mir vorkomme, wie bei einem Verhör. Und bevor sie weiter fragt, kürze ich unser stockendes Fragen und Antworten kurzerhand ab.

»Danke für Ihre Hilfe, und vielleicht sieht man sich ja wieder«, verabschiede ich mich mit einem Lächeln.

»Ja, vielleicht, ich jogge öfter hier am Meer.« Wieder zögert sie. »Passen Sie auf sich auf, Finja.«

Sie nickt mir zu und läuft leichten Schrittes davon und schon bald verschmilzt ihre Gestalt mit der Dämmerung.

Was für eine merkwürdige Begegnung.

Was sollte das?

Passen Sie auf sich auf.

Und dann all die Fragen. Denkt sie, ich bin immer so tollpatschig und nicht in der Lage, mein Kajak zu transportieren? Ich rege mich auf, fühle mich provoziert und kann nicht mal erklären, warum.

Es gibt dafür keinen Grund. Diese Hanna war einfach nur hilfsbereit und hat versucht, mit mir ins Gespräch zu kommen. Trotzdem merkwürdig.

In Gedanken noch bei Hanna, verstaue ich das Kajak in dem Schuppen. Von draußen höre ich den satten Klang von Arons Wagen. Ich linse auf meine Armbanduhr. Halb neun. Dafür, dass er sich mit seinem besten Freund treffen wollte, der gerade in der Stadt weilt, ist er früh zurück. Ich hoffe, es war trotzdem nett.

Wie immer fährt Aron seinen Wagen zügig in die Garage und ich erinnere mich daran, dass mich das anfangs erschreckt hat.

Aber es ist schön, dass er schon da ist. Lächelnd eile ich ihm entgegen. »Hej, da bist du ja.« Ich lege meine Arme um seinen Hals. »Wie war dein Treffen?«

»Wo warst du?« Er löst sich aus meiner Umarmung.

Perplex weiche ich zurück. »Was meinst du damit; wo ich war?«

Aron verschränkt die Arme vor seiner Brust und sieht mich forschend an. »Du wolltest auch kommen. Ich hatte dich gebeten, nach Feierabend zu uns zu stoßen. Ich wollte, dass du ihn kennenlernst. Erinnerst du dich nicht? Nein, natürlich nicht ... typisch für dich. Ständig vergisst du, was wir verabredet haben.«

Getroffen von der Härte seiner Worte hebe ich abwehrend meine Hände. Empörung steigt in mir hoch und mir wird flau vor Hilflosigkeit.

»Was redest du da, Aron? Wir waren nicht verabredet! Du wolltest einen Abend mit deinem Freund verbringen, hast mir erzählt, ihr wolltet alte Jugendgeschichten aufwärmen! Das waren deine Worte!«

»Das stimmt nicht!«, herrscht er mich an. »Du hast zugesagt, dass du ein wenig später dazukommst.«

»Das ist nicht wahr!« Entschlossen trete ich ihm entgegen. »Was soll das schon wieder? Warum behauptest du ständig, dass ich etwas gesagt, getan oder verlegt habe, was nicht der Wahrheit entspricht? Warum?« Inzwischen bin ich so aufgebracht, dass ich am liebsten auf der Stelle meine Sachen packen und ihn verlassen würde.

Wie Fremde starren wir uns an. Fremde, die auf einer einsamen Insel gelandet sind und nicht wissen, was sie von ihrem Gegenüber halten sollen.

»Wer war die Frau, die bei dir war?«

»Was? Welche Frau?«

Ich bin viel zu wütend, um auf seinen Themenwechsel reagieren zu können, weiß im ersten Moment nicht mal, von wem Aron spricht.

»Sieh mich nicht so an, als wüsstest du nicht, wen ich meine. Die Frau, die den Weg zur Hauptstraße gejoggt ist. Sie ist mir entgegengekommen. Sie war hier, nicht wahr? Was wollte sie?«

»Wieso fragst du mich nach ihr, ist das wichtig?«

Seine Augen sind zu Schlitzen verengt, als er mich ansieht. Das Licht in der Garage zeichnet harte hässliche Schatten auf sein Gesicht.

Ich weiche vor ihm zurück. »Puh ... was ist nur los mit dir?« Verärgert wende ich mich ab und stürme aus der Garage.

Sein harter Griff an meinem Arm hält mich zurück. Ich schreie: »Spinnst du?!«

Sofort lässt er mich los und hebt entschuldigend seine Hände. »Tut mir leid, das wollte ich nicht.«

»Mach das nie wieder!«

»Entschuldige, ich habe überreagiert.« Betreten sieht er zum Boden und kickt einen Kieselstein fort. »Ich mache mir nur Sorgen, das ist alles«, murmelt er und vergräbt die Hände in den Hosentaschen.

»Sorgen? Worüber machst du dir Sorgen?«

»Um dich. Ich habe Angst um dich, dass dir etwas passieren könnte. Wir sind hier sehr einsam und es gibt immer Spinner, die ....«

»Die was?«, unterbreche ich ihn und bin hin und her gerissen. Nach alldem, was er vorher behauptet hat und wie er mich angegangen ist, wirkt er unerwartet verletzlich und betreten.

Aron antwortet nicht, sieht mich immer noch betreten an, als suche er nach Worten.

»Also gut, wenn es für dich wichtig ist«, lenke ich ein.

»Die Frau hat mir geholfen mein Kajak noch oben zu transportieren, weil ich am steilen Weg gestürzt bin.«

Ich deute auf mein aufgeschrammtes Knie. Aron wirft nur einen flüchtigen Blick darauf. Zu meiner Enttäuschung sagt er nichts dazu.

»Kennst du sie?«, fragt er nur.

»Nein. Ich hab sie heute zum ersten Mal gesehen.«

»Hat sie dir ihren Namen gesagt?«

»Ja, hat sie. Hanna Lund«, gebe ich missmutig von mir. »Willst du sonst noch was wissen?«

Er starrt mich nur an.

Jetzt bin ich mehr als genervt. »Was ist mit dir, Aron, kennst du sie etwa?«

»Nein, wie kommst du darauf?«

»Weil du eben blass geworden bist, als ich ihren Namen genannt habe. Muss ich mir Sorgen machen, dass es eine Ex von dir ist?«

»Nein, natürlich nicht«, stammelt er und fährt sich müde über sein Gesicht. »Wie ich sagte, es treiben sich oft Leute hier rum, die nichts Gutes im Sinn haben.«

»Na dann. Ich gehe jetzt mein Knie versorgen.« Ich wende mich um, lasse ihn stehen und stapfe zum Haus.

Aron heilt hinter mir her. »Warte, ich helf dir.«

»Mach dir keine Mühe, ich schaffe das allein.«

Im Bad im Obergeschoss angekommen, höre ich, wie Aron sich im Wohnzimmer einen Drink einschenkt und vor sich hin murrt.

Kurz starre ich auf die noch offenstehende Tür und koche immer noch vor mich hin. Ich brauche irgendwas, um mich abzureagieren. Heftig knalle ich die Tür zu. Höre, wie sogar das gekippte Fenster scheppert. Aber das reicht mir nicht. Ich lehne mich mit dem Rücken an die Tür, schließe die Augen, stoße meinen Atem aus.

Was ist nur mit Aron los?

Oder liegt es an mir?

Habe ich zu hohe Erwartungen an ihn, an die Beziehung? Nie in meinem ganzen Leben war ich so außer mir. Nie so ratlos.

Ich muss unbedingt mit meinen Freundinnen reden. Aber dann wird mir bewusst, dass ich all ihre Ratschläge in den Wind geschossen habe. Oh verflucht. Ich kann jetzt unmöglich angekrochen kommen und mich bei ihnen ausheulen.

Das ist zu peinlich.

Mühsam richte ich mich auf, hole mir die Flasche mit dem Desinfektionsspray aus dem Apothekerschrank. Reinige meine verschrammten Knie und sprühe das Zeug drauf. Es brennt wie Hölle. Aber es ist mir nur recht, dass der Schmerz mir Tränen in die Augen treibt und nicht die Enttäuschung über Aron und unsere Beziehung.

Ich trete vor das Waschbecken, drehe das kalte Wasser auf, forme meine Hände zu einem Kelch und lasse das kühlende Nass hineinlaufen, tauche mein Gesicht hinein. Es kühlt mich ab, klärt meine chaotischen Gedanken und spült die Tränen fort.

Vorsichtig tupfe ich mein Gesicht mit einem Handtuch trocken und werfe einen kurzen Blick in den Spiegel. Ich seh immer noch zornig aus, bemühe mich, die Stirnfalte über der Nasenwurzel zu glätten. Dann hole ich tief Atem, wende mich um.

Lautlos öffne ich die Badezimmertür. Verharre kurz. Arons gedämpfte Stimme dringt zu mir.

»Sagte ich dir doch ... und ich will, dass du ... hör mir genau zu ...«

Auf Zehenspitzen schleiche ich zur Treppe, sehe hinunter in den offenen Wohnraum. Aron hat ein Glas

Whiskey in der einen Hand und das Handy fest mit der anderen an sein Ohr gepresst. Er wandert auf und ab, schüttelt immer wieder den Kopf. »Verflucht, ich sag dir doch, sie war hier!« Er brüllt es heraus. Dreht sich um und sieht zur Treppe. Reflexartig weiche ich zurück.

Ich warte.

Halte die Luft an.

Dann höre ich die Haustür ins Schloss fallen.

Kapitel Zwanzig

Hanna

Vor einer Stunde

Nach der Begegnung mit Finja joggt Hanna Richtung Hauptstraße. Die auf sie zukommenden Scheinwerfer sieht sie schon von Weitem. Sie läuft langsamer und orientiert sich am äußeren Rand der Küstenstraße.

Der entgegenkommende Wagen drosselt die Geschwindigkeit. Hanna nickt kurz, um sich bei dem Fahrer für die Rücksichtnahme zu bedanken. Dann stutzt sie, wendet rasch den Blick ab, als sie sieht, wer hinter dem Steuer sitzt. Der Wagen fährt langsam an ihr vorbei. Sie wirft einen raschen Blick über die Schulter, blickt dem Fahrzeug hinterher. Ob der Fahrer sie erkannt hat?

Vermutlich.

Er hat in ihre Richtung gesehen. Aber hat er sie auch erkannt? Und wenn ja? Ist das nicht egal?

Nein, ist es nicht!

Nachdenklich setzt sie ihren Weg fort und visualisiert noch einmal die Begegnung mit Finja. Die junge Frau hat einen aufgeräumten Eindruck auf sie gemacht. Dennoch sorgt sie sich um sie und beschließt, sie im Auge zu behalten. Sie erhöht ihr Lauftempo.

Schwer atmend stützt Hanna die Hände auf ihre zitternden Oberschenkel. Das Herz schlägt ihr bis zum Hals. Schon lange ist sie nicht mehr so stramm gelaufen. Stöhnend richtet sie sich auf, holt tief Luft, bevor sie die Treppen des zweistöckigen Mietshauses hinauf eilt, immer zwei Stufen auf einmal nehmend. Das gehört zu ihrem obligatorischen Fitness-Programm.

Wie immer beschließt sie es mit einer Dusche, die sie sich heute wirklich verdient hat, ebenso wie ihr persönliches Festmahl.

Es ist eine fertige Pasta, die sie nur in der Mikrowelle erwärmt. Dazu gönnt sie sich ein Glas Weißwein. Nach dem Essen steht sie auf, stellt sich mit dem Weinglas an das Fenster. Es ist stockdunkel, nur die Lichter der Fischerboote und Jachten, die vor Anker in der Bucht liegen, verraten, das sie am Meer wohnt. Weit weg von ihrem ehemaligen Zuhause.

Und das ist gut so!

Hanna ist froh, hier zu sein, auch wenn ihr Weg zu diesem Küstenort nicht einfach war. Aber er war nötig, nachdem sie alles verloren hatte.

Sie verdrängt ihre schmerzhaften Erinnerungen, konzentriert sich darauf, dass sie jetzt ein neues Leben hat.

Sie leert ihr Glas in einem Zug und muss erneut an ihre Begegnung mit Finja denken. Sie wirkte sympathisch und machte einen bodenständigen Eindruck auf sie. Auch an Aron muss sie denken. Inständig hofft sie, dass er sie nicht erkannt hat. Das wäre fatal.

Kapitel Einundzwanzig

Aron

»Ich habe auf deinem Dienstplan gesehen, dass du heute Spätschicht hast«, sagt Aron.

Finja reagiert nicht, lässt ihn zappeln.

»Als Entschuldigung für gestern Abend lade ich dich zum Mittagessen in ein nettes Restaurant ein. Danach fahre ich dich zur Klinik. Wie klingt das für dich?« Hoffnungsvoll sieht er Finja an und schenkt ihr Kaffee ein.

Finja erwidert weder seinen Blick, noch bedankt sie sich für den Kaffee.

»Süße, es tut mir leid, dass ich gestern so ... ich weiß nicht, wie ich es sagen soll.« Verlegen reibt er mit dem Daumen über den Rand seiner Tasse. »Ich schätze, ich hab mich wie ein Idiot benommen.« Bedauernd verzieht er seinen Mund, blickt Finja flehend an. »Das war nur, weil ich mir Sorgen mache. Aber du hast das alles missverstanden.«

»Missverstanden?« Finja lehnt sich zurück, sieht ihn endlich an. »Was gab es da nicht zu verstehen? Wieder einmal hast du behauptet, ich hätte etwas vergessen. Du hast dreist behauptet, wir wären verabredet gewesen, dass ich zugesagt hätte, zu dem Treffen mit deinem Freund dazuzustoßen. Komisch, dass ich davon nichts weiß, oder? Es scheint, als habest du dir das nur eingebildet. Und dann machst du mir eine Szene wegen dieser Hanna, wirst blass, als ich ihren Namen nenne.« Sie beugt sich vor und sieht ihn ernst an. »Habe ich mir das wirklich nur eingebildet?«

Es kostet Aron Überwindung, nicht laut zu werden. Er mag es nicht, wenn er um ihre Gunst buhlen muss. Doch jetzt bleibt ihm nichts anderes übrig.

»Nein, das hast du nicht«, antwortet er kleinlaut. »Ich hab manchmal Angst um dich, wenn ich nicht da bin, um dich zu beschützen. Wir leben hier sehr isoliert und ich bin beunruhigt, wenn du allein im Haus bist.«

»Das ist sehr fürsorglich von dir, aber ich kann auf mich selbst aufpassen – würdest du mir die Orangenmarmelade reichen?« Sie schenkt ihm ein breites Lächeln.

Sie ist gut. Nein, sie ist hervorragend und er gesteht sich ein, dass er dieses Spiel liebt. Dennoch ermahnt er sich, es nicht zu weit zu treiben. Sonst packt sie am Ende ihre Sachen und ist weg, wenn er nach Hause kommt. Das darf nicht passieren. Sie gehört ihm und er will sie. Mehr als all die anderen Frauen, denen er zuvor begegnet ist. Versonnen sieht er sie an.

»Worüber denkst du nach?«, fragt Finja und bestreicht ihren Toast mit Orangenmarmelade.

»Das ich dich über alles liebe.« Er seufzt aus tiefstem Herzen. »Vielleicht«, flüchtig senkt er den Blick, »vielleicht ist es besser, wir ziehen in die Stadt. Dann bist du nicht mehr allein und kannst deine Freunde besuchen, wenn ich wieder einmal spät aus der Agentur komme.«

Als Finja ihm antworten will, hebt er seine Hand. »Nein, warte. Ich weiß doch, wie sehr du die Stadt vermisst und deine Freunde. Mir würde es nichts ausmachen, ehrlich.«

Nachdenklich legt Finja ihren Toast auf den Teller.

»Was hältst du davon?«, fragt er sanft.

»Ich weiß nicht, mir gefällt es hier, aber ich mag es

nicht, wenn du so ausrastest wie gestern Abend. Und ich kann es nicht ausstehen, wenn du mir Dinge unterstellst, die nicht wahr sind.«

»Aber ich unterstelle dir doch nichts«, protestiert er. »Es ist ... wie soll ich das sagen, ohne wieder in ein Fettnäpfchen zu treten?«

»Was? Was willst du mir sagen?«

»Nun ja, du hast dich verändert ... nein warte, lass es mich näher erklären. Du bist unkonzentriert geworden, bist nicht mehr so fröhlich, oft grüblerisch und in dich gekehrt, lachst nur noch selten. Manchmal habe ich den Eindruck, dass du nur mir zuliebe über einen Scherz lachst. Du wirkst auf mich unglücklich. Und das will ich nicht. Ich möchte die Finja zurück, die ich kennengelernt habe. Und deshalb denke ich, dass du in der Stadt, in deinem gewohnten Umfeld, besser zurechtkommen würdest.«

Finja reibt sich die Schläfen. Es dauert eine gefühlte Ewigkeit, bis sie ihn ansieht. »Ich werde darüber nachdenken.« Sie senkt den Blick, schiebt den Teller mit dem Toast von sich, dann sieht sie auf. »Und ich denke, das mit dem Mittagessen sollten wir verschieben.«

In langsamem Tempo fährt Aron seinen Wagen aus der Garage, unsicher, ob er tatsächlich fahren soll. Er blickt in den Rückspiegel, sieht, wie Finja die Strickjacke fest um ihren Körper schlingt, zaghaft die Hand hebt. Erleichtert und innerlich triumphierend, dass er wieder die Fäden in der Hand hat, gibt er Gas.

Mir brennen die Augen, mein Körper fühlt sich matt an, als würde er nicht mir gehören. Ich bleibe vor dem Haus stehen, bis ich Arons Wagen nicht mehr sehe und ich muss mich zwingen, mich zu bewegen.

Wind erfasst mein Haar. Dunkle Wolken kleben am Himmel. Ich habe wenig Hoffnung, dass sie die Sonne durchlassen. Ein passendes Bild für meine derzeitige Verfassung. Alles ist grau, verhangen, ohne einen Lichtblick. Ich bin allein. Nicht zu zweit, wie ich es mir erträumt hatte.

Aron hat mir einen Weg aufgezeigt, wie ich mich elegant aus dieser Misere befreien kann. Aber will ich das wirklich? Will ich die Beziehung aufgeben?

Natürlich nervt es mich, wenn Aron etwas behauptet, das nicht stimmt.

Warum tut er das? Quält er mich absichtlich? Oder glaubt er das alles wirklich? Ist er es, der sich Dinge und Sachverhalte einbildet, die nicht stimmen? Oder bin ich diejenige ...?

Den leisen Zweifel an mir und meiner Wahrnehmung verdränge ich. Und ich muss schon wieder an meine Freundinnen denken, die mich gewarnt haben.

Zu keinem Schluss kommend, reibe ich über meine Stirn.

Kapitel Zweiundzwanzig

Finja

Zwei Wochen später

Aron hat eine Hand fest um meine geschlungen, mit der anderen steuert er gelassen den Benz Richtung Stadt. Die Wärme seiner Hand in meiner fühlt sich vertraut und richtig an. Sie gibt mir Halt und inzwischen bin ich sicher, mich richtig entschieden zu haben. Für Aron.

Lange habe ich auch über seinen Vorschlag, nach Stockholm zurückzukehren, nachgedacht und mich dagegen entschieden, was für mich das Gleiche ist. Wenn ich zurückgekehrt wäre, dann allein.

Aber ich werde bei Aron bleiben. Er ist der erste Mann in meinem Leben, der stark ist und seinen Standpunkt zu vertreten weiß. In meinen früheren, meist nur kurzen Beziehungen, war ich diejenige, die die Hosen anhatte und nach einer gewissen Zeit hat es mich gelangweilt.

Unauffällig sehe ich Aron von der Seite an. Er sieht zufrieden und glücklich aus und er hat beteuert, wie viel es ihm bedeutet, dass ich bei ihm bleibe. Die einzige Bedingung, die ich ihm gestellt habe, war deutlich: Er soll aufhören, mir etwas zu unterstellen, was schlicht nicht wahr ist. Ich bin keine gedankenlose Frau, die ständig Dinge vergisst oder verlegt. Als ich ihm das mit genau diesen Worten gesagt habe, hat er gelacht und mich in den Arm genommen.

Ich werfe einen Blick aus dem Seitenfenster hin zu der Schärenlandschaft. Der Winter ist angekommen. Das Licht hat sich verändert, ist weicher geworden und lässt die Schären glitzern. Bald wird sich Nebel bilden. So wie schon in den vergangenen Tagen.

»Du bist so still«, sagt Aron und küsst meine Fingerspitzen. »Freust du dich auf die Party bei Elsie?«

»Oh ja, sehr sogar. Das ist schon fast Tradition. Jedes Jahr im November treffen wir uns mit gemeinsamen Freunden bei Elsie und Olek. Alles Menschen, die ich mag und schätze. Und seitdem sie das kleine Häuschen mit Garten haben, feiern wir noch ausschweifender. Du wirst es lieben.«

»Gibt es einen Grund für das jährliche feiern?«

»Nein, das hat sich irgendwie so ergeben.«

»Hm ... na gut.«

»Aron, entspann dich, es ist eine ganz normale Party. Keiner wird dich beißen.«

Ich bin erstaunt, wie nervös er auf einmal wirkt.

Als wir ankommen, ist die Party schon voll im Gang. Der kleine Garten hinter dem Haus ist mit bunten Lampions geschmückt, ein Lagerfeuer lodert hell und knisternd, übermütiges Geplapper, Gelächter und Musik empfängt uns.

Mit ausgebreiteten Armen eilt Elsie auf uns zu. Ihre Umarmung ist wie eine Heimkehr. Warm, vertraut und herzlich.

»Hej, da seid ihr ja endlich! Ich hoffe, ihr habt gute

Laune mitgebracht.« Sie löst sich aus der Umarmung. Dann betrachtet sie mich eingehend. »Gut siehst du aus.«

»Danke, mir geht es auch gut.«

Sie grinst mich an und wendet sich Aron zu.

»Und du Aron? Lust auf eine wilde Party?« Elsie wirft lachend ihren Kopf in den Nacken und hakt sich bei ihm unter. »Kommt, lasst uns feiern.«

Ich gewinne den Eindruck, dass Elsie schon den einen oder anderen Wein getrunken hat. Amüsiert folge ich den beiden.

Unermüdlich redet Elsie auf Aron ein. Er wirft einen Blick über die Schulter und selbst im Zwielicht erkenne ich, dass ihn ihre überschwängliche Begrüßung irritiert und er auf meine Hilfe hofft. Aber wozu? Schließlich sind wir hier auf einer Gartenparty bei meinen Freunden und nicht bei einer Galaveranstaltung, bei der man eine strenge Etikette einhalten muss.

Keine Ahnung, warum ich ausgerechnet jetzt so merkwürdige Gedanken habe. Vielleicht, weil ich einfach nicht verstehe, warum Aron manchmal so unbeholfen wirkt. Oleks kumpelhafte Umarmung lässt ihn nahezu versteinern.

Ich achte nicht weiter darauf und hake mich bei Elsie unter.

Am Feuer werden wir mit lautem und freudigem *Hej hur mår du* begrüßt. Und im Nu entspanne ich und freue mich, inmitten meiner Freunde zu sein. Auch Aron wird herzlich begrüßt, vor allem von Olek und Lucas, die ihn sofort in ihre Mitte nehmen. Olek drückt ihm ungefragt eine Flasche Bier in die Hand und verwickelt ihn in ein Gespräch.

Grinsend verfolge ich, wie hölzern Aron reagiert. Dieses lockere Miteinander, das er doch inzwischen von meinen Freunden kennen sollte, bringt ihn im Moment aus der Fassung. Er legt wohl Wert auf einen gewissen Stil, auch wenn es nur auf einer ordinären Grillparty ist.

»Er ist überfordert, findest du nicht?«, bemerkt Nele, die neben mir steht und meinem Blick folgt.

»Kann sein. Aber da muss er durch.«

Zustimmend nickt sie. »Wie geht es dir? Wir haben uns ja eine Weile nicht gesehen.«

»Gut.«

Sofort begegne ich ihrem skeptisch fragenden Blick. Offensichtlich hat sie mehr Begeisterung von mir erwartet. Aber die kann ich ihr nicht bieten. Und über die teils merkwürdigen Diskussionen, die ich mit Aron in den letzten Wochen hatte, will ich nicht reden. Nicht heute Abend.

»Richtig gut, oder so etwas wie ganz okay?« Sie mustert mich eindringlich.

»Sieh mich nicht an wie eine Glucke.« Ich lache, um zu überspielen, dass ich diese Frage noch vor Kurzem anders beantwortet hätte. »Also ja, richtig gut!«, bekräftige ich. »Sonst stünde ich nicht hier bei dir, mit einem Glas Wein in der Hand, sondern würde heulend in der hintersten Ecke hocken. Bestimmt erinnerst du dich noch, wie ich mich vor zwei Jahren mit meinem Liebeskummer verkrochen habe.«

»Wie könnte ich das vergessen? Ehrlich gesagt, will ich das nicht noch einmal erleben. Das war ... nett ausgedrückt ... ziemlich anstrengend.« Sie verdreht die Augen und lacht laut los.

Ihr Lachen ist ansteckend.

Prustend wische ich mir die Lachtränen von den Wangen.

Nele fängt sich rascher als ich, nimmt einen kräftigen Schluck von ihrem Wein und betrachtet mich schon wieder so prüfend.

»Was ist noch? Stimmt alles bei dir? Hab ich was verpasst?«, frage ich besorgt.

»Bei mir schon, alles wie immer«, sagt sie. »Aber ich habe mir wirklich Sorgen um dich gemacht.«

»Wieso das denn?«

»Na ja, ich hab bereits diverse Male versucht, dich zu erreichen.«

»Was heißt, du hast es versucht?«

»Ich bin nicht durchgekommen.«

»Das versteh ich nicht.«

»Na, egal. Schlussendlich habe ich Aron angerufen und ihn gebeten, dir auszurichten, dass du zurückrufen sollst. Er wirkte nervös, als ich ihn fragte, wie es dir und euch so geht. Er wurde still und ich ...«

»Was?«

»Na ja, du kennst mich ja, ich fragte nach, was los ist und er meinte, dass du in letzter Zeit unkonzentriert bist und die kleinsten Dinge vergisst. Er klang wirklich besorgt.« Aufmerksam sieht sie mich an. »Muss ich mir Sorgen machen?«

»Blödsinn! Mir geht es sehr gut.« Ich stürze den Wein hinunter. Lasse meinen Blick zu dem Lagerfeuer schweifen auf der Suche nach Aron. Lachend steht er neben Olek, eine Flasche Bier in der Hand. Jetzt sieht er keinesfalls mehr überfordert aus. Und es ärgert mich. Noch mehr ärgert es mich, dass er mir nichts von Neles Anrufen gesagt hat. Dass er behauptet hat, ich sei unkonzentriert, ist eine Frechheit.

»Alles okay?«

»Warum hast du mich dann nicht auf meinem Handy angerufen?«

»Weil dein Handy nicht funktionierte.«

»Verstehe ich nicht. Elsie hat mir doch eine Nachricht geschickt wegen der Party.« Hektisch krame ich mein Handy aus der Tasche. Erleichtert stelle ich fest, dass es aufleuchtet, als ich es aktiviere. Hastig scrolle ich durch die Nachrichten. »Warte ... hier, siehst du?« Ich reiche Nele das Handy. »Und ich habe keine verpassten Anrufe von dir.«

»Hm ... merkwürdig. Ich konnte dich nicht erreichen.«

»Wann war das?«

»Keine Ahnung, vor zwei Wochen oder so … ist doch egal.«

Das ist alles andere als egal. Aber das denke ich nur. Mir läuft es heiß und kalt über den Rücken. Vor gut zwei Wochen hatten wir diese fürchterliche Auseinandersetzung und waren kurz davor, uns zu trennen.

»Was ist mit dir?«

»Ach, nichts weiter.« Ich winke ab und blicke zu Aron, der in ein Gespräch mit einem Typen vertieft ist, den ich nicht sofort erkenne.

»Hej ihr beiden«, ruft Elsie uns zu. »Könnt ihr mir in der Küche helfen und die Salate und das Brot raustragen?«

»Ja klar.« Dankbar für diese Unterbrechung hake ich mich bei Elsie unter. »Wo ist deine Tochter Tilda?«

»Bei meiner Mutter. Schließlich will ich heute feiern und Spaß haben.« Sie grinst mich an und senkt ihre Stimme. »Wie sieht es bei euch aus? Habt ihr Pläne?«

Eine heftige Windbö erfasst uns und lässt die Lampions tanzen.

»Oh, ich hoffe, es gibt keinen Sturm und regnet nicht«, sagt Elsie, sieht zum düster werdenden Abendhimmel und beschleunigt ihren Schritt.

Ich bin froh, dass sie nicht weiter nachfragt und folge ihr wortlos in das Haus.

Es duftet herrlich nach Elsies selbstgebackenem Brot, auf das sie mächtig stolz ist. *Wenn ich es selbst backe, weiß ich was drin ist,* betont sie gerne.

Die Küche ist warm, freundlich und gemütlich. Ein großer grober Holztisch, davor eine Bank mit bunten Kissen und rustikale Stühle. Wie oft haben wir hier schon gesessen und so manchen Kummer besprochen, Tränen geweint und gelacht – je nach Anlass.

Wehmut überrollt mich, am liebsten würde ich die Zeit zurückdrehen. Aber das geht nicht. Das Leben schreibt seine eigene Geschichte und im Moment hat es offensichtlich für mich ein Kapitel mit ebenso heftigen Höhen wie Tiefen aufgeschlagen.

»So Mädels, jetzt stärken wir uns erst mal.« Elsie füllt drei schlanke Gläser mit Aquavit. »Wir wollen ja die Tradition fortführen, die wir seit ... helft mir mal ... seit acht oder schon zehn Jahren bewahren.«

»Eher zehn Jahre«, antwortet Nele und nimmt das Getränk in die Hand. »Seit zehn Jahren treffen wir uns mit alten und neuen Freunden und ich hoffe, es werden noch viele folgen. Auf uns Mädels. Auf unsere Freundschaft. Tillsammans kan vi göra vad som helst i livet.«

»Ja, gemeinsam schaffen wir alles im Leben«, murmele ich und stoße mit meinen Freundinnen an.

Bei dem einen Aquavit bleibt es nicht. Lachend und scherzend schneiden wir das Brot auf, garnieren die Salate und ergötzen uns an Anekdoten aus vergangen Jahren.

Es ist wie früher und ich fühle mich mit einmal losgelöst von allem, was mich bedrückt. Aber vielleicht mache ich mir auch nur etwas vor, weil der Alkohol mich einlullt. Doch in diesem Moment ist es mir egal.

Lautes Stimmengewirr dröhnt uns entgegen, als wir die Salate und das Brot hinaustragen. Der Duft von gegrilltem Fleisch hängt in der Luft. Das hell lodernde Lagerfeuer, das Funken in den dunklen Abendhimmel sprüht, die frische Brise, die das Herbstlaub der Birken zu Boden fegt, das alles fühlt sich vertraut an und ich atme all das ein, fühle mich stark, bin voller Energie und Freude. Und ich habe Hunger.

Ich stelle die Schüssel mit dem grünen Salat auf das Buffet, hebe meinen Blick und suche in der Menge nach Aron. Und dann entdecke ich ihn. Er steht abseits am Gartentor mit einer Frau, deren langes dunkles Haar hin und her schwingt, während sie wild mit Aron diskutiert. Immer wieder hebt die Frau ihre Hände, entweder um ihre Haare aus dem Gesicht zu streichen oder ihrem Standpunkt mehr Gewicht zu verleihen. Auch Aron wirkt erhitzt.

Nele folgt meinem Blick. »Das ist Jasmine, die neue Freundin von Joel.«

»Oh, okay.«

»Brauchst dir keine Sorgen zu machen. Sie ist, wie soll ich sagen ... sie ist anders, sehr temperamentvoll und manchmal unberechenbar. Diskutiert gerne und heftig. Siehst es ja. Also, kein Flirt oder so. Mach dir keine Gedanken.« Nele zuckt mit den Schultern und lädt Salat auf ihren Teller.

Ich kann meinen Blick nicht von dieser Jasmine und Aron lösen. Für mich sieht es aus, als würden sie sich kennen.

»Danke für den wunderbaren Abend«. Fest drücke ich Elsie an mich. »Es war so schön, mal wieder Leute zu sehen, zu lachen und zu ...« Ich räuspere mich, als ich bemerke, dass meine Stimme nicht mehr klar klingt.

»... und zu trinken«, vollendet Elsie den Satz.

»Na ja! War wohl ein wenig zu viel.« Beschämt verziehe ich meinen Mund.

»Ist doch okay, Hauptsache du hattest Spaß. Ich hatte ihn jedenfalls. Kommt gut nach Hause, ihr zwei«, verabschiedet sie sich mit einem Blick zu Aron, der sich gerade zu uns gesellt und den Arm um meine Schultern legt.

»Bist zu bereit?«, fragt er, nachdem auch er sich von allen verabschiedet hat. Er öffnet mir die Wagentür.

»Ja, wir können.«

Ich steige ein, ziehe den Sicherheitsgurt fest an und lasse das Fenster heruntergleiten. »Wir telefonieren«, rufe ich Elsie zu. »Und grüß mir Olek.«

Der Wagen fährt an, ich wende mich Aron zu. »Puh, ich habe tatsächlich ein wenig zu viel getrunken«, stoße ich hervor und drücke mich in den Sitz. »Sag schon, wie hat es dir gefallen?«

»Das war sehr nett.«

»Nett?! Einfach nur nett?«

»Süße, es war eine Abwechslung. Mal was anderes.« Aron navigiert den Wagen auf die Hauptstraße.

Seine Antwort trifft mich. Schließlich habe ich gesehen, wie er mit Lucas und seinen Arbeitskollegen geredet und herzlich gelacht hat. Und mit dieser Jasmine.

Ich betrachte sein markantes Profil. Seine Aufmerksamkeit gilt der Straße und doch habe ich den Eindruck das er mit seinen Gedanken, woanders ist.

»Woher kennst du eigentlich Jasmine?«

»Jasmine?«

»Die Frau mit den langen dunklen Haaren, mit der du offensichtlich eine Meinungsverschiedenheit hattest.« Abwartend sehe ich ihn an.

Aron hält seinen Blick stur auf die Straße gerichtet.

»Ach ja«, meint er nach einer Weile. »Die meinst du. Ich wusste nicht, dass sie Jasmine heißt.« Flüchtig wendet er sich mir zu.

»Worüber habt ihr gestritten?«

»Das leidige Thema Politik.«

Mir fallen Neles Worte ein, dass Jasmine dafür bekannt ist, heftig zu diskutieren.

»Über Politik sollte man nicht auf einer Party reden.«

»Da stimme ich dir voll und ganz zu.«

»Trotzdem hatte ich den Eindruck, dass ihr euch kennt«, füge ich nach einer Weile hinzu.

»Nein, da irrst du dich.«

»Ja, wie immer«, murmele ich mehr zu mir selbst.

»Bitte lass uns jetzt nicht streiten.«

»Nein werden wir nicht.«

Mit meiner Antwort scheint er zufrieden zu sein. Und ich sollte erst einmal wieder nüchtern werden.

Kapitel Dreiundzwanzig

Hanna

Dezember

Es ist früher Abend und wie so oft läuft Hanna an den Scheren entlang. Ihr Weg führt sie auch heute wieder in Richtung Aron Sjögrens Haus.

Hanna ist in einen moderaten Laufrhythmus gefallen, der ihr erlaubt, bei aller Wachsamkeit, mit der sie die Gegend im Blick hat, die abendliche Stimmung am Meer zu genießen. Das sanfte Plätschern des Wassers an der Uferkante, die letzten Möwen die laut kreischend vor dem graublauen Himmel dahinstürmen bevor sie sich für die Nacht zurückziehen. Sie liebt und genießt diese wiederkehrenden Abläufe und gönnt sich eine kurze Pause, blickt hinauf zu den Möwen und zum Horizont.

Ihr Leben ist nahezu perfekt, bis auf diese Geschichte mit Jonas. Sie legt den Kopf in den Nacken flucht leise vor sich hin als sie sich an ihre heftige Auseinandersetzung mit ihrem Kollegen erinnert, die gerade mal einen Monat zurückliegt ...

Jonas, vier Wochen zuvor

Verärgert stürmte Jonas in ihr gemeinsames Büro.

»Hanna, was hast du dir eigentlich dabei gedacht?«

»Wovon redest du?«

»Vom Sjögrens Fall! Ich war gerade beim Chef, als Aron Sjögrens Anwalt anrief. So wütend habe ich ihn noch nie erlebt. Sei froh, dass du nicht in seiner Nähe warst …

Besser, du hältst dich künftig von Sjögrens fern! Ich soll dich daran erinnern, dass du nicht mal mehr in der Nähe von Aron Sjögrens auftauchen sollst. Der Fall ist abgeschlossen.«

Hanna schwieg. Sie wusste auch so, dass alles, was sie sagen könnte, es noch schlimmer macht.

Sie hat einen Fehler gemacht und das ärgert sie. Niemals hätte sie Finja verraten dürfen, wer sie ist. Künftig muss sie noch vorsichtiger sein.

Bei der Erinnerung an die Szene muss sie trotz der ernsten Sachlage schmunzeln. Jonas hatte sie wirklich rund gemacht und erst zum Schluss war er versöhnlicher geworden.

›Du bist wie ein Terrier, wenn du dich in eine Sache verbissen hast, dann lässt du nicht mehr los‹, hat er ihr kopfschüttelnd zugeworfen, bevor er sich einen Kaffee gegönnt hat.

Sie weiß, dass Jonas sie immer decken würde, dennoch muss sie wirklich besonnener sein. Zu viel steht auf dem Spiel.

Hanna nähert sich dem Haus von der Meerseite, wählt anstelle des einsehbaren Hauptpfades niederes Buschwerk, das sie tarnt.

Oben angekommen schleicht sie gebückt auf einen kleinen Hügel zu. Robbt bis an die Kuppe. Von hier aus kann sie Arons Anwesen überblicken. Sein Haus gefällt ihr.

Die weißgestrichene Holzfassade, die großzügigen Fenster und vor allem das riesige Panoramafenster im Erdgeschoss lassen vermuten, dass es innen ähnlich offen gestaltet ist.

Hanna holt ein kleines Fernglas aus ihrer Jackentasche und bemüht sich um eine angenehme Position in der Bauchlage. Doch diese verdammten kleinen Steine drücken und das harte Gestrüpp pikst wie verrückt durch ihre Kleidung. Sie presst die Kiefer aufeinander und späht durch das Fernglas.

Das, was sie sieht, irritiert sie. Einträchtig sitzen Aron und Finja auf dem Sofa. In der Ecke bemerkt sie einen reich geschmückten Weihnachtsbaum. Sie lachen miteinander, küssen sich und sehen einfach nur glücklich aus.

Damit hat sie nicht gerechnet. Sie packt das Fernglas wieder weg, dreht sich auf den Rücken, blickt nachdenklich zu dem mittlerweile dunklen Winterhimmel, der heute ausnahmsweise einmal klar ist. Unzählige Sterne funkeln am Himmel. Vielleicht irrt sie sich ja doch.

Kapitel Vierundzwanzig

Aron

JANUAR

Nervös trommelt Aron mit den Fingern auf das Lenkrad, den Blick abwechselnd zu der Uhr am Armaturenbrett und zum Krankenhausausgang gerichtet. Und dann endlich sieht er sie.

Finja kommt rasch auf den Ausgang zu, als habe sie es eilig. Reflexartig duckt er sich, als sie ihren Blick über den Parkplatz schweifen lässt. Nach ein paar Sekunden richtet er sich wieder auf.

Er hat sie fest im Blick, wie sie zielstrebig zu dem Personalparkplatz eilt. Unterwegs löst sie das Band in ihrem Haar und fährt mit ihren Händen durch ihre Mähne. Diese Bewegung ist sinnlich, gerade weil sie sich unbeobachtet fühlt und ohne jede Effekthascherei ausgeführt ist. Er schluckt trocken, atmet tief und zufrieden durch. Was für eine umwerfende Schönheit sie doch ist. Und sie gehört ihm. Und niemand wird sich zwischen sie stellen. Niemals.

Er seufzt. Was sie wohl sagen wird? Wie wird sie reagieren? Er kann es kaum erwarten.

Ein breites Lächeln breitet sich auf seinem Gesicht aus, während er beobachtet, wie Finja sich umsieht. Wie sie sich zunehmend verunsichert hin und her wendet, angespannt und nachdenklich die Parkreihen abschreitet. Immer schneller und hektischer. Suchend. Nervös und zunehmend frustrierter.

Aron duckt sich tiefer, um nicht von ihrem suchenden Blicken erfasst zu werden. Der kritische Moment ist rasch vorbei. Inzwischen steht sie mit dem Rücken zu ihm, die Hände in die Hüften gestemmt.

»Was suchst du?«

Mit einem spitzen Schrei wirbelt sie herum. Nach Luft ringend starrt sie ihn entgeistert an. »Ich ... ich suche meinen Wagen! Ich habe ihn genau hier geparkt.« Hektisch deutet sie mit der Hand auf die parkenden Autos vor ihr. »Er ist weg und wenn du jetzt behauptest, dass ich vergessen habe, wo ich ihn geparkt habe, bringe ich dich um.«

Für eine Sekunde trifft ihn die Intensität ihrer Aussage. Doch dann hat er sich wieder im Griff. Natürlich ist sie aufgebracht. Genau so, wie er es geplant hat.

»Was machst du überhaupt hier?«, fährt sie ihn an.

»Ich wollte dich sehen.« Er küsst ihre Wange. »Ich hatte Sehnsucht nach dir.«

Sie weicht zurück. »Ach Aron, ich bitte dich. Mein Wagen ist weg, ich muss die Polizei anrufen.« Angespannt kramt sie in ihrer Umhängetasche nach dem Handy.

»Aber Süße, da steht er doch.«

Erleichtert folgt sie seinem Blick. »Wo?«

»Na direkt vor dir.«

»Aron bitte, du kennst meinen alten gelben Polo. Also mach jetzt keine Witze.«

»Ja, ich kenne deinen klapprigen Wagen und jedes Mal, wenn du damit in die Stadt fährst, habe ich Angst um dich.«

Er greift nach ihrer Hand und legt ihr einen Schlüssel hinein.

Ratlos betrachtet sie den Schlüssel in ihrer Hand. »Ich verstehe nicht?«

»Der Schlüssel passt zu dem schwarzen SUV, direkt vor dir. Er gehört dir. Ich hoffe, du magst schwarz. Wenn nicht, tauschen wir ihn um.«

»Du meinst, dieser Wagen, der auf dem Parkplatz meines Polos steht, ist … meiner?«

»So ist es!«

»Aber … oh Gott nein. Ich liebe meinen alten Wagen. Wo ist er?«

»Auf dem Schrottplatz.«

»Was?!« Sie holt tief Luft. »Was fällt dir ein? Verdammt! Es ist mein Wagen und ich entscheide, was damit passiert!«

Er sieht sie verblüfft an. Das hat er sich anders vorgestellt. Verärgert schiebt er die Hände in die Hosentaschen und ballt sie zu Fäusten, die er gerade verdammt gerne benutzen würde, um auf irgendetwas einzuschlagen. Aber er bleibt ruhig. Bemüht sich, seine Stimme gleichmütig klingen zu lassen. »Finja, dein Wagen ist alt und ich fürchte, auch nicht mehr sicher.«

»Ja, er ist alt. Aber *ich* entscheide, wann es so weit ist, ihn gegen einen Neuen auszutauschen. Hast du gehört? Ich entscheide das! Nicht du!«

Betreten senkt er den Kopf, betrachtet den grauen Asphalt, auf dem er steht. »Schade, ich dachte, ich könnte dir eine Freude machen.«

Nach einer gefühlten Ewigkeit stößt Finja einen gefrusteten Seufzer aus, wendet sich von ihm ab, geht gemessenen Schrittes um den SUV herum und begutachtet ihn eingehend.

»Denkst du, du könntest dich vielleicht doch mit dem Wagen anfreunden?«, fragt er vorsichtig. Ihm ist mittlerweile bewusst, dass er einen Fehler gemacht hat. Schon wieder hat er sie unterschätzt.

Abwägend fährt Finja mit den Fingern behutsam über

den schwarzen Lack der Motorhaube. »Ich weiß nicht – er ist ziemlich protzig für eine Krankenschwester. Er passt nicht zu mir.« Sie blickt ihn fragend an. »Warum hast du nicht mit mir darüber gesprochen?«

»Weil ich dich überraschen wollte. Aber wie ich jetzt merke, war das ein Fehler von mir. Tut mir leid.«

Als sie nichts sagt, fügt er hinzu: »Ich will doch nur, dass du sicher ans Ziel kommst und ich möchte, das du nur das Beste im Leben bekommst.«

Es dauert, bis sie antwortet. Und das macht ihn nicht nur nervös, es ist viel mehr. Seine Vorstellungen, seine Wünsche, seine Welt droht wie ein Kartenhaus zusammenzufallen. Noch nie hat er eine Frau kennengelernt, die seinem Charme und seinem Geld nicht erlegen war.

»Ach was soll's.« Sie zuckt mit den Schultern, neigt den Kopf. »Er gefällt mir. Aber das nächste Mal frag mich vorher, okay?«

»Natürlich, jetzt weiß ich ja, was du erwartest.«

Finja schlingt die Arme um seinen Hals. »Ich danke dir.«

Kapitel Fünfundzwanzig

Hanna

Schwungvoll stößt Hanna die Eingangstür zum Polizeirevier auf. Sie muss es wissen, sofort! Sie weiß, dass Jonas längst zu Hause ist. Oder zumindest hofft sie es und wenn nicht, wird ihr schon etwas einfallen.

»Hej Hanna, was machst du denn hier? Hast doch Feierabend.« Milo, der hinter dem Empfang sitzt, sieht sie fragend an.

»Tja, ich werde alt, habe doch glatt mein Handy liegen lassen.«

»Das ist nicht gut.«

»Was? Dass ich alt werde?«

Dröhnend lacht er. »Das entscheidest du.«

»Werde ich.« Bevor Milo noch weiter rumblödelt, eilt sie den Flur entlang. Ihre Schritte hinterlassen ein rhythmisches Quietschen auf dem Linoleumboden, das sie im Moment lauter hört als sonst. Wahrscheinlich, weil sie um diese Uhrzeit hier wirklich nichts verloren hat.

An der Bürotür bleibt sie einen Moment stehen. Lauscht. Doch es ist still. Im Moment haben sie keinen Fall, der dringend erledigt werden muss.

Ein Flashback ereilt sie, wie sie vor drei Jahren hier stand. Damals war die Tür nur angelehnt …

Gewaltsam unterdrückt sie die aufsteigenden Bilder. Alles hat sich geändert, sie hat ein neues Leben. Und um das nicht aufs Spiel zu setzen, hat sie sich geschworen, nie wieder blind zu vertrauen. Niemandem! Vor allem nicht den Kreaturen, die vorgeben, dass sie nur das Beste für einen wollen. Aron Sjögren ist so ein Mensch. Sie hat zwar keine Beweise dafür. Aber einen verdammt gut funktionierenden Instinkt.

Immer noch hat sie die jüngst beobachtete Szene vor sich, wie Aron mit Finja auf dem Krankenhausparkplatz diskutiert hat. Finja war aufgebracht und hat kopfschüttelnd diesen schwarzen SUV angestarrt.

Sachte schließt Hanna die Tür hinter sich. Das Licht der Straßenlaternen, das durch die Fenster scheint, lässt das Büro heimelig wirken. Das hilft ihr, sie entspannt, wird ruhig, zieht ihre Jacke aus und lässt sich vor ihrem Schreibtisch nieder.

Mit einem leisen Ping erwacht ihr Computer zum Leben.

Sie ruft die Akte Britt Dahlberg auf.

Kurz darauf hat sie ihre Antwort, oder zumindest einen Hinweis darauf, dass sie mit ihrem Verdacht richtig liegen könnte.

Auch Britt hatte einen schwarzen SUV.

Also jagt sie keinem Phantom nach.

Kapitel Sechsundzwanzig

Finja

EINE WOCHE SPÄTER

Mit Schwung stoße ich die Tür des Krankenhauses auf und trete als Erste ins Freie. Feiner Sprühregen weht uns entgegen. »Endlich Feierabend«, sage ich an Astrid gewandt, die zu mir aufschließt und jetzt neben mir her schlurft. »Was hast du heute Abend noch Schönes vor?«

»Füße hochlegen. Ich schwöre dir, ich spüre sie überhaupt nicht mehr. Ich hoffe, dass nicht noch mehr Kollegen wegen Krankheit ausfallen.« Astrid blickt zum grauverhangenen Himmel. »Aber ich ahne Schlimmes.« Der Regen wird stärker. »Ich deute das als ein Zeichen.«

»Du und dein Aberglauben. Komm, ich fahr dich nach Hause.«

»Ehrlich? In deinem schicken neuen Wagen?« Breit grinsend sieht sie mich an. »Du hast aber auch ein Glück mit deinem Aron.«

Ich sage nichts dazu. Verliere auch kein Wort darüber, dass ich mich noch nicht wirklich an den Wagen gewöhnt habe. Er ist nett, komfortabel – und verdammt sperrig, wenn man eine Parklücke sucht. Aber vor allem ist er nichts gegen meinen alten Polo. Wir waren ein eingespieltes Team und ich trauere ihm hinterher, wie etwas Vertrautem. Es mag zwar kitschig und albern sein, so etwas wie Gefühle für einen alten Wagen zu hegen, aber so war es nun mal.

Kurz sinne ich über den blöden Spruch nach, dass man das, was man liebt, loslassen muss. Aber heißt es nicht auch, dass es dann zu einem zurückkommt?

Ich betätige die Fernbedienung und sehe aus dem Augenwinkel, wie Astrid sogar das Aufleuchten der Blinker bestaunt. Wenn ich doch nur ebenso begeistert wäre über diese Luxuskarosse.

Mit einer Verbeugung halte ich ihr die Tür auf. »Nehmen Sie Platz, schöne Frau.«

»Ach, vielen Dank die Dame.« Kichernd lässt sich Astrid auf den Ledersitz sinken.

Ich gestehe mir ein, dass es Spaß macht, sie so gelöst zu erleben. Rasch umrunde ich den Wagen und bemerke einen durchweichten Zettel an der Windschutzscheibe. Neugierig falte ich ihn auf. Die geschriebenen Worte sind durch den Regen verschmiert und ich habe keine Lust, mich jetzt damit zu beschäftigen. Eine aufbrausende Windböe packt mich. Ich senke den Kopf und stecke den Zettel in meine Jackentasche.

»Hui, was für Wetter«, sage ich, steige in den Wagen, schnalle mich an und starte den Motor.

»Da sagst du was«, stöhnt Astrid. »Wie gesagt, ich bin gespannt, wann die ersten Krankmeldungen reinflattern«, gibt Astrid genervt von sich. »Aber jetzt freue ich mich auf eine Fahrt in diesem grandiosen Wagen.«

»Dann bitte anschnallen.«

Kapitel Siebenundzwanzig

Finja

Zwei Wochen später

»Finja! Finja!«

»Was schreist du so?« Polternd renne ich die Treppe hinunter. »Was ist denn los?«

»Wo ist mein Wagenschlüssel?« Aufgebracht kramt Aron in den Schubläden der Kommode im Flur. »Wo hast du meinen Schlüssel gelassen?«

»Wieso ich? Er liegt wahrscheinlich wie immer in der kleinen Schale auf der Kommode im Flur. Da, wo du ihn immer hinlegst.«

»Da ist er aber nicht! Verdammt, ich muss los.« Gehetzt sieht er auf seine Armbanduhr. »Jetzt überleg schon! Wo hast du ihn diesmal hingelegt?«

»Spinnst du? Warum sollte ich das tun?«, fauche ich ihn an und durchwühle die Taschen seiner Jacken, die an der Garderobe hängen.

»Ist ja nicht das erste Mal, dass du sie irgendwo verlegt hast. Wie oft habe ich dir schon gesagt, dass du meinen Wagenschlüssel immer in diese Keramikschale legen sollst?«

Mit bebenden Fingern deutet er auf die froschgrüne Schale auf der Kommode.

Nur zur Sicherheit spähe ich hinein. Sie ist tatsächlich leer.

»Denkst du, ich lüge?«, poltert er weiter. »Denkst du, ich mach mir einen Scherz mit dir? Warum sollte ich?«

»Nun komm mal wieder runter.« Meine Stimme zittert vor unterdrücktem Zorn. »Vielleicht liegt er ja im Wohnzimmer«, schlage ich vor und erinnere mich, dass Aron vor nicht mal einer Woche einen ähnlichen Tanz aufgeführt hat. Auch da hat er behauptet, ich hätte seinen Schlüssel verlegt. Ich hatte ihn daran erinnert, dass er mir versprach, nie wieder mich zu beschuldigen, dass ich etwas vergessen oder verlegt habe. Doch offensichtlich hält er sich nicht daran. Es macht mich mürbe.

Aron zwängt sich an mir vorbei und stapft ins Wohnzimmer. Unsicher folge ich ihm und sehe zu, wie er sich umsieht. Er hat seine Hände in die Hüften gestemmt und blickt über die Schulter zu mir.

»Finja ehrlich, es gibt nicht viel, was du in diesem Haus und dem Zusammenleben mit mir bedenken musst. Aber ich sag's noch einmal: Lass einfach die Finger von meinen Sachen und durchbrich nicht ständig meine Routine.«

Ich will gerade etwas erwidern, als ich sehe, wie er seinen Schlüsselbund hochhebt. »Hab ich es nicht gesagt? Er lag neben deinen Magazinen auf dem Tisch. So wie das letzte Mal.«

»Dann hättest du ja dort gleich nachschauen können«, kommentiere ich gereizt. »Und nur zu deiner Kenntnis, ich habe ihn weder jetzt noch vor einer Woche dort hingelegt.«

Er lässt den Schlüssel in seine Hosentasche gleiten und zieht hörbar Luft durch seine Nase. Kopfschüttelnd kommt er auf mich zu. »Ach Süße, es tut mir leid, dass ich dich so angefahren habe. Aber sieh doch ein, dass es uns beiden das Leben leichter macht, wenn du die Finger von meinen

Sachen lässt. Dann kommen sie auch nicht abhanden, weil du wieder mal vergisst, wo du sie abgelegt hast.«

»Aber ich ...«

»Schatz, in letzter Zeit wirkst du wirklich angespannt und unkonzentriert«, unterbricht er mich.

»Das stimmt nicht!«, verteidige ich mich. »Aber du hast dich verändert. Du bist dermaßen rechthaberisch und pedantisch geworden und dabei immer sofort auf Hundert.«

»Nein, das bildest du dir nur ein.« Er umschlingt meine Hand und zieht mich zu sich heran. »Wir sollten reden. Ja, das sollten wir. Komm, lass uns reden. Jetzt gleich. Ich mache uns einen Kaffee.«

»Aber musst du nicht eiligst in dein Büro?«, frage ich mit einem ironischen Unterton.

»Ich bin der Boss, schon vergessen? Sie müssen sich nach mir richten und das Meeting eben verschieben. Ist ja nur ein Internes.« Er lässt meine Hand los, greift nach seinem Smartphone, das er in der Tasche trägt und tippt eine Nachricht. Dann blickt er mit fragendem Blick auf. »Du hast doch heute mal frei, wenn ich dich richtig verstanden habe.«

Zustimmend nicke ich.

»Gut ... sehr gut.«

Ich frage nicht mal wieso, will nicht mal wissen, was Aron schon wieder für uns geplant haben könnte. Ich fühle mich leer und lasse mich auf einen Stuhl am Esstisch fallen. Mein Blick wandert von Aron, der die Kaffeemaschine in Gang setzt, zum Fenster. Es ist grau und feiner Nieselregen hängt in der Luft. Dennoch würde ich jetzt gerne ein Runde joggen, mich auspowern und danach eine heiße Dusche nehmen. Später vielleicht in die Stadt fahren und Elsie und Nele treffen. Alles so, wie ich es geplant hatte. Ohne Aron.

Aber nach dem Aufstand?

Gedankenversunken reibe ich über meinen Arm, linse

wieder zu Aron, der mir den Rücken zugekehrt hat und ebenfalls aus dem Fenster über der Spüle schaut.

Was hat sich nur zwischen mir und ihm verändert? Er kann so charmant und witzig sein und er hat mich immer zum Lachen gebracht. Doch seit geraumer Zeit ist es still, ernster und zwanghaft zwischen uns, alle Leichtigkeit ist raus aus unserer Beziehung. Wie konnte das nur passieren?

Ich wende meinen Blick von ihm ab und betrachte meine Hände, die verkrampft ineinandergeflochten in meinem Schoß liegen.

Als Arons kühle Hand über meinen Nacken streicht, zucke ich zusammen.

»So, in der Agentur ist alles geregelt«, meint er und reicht mir einen Becher Kaffee. Er setzt sich mir gegenüber, lächelt mich an. »Wir können uns Zeit lassen.«

Wofür? Ich spreche es nicht aus, nehme einen Schluck Kaffee und sehe über den Rand des Bechers zu Aron. Er sieht müde aus, dunkle Schatten liegen unter seinen Augen. Das Leuchten darin ist verlorengegangen. Augenblicklich fühle ich mich schuldig.

Immer noch lächelnd nickt er mir auffordernd zu. »Ich möchte, das wir ehrlich zueinander sind.« Er holt tief Luft. »Ich mache mir wirklich Sorgen um dich. Du bist in letzter Zeit mit deinen Gedanken überall, nur nicht bei uns. Ich frage mich, ob du es bereust, dass du ... dass wir ein Paar sind und unser Leben teilen.« Seine Augen sind glasig und er schluckt trocken, bevor er seinen Blick auf den Becher vor ihm senkt.

Es kostet ihn anscheinend Kraft, mich wieder anzusehen. »Ich wünsche mir die Finja zurück, die ich kennengelernt habe. Die lacht, schimpft und selbstbewusst durch das Leben geht.«

Seine Aussage trifft mich hart. Nun liegt es also an mir. Was soll ich ihm sagen, dass alles so ist wie immer?

»Ich bin immer noch ich«, sage ich und blicke ihn fest an.

»Aber warum hast du dann immer diese ... wie soll ich sagen, diese Aussetzer?«

»Ich habe keine Aussetzer!«

»Finja, ich hab mir Gedanken gemacht, du vergisst vieles, verlegst Dinge und bist oft müde und unkonzentriert.«

Nicht schon wieder!, denke ich und sage etwas anderes.

»Wenn ich mal müde wirke, liegt das wohl daran, dass ich es auch bin. Ich arbeite im Moment sehr viel. Etliche meiner Kollegen im Krankenhaus haben sich krank gemeldet, wir fahren Doppelschichten, weil uns Personal fehlt.«

»Das verstehe ich.«

»Sicher?«

»Bitte sei nicht unfair.«

Entschuldigend hebe ich die Hände. »Ich habe jetzt zwei Tage frei und die nutze ich nur für mich. Ist das so recht?« Selbst ich merke, dass mein Ton drüber ist, und schnell schiebe ich ein »tut mir leid« nach.

»Schon gut. Wie gesagt, ich habe lange nachgedacht und möchte dir etwas vorschlagen.« Tief Luft holend, schiebt er den Kaffeebecher zur Seite und berührt sacht meine Hand. »Bitte höre mir gut zu, bevor du antwortest.«

Zustimmend nicke ich.

»Gut. Nun, ich habe mir überlegt, dass du deinen Job kündigst und du dadurch mehr Zeit für dich, deine Freunde und für uns hast.« Forschend sieht er mich an. »Weißt du Finja, ich sehne mich nach einer Familie, einem Zuhause mit Wärme und Lachen. Unternehmungen am Wochenende, nach einem Garten, in dem Gemüse wächst und ... ach Finja, ich weiß, das klingt altmodisch, aber als ich dich kennenlernte, dachte ich, das du die Frau bist, mit der ich das alles haben kann. Und als Elsie uns neulich mit ihrer Tochter besucht hat, sah ich, wie du mit Tilda rumgealbert hast. Da sah ich es vor mir, du wärst eine perfekte Mutter für unsere Kinder.«

Sprachlos lasse ich mich an die Stuhllehne fallen. Da sitzt er, der Mann, auf den ich so lange gewartet habe, der den gleichen Wunsch hegt wie ich, und er serviert ihn mir auf einem Silbertablett. Es ist das erste Mal, dass er darüber redet und genau das lässt mich aufhorchen, auch wenn meine Gefühle gerade Achterbahn fahren und ich ihm am liebsten um den Hals fallen würde. Doch da sperrt sich etwas in mir. Nur weiß ich nicht, was es ist und weshalb.

»Warum sagst du das erst jetzt? Ich wusste nicht, dass du diesen Wunsch in dir trägst.« Ich flüstere es nur. Schiebe meine Zweifel beiseite.

Er kneift seine Lippen zusammen und nickt zustimmend. »Du hast recht. Aber um ehrlich zu sein, war ich verunsichert und wollte dich nicht erschrecken. Die meisten Frauen rennen davon, wenn man einen Kinderwunsch äußert.«

Bei seiner Aussage muss ich ein Lachen unterdrücken. Normalerweise sind es ja die Männer, die Reißaus nehmen, sobald die Frau von Kindern redet.

»Was ist, warum siehst du mich so ... so belustigt an?«

»Nichts weiter.« Ich lächle in mich hinein. »Aber was ist mit meiner angeblichen Vergesslichkeit, und dass ich Dinge verlege?«, frage ich, um ihn zu provozieren. »Ist das nicht ein Manko?«

Nachdenklich reibt er über sein Kinn. »Ich denke nein, es liegt vielmehr an dem Stress in der Klinik, dass du so bist. Es sei denn, du warst schon immer so. Aber das glaube ich nicht.«

»Nein. Ich war nie vergesslich und das könnte ich mir in meinem Job auch nicht leisten.«

»Siehst du. Dann ist es der Stress. Er zerstört unsere Beziehung ... unsere Zukunft.«

Mein Schädel brummt, das ist auf einmal alles zu viel für mich.

»Aron, denkst du, eine Familie ist kein Stress?« *Warum sage ich das? Oh mein Gott.*

»Natürlich ist eine Familie Stress, aber nicht nur. Eine Familie ist Erfüllung. Sieh mich an, ich habe ebenfalls Stress und sehne mich nach Ruhe und Glück und dazu gehört auch Kinderlachen.« Eindringlich ruhen seine Augen auf mir. »Aber wenn ich mich getäuscht habe und du doch nicht bereit dafür bist, dann – dann entschuldige ich mich und ...«

Energisch hebe ich die Hand, als Aron noch etwas sagen will. »Bitte, können wir dieses Gespräch vertagen?«

»Natürlich. Ganz wie du möchtest.« Er sieht auf seine Armbanduhr. »Oh verflucht, ich muss auch los.« Hektisch springt er auf, umrundet den Tisch, beugt sich zu mir, und küsst meine Stirn. »Mach es dir gemütlich. Ich werde etwas länger im Büro bleiben. Muss das, was ich erledigen wollte, aufarbeiten. Also warte nicht mit dem Essen auf mich. Und denk über unser Gespräch nach. Bitte. Es ist wichtig für mich, für uns.«

Leichten Schrittes eilt er zur Garderobe, wirft sich seine Jacke über und fast habe ich den Eindruck, dass er geradezu beschwingt das Haus verlässt.

Kapitel Achtundzwanzig

Finja

Dichter Nebel hat sich gebildet und die Welt wirkt wie in Watte getaucht. Weit draußen auf dem Meer ertönt ein Nebelhorn, während ich mit gleichmäßigen Schritten am Ufer entlang jogge. Arons gemeine Vorwürfe, dass ich alles verlege und gestresst bin, sind immer noch präsent in meinem Kopf. Ebenso wie die Worte, die ich mir so sehnlichst gewünscht habe. Familie. Kinder. Geborgenheit. Doch jetzt will ich sie nicht hören, sie machen mich traurig und wütend zugleich. Wütend auf mich selbst, weil ich mich nicht darauf einlassen kann.

Ich steigere mein Tempo und mit jedem Schritt verblasst das Szenario mit Aron. Es fühlt sich gut an. Auch wenn ich weiß, dass ich alledem nicht entkommen kann. Aber ich werde ruhiger, finde meine Mitte.

Erneut ertönt ein Nebelhorn und zerreißt die Stille und die ersehnte Ruhe in mir.

Keuchend bleibe ich stehen, stütze die Hände auf die Oberschenkel und atme röchelnd tief ein und aus. Richte mich auf und blicke über das Meer, suche nach dem Schiff, dessen Nebelhorn erneut ertönt. Doch der Nebel ist zu dicht. Langsam setze ich meinen Weg fort, bis ich wieder in einen moderaten Laufschritt verfalle und erneut still und ruhig werde.

Mit der flachen Hand wische ich über den beschlagenen Spiegel, nach der heißen Dusche fühle ich mich fit und gelöst. Doch mein Spiegelbild spricht eine ganz andere Sprache. Mit dem Finger fahre ich die tiefen Falten um meinen Mund entlang. Als ich noch näher an den Spiegel rücke, entdecke ich die dunklen Augenringe. So fertig habe ich schon lange nicht mehr ausgesehen.

Aber ist das nicht jedes Jahr um diese Zeit so? Ich habe Aron nicht angeschwindelt, als ich über die vielen Krankmeldungen infolge einer Grippewelle gesprochen habe. Und da ich Single bin, werde ich öfter als die anderen für Vertretungen eingeteilt, wenn es eng wird.

Vielleicht hat Aron doch recht, dass der Job mich fertig macht.

Ich mag diesen Gedanken nicht, ebenso wenig wie mein Spiegelbild, von dem ich mich wenigstens abwenden kann. Ich schlüpfe in eine bequeme Jogginghose und ein Sweatshirt und beschließe, meine freien Tage zu genießen. Ich werde mich verwöhnen, mit Aron auf dem Sofa lümmeln, Filme anschauen, verrückte Gerichte kochen, die wir zusammen kreieren. Alles tun, was Spaß macht.

Aron ist ein guter Koch und immer für einen Spaß zu haben. Ja, genau das ist es, was wir brauchen. Gemeinsamkeiten. Dann wird sich auch diese Anspannung legen und wir können in Ruhe über die Zukunft reden. Der Gedanke, dass er sich ebenfalls eine Familie wünscht, beflügelt mich.

Doch bis es so weit ist, müssen wir einiges klären. Arons ständige Anschuldigungen, und die damit verbundenen Streitereien, werden sich nicht einfach durch ein Kind auflösen.

Immer noch überrumpelt, rufe ich mir seine genauen Worte zu dem Kinderwunsch ins Gedächtnis. Er schien es ernst zu meinen. Doch was ist mit mir? Will ich es immer noch so sehr?

Betont lässig ziehe ich die Tür vom Bad hinter mir zu, schlendere pfeifend den Flur entlang und komme mir dabei mehr als idiotisch vor. Es ist niemand da, dem ich vorgaukeln kann, wie cool ich drauf bin.

An der Tür zu meinem Zimmer bleibe ich stehen. Vielleicht sollte ich hier anfangen, mich heimisch zu fühlen, denn so ganz angekommen bin ich noch nicht. Und wieder sind da die mahnenden Worte meiner Freundinnen. *Viel zu früh – ihr kennt euch noch nicht richtig.* Ich kneife die Augen zusammen, als könnte ich dadurch die warnenden Äußerungen verscheuchen, die ich damals einfach von mir geschoben habe.

Ich schlüpfe in mein Zimmer, lasse die Tür angelehnt und sehe mich um. Es ist nett geworden. Klein, aber gemütlich. Meine Bücher, die ich so liebe, sind nach Autorennamen im Regal sortiert. Davor stehen inzwischen ein Lehnstuhl und eine Lampe. Ich knipse das Licht an und betrachte die Fotos an den Wänden. Es sind Erinnerungsfotos von mir und meinen Freunden. Ich muss lächeln, als ich das Foto von meiner ersten Kajaktour ansehe. Wie verkrampft ich war. Doch dank Olek und Lucas, die mir so manchen Trick beigebracht haben, legte sich das rasch. Sie meinten, ich wäre ein Naturtalent. Nun ja, vielleicht bin ich das ja. Zumindest im Kajakfahren.

Ehrfürchtig streiche ich mit dem Finger über das Foto von John B. Wright. Ich gehe näher heran und finde auf Anhieb den Mann, der mit der Mauer verschmolzen zu sein scheint. In seiner Hand hält er einen Mantel. Es sieht so aus, als würde er auf die Frau zulaufen, die mitten im tiefsten Winter nur ein Sommerkleid trägt. Hoffnung zwischen all dem Grau. Ein Lichtblick in scheinbarer Trostlosigkeit. Der Anblick stimmt mich milde und entspannt mich.

Vielleicht sollte ich etwas tun, was ich sonst nie mache. Planlos, spontan sein. Ich greife, ohne hinzusehen, ein Buch aus dem Regal, lege mich auf das Bett und fange an zu lesen.

Wie lange ist es her, dass ich so etwas gemacht habe? Viel zu lange. Dabei ist es nun wirklich nichts, was die Welt bewegt. Ich lese nur ein Buch, ohne mir vorher den Kopf darüber zu zerbrechen, welche Lektüre es denn sein soll.

Unruhig wälze ich mich von einer Seite zur anderen. Blinzle. »Das kann doch nicht wahr sein«, brummele ich verschlafen und reibe über mein Gesicht. Das Zimmer liegt im Dunkeln. Ich habe Schwierigkeiten, mich zu orientieren. Und dann fällt mir wieder ein, wo ich bin. Mürrisch lasse ich mich zurück auf das Kissen fallen.

Ich fasse es nicht.

Ich bin tatsächlich eingeschlafen.

Wie spät mag es sein?

Automatisch greife ich zum Nachttisch auf der Suche nach meinem Handy. Natürlich liegt es nicht dort, sondern unten auf dem Esstisch.

Seufzend schwinge ich die Beine aus dem Bett. Recke und strecke mich, schlurfe zur Tür. Gähnend taste ich nach dem Griff, um die Tür aufzuziehen. Nichts rührt sich.

Ich zerre daran.

Hatte ich die Tür nicht einen Spalt offen gelassen?

Ja! Ich weiß genau, dass ich sie einen spaltweit offengelassen hatte. So wie immer.

Rasch drücke ich die Klinke herunter. Drücke dagegen, rüttele. Vielleicht klemmt das Türblatt ja. Wieder versuche ich es, werfe mich dagegen. Doch die Tür öffnet sich nicht. Ich versuche es erneut, diesmal mit Schwung.

Nichts.

»Okay, ganz ruhig«, flüstere ich.

Ich bemerke, wie ein Anflug von Panik in mir aufsteigt, und ich gönne mir ein paar tiefe Atemzüge, bevor ich mich erneut an die Tür lehne und all meine Kraft aufwende, den Türgriff langsam herunterdrücke.

Nichts.

»Verdammt nochmal, geh auf«, presse ich hervor und rüttele an dieser verdammten Tür.

Nicht in Panik verfallen, rede ich mir ein. Tigere wie ein gefangenes Tier im Käfig hin und her, überlege fieberhaft, was ich noch tun kann.

Erneut versuche ich, die Tür zu öffnen, erst ganz sachte, dann probiere ich jeden Trick, der mir einfällt. Ich hebe den Griff leicht an, drücke ihn nach rechts und links. Lehne mich wieder mit dem ganzen Körper ans Türblatt, während ich zugleich am Griff ruckle.

Doch es tut sich nichts.

Wie von Sinnen zerre ich an dem Griff.

Trommle mit den Fäusten auf die Tür ein.

Die Angst hat mich voll im Griff.

Es fühlt sich an wie damals in dem Erdkeller. Selbst der Geruch nach feuchter Erde und Schimmel ist wieder präsent. Mir wird auf der Stelle übel.

Ich krümme mich vor Angst.

Ruhig, ganz ruhig. Atme. Du bist in einem Haus, in deinem Haus, und nicht unter der Erde.

Tief ein- und ausatmend schreite ich durch das kleine Zimmer, das sich jetzt wie ein Gefängnis anfühlt. Ich muss hier raus.

Nervös kaue ich auf meiner Unterlippe und dann …

Das Fenster!

Natürlich!

Mein Gott, warum bin ich nicht schon eher darauf gekommen? Hastig reiße ich es auf. Sofort bläst mir kalter feuchter Wind entgegen und lässt mich frösteln. Doch das ignoriere ich und sauge gierig die kühle Luft ein.

Allmählich beruhige ich mich.

Ich recke meinen Kopf vor und spähe in die Finsternis, suche verzweifelt nach einem Weg, sicher aus dem Obergeschoss hinunterzuklettern. Doch ich kann kaum etwas erkennen, es ist zu dunkel. Verflucht!

Suchend sehe ich mich im Zimmer um, greife mir die Stehlampe neben dem Lehnstuhl. Sie liegt schwer in meinen Händen, während ich die Hauswand und die Umgebung ableuchte.

Doch da ist nirgends ein Halt. Ich lehne mich weiter hinaus. Die Lampe liegt schwer wie ein Klotz in meinen Händen und droht mir zu entgleiten. Ihr Licht reicht ohnehin nicht.

Enttäuscht stelle ich sie auf den Fußboden. Überlege fieberhaft. Vielleicht schaffe ich es ja, aus dem Fenster zu springen. Es sind etwa dreieinhalb Meter und ich bin eins siebzig groß. Ich schlucke trocken, stelle mir vor, wie ich auf dem harten Boden mit den Füßen zuerst aufkomme.

Schwachsinn! Vermutlich breche ich mir dabei nur die Haxen oder mindestens einen Knöchel. Nein, das Risiko ist zu groß. Wieder sehe ich zur Tür.

Warte nicht mit dem Essen auf mich. Es wird spät.

Das waren Arons Worte, bevor er ging. Entmutigt und ratlos rutsche ich an der Wand herunter, ziehe die Beine an meinen Körper und schließe die Augen. Ich muss warten. Muss es aushalten, bis er wieder da ist. Ich schäme mich für meine Angst, die völlig unbegründet ist, denn hier bin ich sicher. Ich werde hier nicht sterben.

Das ist kein stickiger Erdkeller. Und ich bin kein kleines Mädchen mehr, das darin feststeckt.

Kapitel Neunundzwanzig

Finja

Reglos hocke ich auf dem Boden vor dem geöffneten Fenster. Die kühle Luft gibt mir Sicherheit, obwohl ich friere. Der Wind hat aufgefrischt und die Temperaturen sind gefallen.

Ende Februar. Grau und kalt.

Fröstelnd schlinge ich die Bettdecke, die ich um meinen Körper geschlungen habe, fester um mich. Wie spät mag es sein? Ich habe mein Zeitgefühl verloren, schaue einfach nur in die dunkle, nebelverhangene Nacht. In der Ferne höre ich einen Kauz. Er klingt so, wie ich mich fühle, einsam.

Ein neues Geräusch lenkt mich ab. Es kommt nicht von draußen. Aufmerksam lausche ich.

»Aron? Aron bist du das?« Meine Stimme ist zaghaft und brüchig. Erneut versuche ich, die Laute zu filtern. Doch da ist nur der Wind, der durch die kahlen Äste der Birken vor dem Haus weht. Ich muss mich getäuscht haben. Müde und frustriert schüttle ich den Kopf, mein Gott, wie ich meine Phobie hasse. Ob ich sie jemals loswerde?

Nein, ich fürchte, ohne professionelle Hilfe wird es mir nicht gelingen. Ich schließe die Augen und bemühe mich, positive Erinnerungen abzurufen, was hin und wieder geholfen hat. Doch da ist diese Wand, die alles von früher von mir fernhält.

Die einzige Erinnerung, die ich unfreiwillig vor Augen habe, ist die hässliche Szene von heute Morgen. Verdammt, Aron, was du mir da vorgeworfen hast, war übel. An den Haaren herbeigezogene Vorwürfe, dass ich mal wieder Dinge verlege oder vergesse. Nichts davon ist wahr. Und dann, nach diesen verbalen Schlägen, die Eröffnung, dass er eine Familie gründen will.

Himmel, der Mann macht mich verrückt.

Denn er ist der Mann, nach dem ich immer gesucht und auf den ich gewartet habe. Wie ich, will er eine Familie. Ich muss das klären.

Wo bleibt er nur?

»Finja? Süße, wo bist du?«

Wie aus einem Albtraum erwacht, fahre ich hoch, schüttele mich. »Ich bin hier, in meinem Zimmer!« Ich stoße die Decke von mir, springe auf, renne zur Tür. »Aron, die Tür ist verschlossen! Du musst …« Abrupt bleibe ich stehen.

Die Tür ist nur angelehnt. Durch einen schmalen Spalt dringt ein schwacher Lichtstrahl vom Flur ins Zimmer, kriecht über den Boden. Ich japse nach Luft, spüre, wie mein Puls hochschnellt.

Das kann nicht sein.

Nein, ich weiß genau, die Tür war verschlossen.

Arons schnelle Schritte kommen näher die Treppe hinauf.

Er stößt die Tür ganz auf, strahlt mich an. »Hej, wie schön dass du endlich dein Zimmer …« Er bricht ab, sein Lächeln verschwindet, er sieht mich erschrocken an. »Was ist los? Was hast du? Du siehst schrecklich aus. Ist etwas passiert?« Sein Blick schweift suchend im Zimmer umher.

Er entdeckt das geöffnete Fenster, unter dem noch die Bettdecke liegt. Kopfschüttelnd sieht er mich an.

Rasend schnell treffe ich eine Entscheidung. Ich werde ihm nichts sagen. Nicht nach allem, was heute Morgen und in den letzten Tagen vorgefallen ist. Stattdessen schlinge ich meine Arme um seinen Hals. Sein Duft, die Wärme seines Körpers, seine Umarmung und das sanfte Entlangfahren seiner Hände über meinen Rücken beruhigen mich nicht. Dämmen nur den Schrecken und das Nichtverstehen. Es sitzt zu tief.

Er drückt mich fest an sich. »Alles ist gut, ich bin ja bei dir.« Behutsam löst er sich aus meiner Umarmung und hält mich einen Schritt von sich, mustert mich aufmerksam. »Was ist passiert? Warum bist du so aufgewühlt?«

»Ach, nichts weiter. Ich muss eingeschlafen sein und ...«

»Am geöffneten Fenster, bei diesem Mistwetter?«

»Nun ja. Du weist doch, ich liebe frische Luft und ...«

»Und du hasst es, in kleinen Räumen zu sein.«

»Richtig, und ich hatte einen schrecklichen Traum, glaubte wieder eingesperrt zu sein.« Ich kann ihn bei dieser Ausrede nicht ansehen.

Sanft streicht er eine Haarsträhne aus meinem Gesicht. »Ich bin ja da, du brauchst dir keine Sorgen zu machen. Bei mir bist du sicher.«

Entspannt lege ich meinen Kopf an seine Brust. »Ja, ich weiß.«

Aron legt den Zeigefinger unter mein Kinn. »Hast du Hunger? Ich mache uns schnell eine Kleinigkeit.«

Er wartet meine Antwort nicht ab, küsst mich und wendet sich zum Gehen. An der Tür bleibt er stehen, betrachtet mich eingehend. »Mach dich ein wenig frisch, du siehst mitgenommen aus.«

Inzwischen habe ich ein wenig Make-up aufgelegt und meine Jogginghose gegen eine Jeans und ein frisches weißes T-Shirt gewechselt.

Ja, ich habe mitgenommen ausgesehen. Dennoch ärgert es mich, dass Aron es extra betont und mich aufgefordert hat, mich frisch zu machen. Und es stößt mir sauer auf, dass ich ihm wie ein Schulmädchen gehorcht habe.

Auch ohne seine Aufforderung hätte ich mich zurechtgemacht und umgezogen.

Mein innerer Trotzkopf verzieht sich nur langsam, und ich frage mich: Gehört das nicht auch zu einer Beziehung? Dass man den Partner auf gewisse Dinge hinweist, auch auf Äußerlichkeiten? Aron will doch nur, dass es mir gut geht. Und natürlich fühle ich mich jetzt um einiges wohler.

Im Wohnzimmer lodert ein einladendes Kaminfeuer, Kerzen brennen auf der Anrichte und vor dem Panoramafenster, leise Jazzmusik untermalt die anheimelnde Stimmung. Aus der Küche höre ich Aron herumwerkeln und pfeifen. Nicht melodisch, aber er trifft den ein oder anderen Ton.

»Kann ich dir helfen?«, frage ich, als ich in die offene Küche schlendere.

Aron blickt über die Schulter zu mir. »Nein. Du entspannst dich. Nimm schon mal den Wein mit, wir essen im Wohnzimmer.«

»Was zauberst du uns Leckeres?«

»Nichts Besonderes, ein wenig Räucherlachs, Salat und Brot.«

»Klingt verlockend.«

Beim Essen schweigen wir und das ist mir nur recht. Ich genieße die warme Atmosphäre, den Wein, die Musik und natürlich das Essen.

»Danke dir. Das war köstlich.« Ich wische mir den Mund mit einer Serviette ab, nehme einen Schluck Wein und lasse mich in das weiche Polster des Sofas fallen.

»Es war mir eine Freude.« Er füllt die Gläser erneut und lehnt sich ebenfalls zurück, legt den Arm um meine Schulter und zieht mich näher zu sich heran. »Was hast du heute gemacht?« Sanft küsst er meine Schläfe.

»Ich war unten am Wasser, bin gejoggt.«

Eine kleine Pause entsteht, bevor er fragt: »Hast du über das, was ich heute Morgen zu dir sagte, nachgedacht?«

Ich lehne mich vor und stelle das Glas auf den Tisch. »Ja, habe ich.«

»Und?«

Ich neige den Kopf, sehe in sein erwartungsvolles Gesicht.

»Nun sag schon.«

»Ich denke, wir sollten uns noch ein wenig Zeit lassen, Aron. Wir müssen uns erst richtig kennenlernen. Das, was in letzter Zeit zwischen uns gelaufen ist, war nicht gut.«

»Wie meinst du das?« Auch er richtet sich auf und wirkt angespannt.

»Ich wünsche mir ebenfalls eine Familie. Aber ich halte es für zu früh ...«

»Aber Finja, du bist in dem richtigen Alter und wenn du noch länger wartest, dann ...«

Ich hebe meine Hand. »Das weiß ich auch«, stoppe ich ihn. »Aber es macht mich fertig, wenn du mich ständig kritisierst und mir Dinge unterstellst, die nicht stimmen.«

Ich wundere mich selbst, dass ich das so unverblümt sage. Denn genau wie er will ich eine Familie. Zugleich zweifle ich. Was, wenn er mit allem recht hat? Wenn ich wirklich schusslig bin, Sachen vergesse? War vielleicht sogar die Tür zu meinem Zimmer nicht verschlossen? Habe ich mir das nur eingebildet?

Unruhig richte ich mich auf und zwinge mich zu einem

Lächeln. »Gib mir noch ein wenig Zeit. Vielleicht hast du recht und ich bin einfach nur überarbeitet«, versuche ich, meine Worte abzumildern.

»In Ordnung! Damit kann ich leben«, stimmt Aron zu. »Und wie gesagt, du musst nicht arbeiten. Ich kann für dich sorgen.«

»Natürlich kannst du das«, werfe ich ein. »Aber ich liebe auch meine Selbständigkeit.«

»Und das bewundere ich an dir.«

Sanft zieht er mich zu sich heran. Sein Kuss ist leidenschaftlich und ich schmelze dahin. In diesem Moment revidiere ich alles, was ich an Einwänden vorgebracht habe. Ich will eine Familie mit ihm.

Kapitel Dreißig

Finja

Am nächsten Morgen

Ich habe keine Ahnung, wie lange ich schon am Küchentisch sitze und aus dem Fenster starre. Es hat aufgehört zu regnen und eine milchige Februarsonne scheint mir ins Gesicht. Es ist mein letzter freier Tag und ich sollte ihn nutzen. Vielleicht mache ich einen Spaziergang am Meer.

Ja, ich sollte mal meinen Kopf durchlüften. Das wird mir helfen, meine Gedanken zu ordnen. Sie spielen verrückt nach dem gestrigen Abend mit Aron.

Müde erhebe ich mich, leere im Stehen den Becher Kaffee. Stelle ihn zurück auf den Tisch, um ihn gleich wieder aufzuheben und ihn in den Geschirrspüler zu räumen. Aron mag es nicht, wenn alles rumsteht.

Nicht darüber nachdenken sage ich mir und sehe mich noch einmal in der Küche um, ob alles an seinem Platz ist. Auch das ist eine Sache zwischen uns, die mich irritiert. Ich mag es, wenn eine Wohnung belebt aussieht, und dazu gehört auch mal ein Kaffeebecher, der auf dem Tisch stehenbleibt. Kurzerhand hole ich den Becher wieder aus dem Geschirrspüler und platziere ihn auf dem Tisch.

So gefällt es mir schon besser.

Ich streife mir meine Jacke über, ziehe den Reißverschluss hoch, schnappe mir meine Wollmütze und bin bereit für einen ausgedehnten Spaziergang.

Minuten später bin ich am Meer. Das Wasser plätschert ruhig und stetig an der Uferkante. Kein Wind, kein Regen, ein perfekter Tag. Alles ist einfach nur schön und beruhigend. Das ist es, was ich am Meer liebe. Egal, was mich belastet oder beschäftigt, allein der Anblick auf die mehr oder minder gekräuselten Wellen besänftigt mich. Anders als in der Stadt, wo ich nur von dem Trubel abgelenkt werde.

Ich bleibe stehen und beobachte die Möwen, die pfeilschnell ins Wasser tauchen. Sie haben Beute entdeckt. Ich schiebe meine Hände in die Jackentaschen, ohne meinen Blick von den Möwen zu nehmen. Meine Finger ertasten einen Zettel. Ich ziehe ihn aus der Jackentasche.

Abwechselnd sehe ich zu den Möwen und dem zerknitterten Zettel in meiner Hand, streiche ihn glatt. Konzentriert kneife ich die Augen zusammen, um die verwaschene Schrift zu entziffern. Seit wann steckt der in meiner Tasche? Vielleicht ist es nur ein alter Einkaufszettel. Ich sehe genauer hin, kann einen Namen entziffern.

Der schrille Schrei einer Möwe über mir lässt mich zusammenzucken.

Seit geraumer Zeit sitze ich regungslos an dem Küchentisch und schaue auf diesen Zettel. Noch länger dauert es, bis ich endlich mein Handy vom Tisch nehme und wähle. Nach dem dritten Klingeln wird mein Anruf angenommen.

Kapitel Einunddreißig

Finja

Es duftet verführerisch nach frisch gebackenem Kuchen und nach Kaffee, aber deshalb bin ich nicht hier. Suchend gleitet mein Blick über die Menschen in dem kleinen rustikal eingerichteten Café in Vaxholm.

In der hintersten Ecke entdecke ich eine Frau, die in meine Richtung blickt und mir zuwinkt. Ihr weizenblondes Haar fällt ihr locker auf die Schultern.

Verkrampft lächle ich in ihre Richtung, während ich auf den Tisch zugehe.

»Danke, dass Sie gekommen sind, Finja. Sie erinnern sich sicherlich an mich.« Sie steht auf und reicht mir die Hand.

»Natürlich. Sie haben mir mit dem Kajak geholfen.«

Nervös sehe ich mich in dem Café um, ehe ich meinen Schal auf den Tisch lege und den Mantel abstreife. Niemand nimmt Notiz von uns. Dennoch bin ich nervös, aber auch neugierig.

Eine junge Kellnerin mit einem vorwitzigen Pferdeschwanz, der bei jeder Bewegung hin und her wippt, eilt an unseren Tisch, sieht mich freundlich an. »Was darf ich Ihnen bringen?«

»Einen Kaffee bitte.«

»Möchten Sie auch Kuchen, frisch aus dem Ofen?«

»Nein danke, Kaffee reicht mir.«

»Gerne.«

Diese kurze Unterbrechung mildert meine Nervosität etwas. Flüchtig schaue ich aus dem Fenster, erhasche einen fantastischen Blick über die Bucht.

»Tolle Aussicht, nicht wahr?«

»Warum bin ich hier, Hanna?«

Sie blickt mich fest an. »Gefällt mir, dass Sie direkt sind. Das erspart uns Zeit.« Sie befeuchtet ihre Lippen. »Bevor wir miteinander reden, möchte ich Ihnen sagen, dass ich Kommissarin bin und ich dieses Gespräch vertraulich behandeln werde.« Sie macht eine Pause. »Was ich Ihnen sage, ist inoffiziell. Und ich möchte Sie bitten, alles, worüber wir sprechen, vertraulich zu behandeln.«

Die Kellnerin bringt den Kaffee und das gibt mir Zeit, ihre Worte zu verdauen. Dass Hanna von der Polizei ist, gibt mir zu denken. Mehr noch, es drängt mich in die Defensive.

»Hab ich falsch geparkt, bin ich zu schnell gefahren, oder hat sich einer meiner Patienten beschwert?«, frage ich einen Hauch zu bissig, obwohl mir eher nach Flucht als nach Angriff ist. Ich bin angespannt wie schon lange nicht mehr. Aber da ist noch etwas, was mir schwer im Magen liegt. Angst.

Hanna schüttelt den Kopf. »Nein, nichts dergleichen. Es geht um Aron.«

Wachsam beobachtet sie jede meiner Regungen, nachdem sie seinen Namen erwähnt hat.

Ich bemerke es, bin mir nicht sicher, ob ich mich unter Kontrolle habe, oder durch blosses Blinzeln oder Wegsehen im falschen Moment verrate, wie nervös ich bin.

»Was ist mit ihm? Ist irgendetwas passiert?«, bediene ich mich dieser Ausflucht. Ich weiß natürlich, dass alles mit ihm in Ordnung ist, andernfalls hätte ein Anruf genügt. Aber das hier ist etwas anderes. Ich ahne nichts Gutes.

Hanna schüttelt den Kopf. »Nein, nichts dergleichen«, ein Hauch von einem Lächeln liegt auf ihren Lippen.

»Finja, seit wann kennen Sie Aron?«

»Was geht Sie das an?« Ich recke mein Kinn. »Reden Sie Klartext mit mir. Ich mag es nicht, um den heißen Brei zu reden.«

Aufmerksam taxiert sie mich. »Also gut.« Sie holt aus ihrer Umhängetasche einen Umschlag und zieht ein Foto heraus. »Kennen Sie diese Frau?« Sie schiebt die Aufnahme zu mir herüber.

Konzentriert betrachte ich den Fotoausdruck. Die abgelichtete Frau ist bildhübsch. Ihr brünettes Haar umschmeichelt feine Gesichtszüge und ihr Lachen ist voller Freude und Zuversicht. Ich erkenne sie sofort. Nur damals hat sie nicht gelacht, sondern traurig gewirkt.

»Nein, tut mir leid«, leugne ich, schiebe das Foto zurück zu Hanna. »Was ist mit ihr? Warum fragen Sie mich nach ihr?«

»Weil sie die Freundin von Aron war.«

»Und? Was heißt das? Warum soll Aron keine Ex-Freunde oder Freundinnen haben? Das ist bei mir nicht anders. Ich habe auch einen Ex-Freund.«

»Selbstverständlich, aber Ihr Freund lebt mit Sicherheit noch.« Sie tippt auf das Foto. »Diese Frau hingegen ist tot.« Eindringlich blickt sie mich an.

Ich habe Mühe, meine Emotionen unter Kontrolle zu bekommen. Ich will das nicht hören. Ich will es nicht wissen.

»Hat er jemals mit Ihnen über sie geredet? Schließlich hat er mit ihr in seinem Haus zusammengelebt. Ein paar Monate, bevor Sie zu ihm in sein Haus gezogen sind.«

Ich bleibe ihr die Antwort schuldig. »Wie? Ich meine, an was ist sie gestorben?«

»Tablettenüberdosis.«

Ich versuche erst gar nicht, meine Kaffeetasse anzuheben. Meine Hände zittern wie Espenlaub. Verkrampft lege ich sie in meinen Schoß.

»Sie hat es zweimal versucht. Der erste Versuch ist gescheitert, doch dann ... dann ist es ihr gelungen.«

»Warum erzählen Sie mir das?«

»Weil ich möchte, dass Sie mir helfen.«

»Helfen? Wobei?«

»Lassen Sie mich etwas ausholen, bevor ich Ihre Frage beantworte. Ich schätze Sie als eine Frau ein, die genau wie ich klare Verhältnisse und entsprechend ehrliche, direkte Aussagen bevorzugt, selbst wenn es schmerzhaft wird. Und ich denke, dass Sie sich nicht so leicht blenden lassen ... um es kurz zu machen, ich baue auf ihr Vertrauen und darauf, dass Sie mir Antworten geben können, was Aron betrifft.«

»In Bezug auf was? Dass er mit dieser Frau zusammen war und sie sich das Leben nahm?«

»Ja. Der Fall ist zwar abgeschlossen. Da es eindeutig war, dass Britt Dahlberg sich selbst das Leben nahm. Aber darum geht es nicht. Mir jedenfalls nicht.«

»Ich verstehe nicht. Sie müssen schon etwas konkreter werden.«

»Britt Dahlberg war, meinen Recherchen zufolge, eine Frau, die von allen wegen ihrer Freundlichkeit und Hilfsbereitschaft geliebt wurde, sie war fröhlich und immer gut gelaunt. So die Aussagen des Freundeskreises und ihrer Familie. Doch das änderte sich. Erst waren es Kleinigkeiten und dann zog sie sich immer mehr zurück. Redete mit niemanden darüber und ...«

Hannas Schilderungen blende ich aus. Ich sehe, wie sie die Lippen bewegt, doch ich höre ihr nicht mehr zu. Ich möchte einfach nur noch weg. Meine Gefühle und Gedanken sortieren. Ich fühle mich hilflos.

»Sind Sie glücklich mit Aron?«

Erschrocken blicke ich Hanna an.

»Ja.«

»Keine außergewöhnlichen Unstimmigkeiten? Irgendetwas, dass sie psychisch belastet?«

Wortlos schüttle ich den Kopf.

»Finja, es gibt weitere Frauen, die mit Aron zusammen waren und ...«

»Stop! Ich will das nicht hören!«

»Er hat Ihnen einen schwarzen SUV geschenkt, nicht wahr?«, fährt Hanna ungerührt fort. »So wie auch den anderen Frauen. Allen Frauen vor ihnen. Eine ist tot, die anderen schweigen. Doch ich weiß, dass Aron etwas damit zu tun hat. Aber ich brauche mehr Informationen. Ich bitte Sie Finja, helfen Sie mir.«

»Was zum Teufel soll das? Was erwarten Sie von mir? Soll ich helfen, eine kranke Theorie von Ihnen, zu Lasten Arons zu untermauern?«

»Bitte beruhigen Sie sich doch«, bittet Hanna.

Doch ich habe genug. Aufgebracht schnappe ich mir meinen Schal und die Jacke. »Lassen Sie mich und Aron in Ruhe. Er ist ein ... ein freundlicher Mann und er ist liebenswert. Ich jedenfalls liebe ihn. Wagen Sie es nicht, mich noch einmal zu kontaktieren.«

»Ich bitte Sie doch nur, mit mir zu reden, damit ich klären kann, was passiert ist. Finja, bitte warten Sie.«

Ich höre ihr nicht mehr zu, stürme nahezu blind vor Entrüstung aus dem Café. Feuchter Wind bläst mir entgegen, der mir Tränen in die Augen treibt.

Endlich habe ich meinen Wagen erreicht. Verstohlen sehe ich mich um. Sehe mir die Menschen an, die mit gesenktem Kopf oder lachend untergehakt bei ihrem Liebsten an mir vorbeihasten, auf der Suche nach einem bestimmten Gesicht. Arons Gesicht. Verärgert über mich selbst gleite ich in den Wagen. Ziehe die Tür zu und bleibe sitzen. Den Wagenschlüssel fest in meiner Hand. Alles in mir dreht sich nur um eine Erkenntnis: Aron hat mich belogen.

Ich erinnere mich genau an den Morgen, als wir beim Frühstück saßen. Ich habe ihm von der Frau erzählt, die in das Krankenhaus eingeliefert wurde, als ich Schichtende hatte. Was meinte er noch? *Sie ist nicht meine Freundin. Ich hatte sie eingeladen, mit mir in die Galerie zu gehen, weil sie Probleme mit ihrem Mann hatte.*

Das war gelogen, wenn Hanna mir die Wahrheit gesagt hat.

Oder ist es Hanna, die mich belogen hat?

Aber warum sollte sie das tun?

Ich sehe hinüber zu dem Café, das ich eben fluchtartig verlassen habe. Hanna ist mir nicht gefolgt, ist noch da drin. Ich kämpfe mit mir, ob ich noch einmal zu ihr gehen soll.

Ich bleibe sitzen, drehe gedankenverloren den Schlüssel in meinen Händen. Wer ist diese Hanna? Sie hat mir nicht mal einen Ausweis gezeigt. Ob sie wirklich bei der Polizei ist?

Ich weiß rein gar nichts von ihr. Nur eins: Aron ist blass geworden, als ich Hannas Namen erwähnt habe.

Ich überlege, was ich ihm sonst noch von unserer Begegnung erzählt habe. Dass Hanna mir mit dem Kajak geholfen hat. Daraufhin hat er im Wohnzimmer telefoniert, und nachdem er mich am oberen Treppenabsatz bemerkt hat, schien er erschrocken zu sein. Er verließ das Zimmer, mit dem Telefon am Ohr.

Kapitel Zweiunddreißig

Finja

Ich drücke die Fernbedienung für die Garage. Eine Sache, die ich lustig, aber auch befremdlich finde. Wer braucht so etwas? Und das hier in der Einöde. Der nächste Nachbar ist hunderte von Metern entfernt. Niemand braucht hier solche technischen Finessen und Absicherungen. Das brauchen doch nur Menschen, die ihren Status zeigen wollen.

Und wer soll das hier sehen?

Verflucht! Ich hasse mich selbst für diese aufsässigen Gedanken, an denen nur Hanna schuld ist. Sie hat mir eingeredet, dass Aron nicht der Mann ist, der er vorgibt zu sein. Und das bringt mich in eine Zwickmühle. Ich weiß nicht mehr, wem ich vertrauen kann. Ich will einfach nicht glauben, was sie gesagt hat. Ich will, dass ich recht habe mit dem, was ich denke und fühle.

Aber ist das so eindeutig?

Ist es nicht!

Die ganze Fahrt über habe ich mir den Kopf zermartert. Mir vorgestellt, wie er mit einer anderen Frau hier gelebt hat, die sich – aus welchem Grund auch immer – umgebracht hat. Warum hat er mir das verschwiegen? Und dann sein

Geständnis, dass er mich von ganzem Herzen will und eine Familie gründen möchte. Das passt doch alles nicht zusammen. Liebe ohne Ehrlichkeit? Ohne Vertrauen?

Geräuschvoll öffnet sich das Garagentor, hart trete ich auf die Bremse. Arons Wagen steht dort. Rasch sehe ich auf die Uhr am Armaturenbrett. Es ist nicht einmal vier Uhr.

Ich erhasche einen Blick auf mich im Rückspiegel. Ich sehe aus wie ein gehetztes Tier. Panik in den Augen.

»Hej Süße, da bist ja.« Mit ausgebreiteten Armen kommt mir Aron freudestrahlend aus der Küche entgegen. »Wo warst du? Ich dachte, ich komme früher nach Hause und wir verbringen den Tag miteinander. Ich koche uns etwas Leckeres und wir machen es uns gemütlich.«

Aron zieht mich zu sich heran, hält mich ganz fest an sich gedrückt. Unerwartet habe ich das Gefühl, dass er Angst hat. Angst mich zu verlieren. Doch das bilde ich mir vermutlich nur ein. Aron hat nie Angst. Er ist sich meiner sicher.

In mir kämpft es. Ich lege meinen Kopf an seine Schultern, atme seinen Duft ein. Er beruhigt mich und löst ein Gefühl in mir aus, das ich nicht erklären kann. Zu gerne würde ich mich an seiner Schulter ausweinen und von ihm hören, er habe nichts mit den Vorwürfen zu tun, dass er es bereut, mir nicht die Wahrheit gesagt zu haben. Aber all das tue ich nicht, all das geschieht nicht.

Ich frage nur: »Warum hast du mich nicht angerufen?«

Er hält mich eine Armeslänge von sich, betrachtet mich aufmerksam. »Ich wollte dich überraschen.«

Aron hilft mir aus meiner Jacke und hängt sie ordentlich an die Garderobe.

»Nun sag schon, wo warst du?«

»Ich war in Stockholm. Einfach nur mal wieder Stadtluft schnuppern.« Die Lüge kommt leicht über meine Lippen, ebenso das Lächeln.

»In Stockholm also. Hast du dich mit deinen Freundinnen getroffen?« Forschend blickt er mich an.

»Nein, ich … ich bin einfach nur durch die Stadt gelaufen.«

»Einfach so? Ohne Ziel?«

»Ja, einfach so und ohne Ziel!«, erwidere ich aufgebracht.

»Entspann dich.«

»Was soll das, Aron?«

»Du schwindelst mich an. Ich kann es mittlerweile sehen, wenn du lügst.« Wie aus dem Nichts lacht er schallend. »Erwischt! Sieh nur dein entsetztes Gesicht an. Köstlich! Also, wo warst du wirklich?«

Mir läuft es kalt und heiß den Rücken hinunter. Dennoch halte ich seinem Blick stand. »Also gut, ich habe gelogen! Ich war shoppen, auf der Suche nach Dessous.«

»Oh … und wo hast du sie?«

»Ich habe nichts Passendes gefunden.«

»Schade.«

»Und um ehrlich zu sein – nach deinem unangebrachten Verhör bin ich froh darüber.«

Ich lasse ihn stehen, haste die Treppe hinauf.

»Warte Finja, es tut mir leid.«

Ich ignoriere ihn und eile ins Bad. Knalle die Tür hinter mir zu und lehne mich dagegen. Zum ersten Mal bedaure ich, dass wir keine Schlüssel an den Türen haben.

Ein Knall lässt mich zusammenzucken. Es war die Haustür. Aron ist weg. Einfach gegangen.

Meine erste Unaufrichtigkeit. Aber die Wahrheit wäre noch katastrophaler gewesen.

Langsam gleite ich auf den kalten Fliesenboden, ziehe die Beine dicht an meinen Körper und schlinge die Arme um meine Beine. Das Gespräch mit Hanna klingt in mir nach. Jedes ihrer Worte. Ich will es nicht hören. Halte mir die Ohren zu.

Niemals aufgeben. Du schaffst das. Es sind Oleks Worte, als er mich das Kajakfahren lehrte.

Recht hat er.

Kapitel Dreiunddreißig

Aron

Aron blickt hinüber zum Haus, zückt sein Smartphone aus der Jackentasche. Das blaue Licht des Displays lässt sein Gesicht gespenstisch wirken. Rasch navigiert er sich zu der Kamera-App. Zufrieden mit dem, was er sieht, schreitet er in die Garage. Öffnet seinen Wagen, steigt ein, platziert sein Smartphone in die dafür vorgesehene Halterung und startet das Fahrzeug.

Auf dem Weg nach Stockholm lässt er sich Zeit, linst immer wieder zu dem aktivierten Display. Im Haus ist es stockdunkel.

Nervös verlagert er seine Sitzposition, schaut wieder hin.

Jetzt sieht er sie. Wie sie ins Wohnzimmer geht und den Kamin anfeuert. Erleichtert lehnt er sich zurück und gibt Gas.

Aus dem Küchenfenster scheint warmes Licht zu ihm. Er kann Elsie und Olek sehen, wie sie um den Tisch sitzen, kann die kleine Tilda hören, wie sie vergnügt quietscht, weil Olek sie kitzelt. Für einen Moment ist er gefangen von der

Heimeligkeit. Ist es das, was er sich wünscht? Unmerklich schüttelt er den Kopf. Nicht um jeden Preis und nur nach seinen Regeln. Doch im Moment hat er ein anderes Problem, das zuerst gelöst werden muss.

Zaghaft klopft er an der Tür. Kurz darauf öffnet ihm Olek. »Hej Aron.« Er blickt über Arons Schulter. »Wo ist Finja?«

»Zu Hause, ich ...«

»Komm rein.«

Olek geht voran in die Küche. »Wir haben Besuch.«

»Ich möchte nicht stören, ihr seid gerade beim Abendessen.«

»Quatsch, setz dich«, fordert Elsie ihn auf und blickt hinüber zu ihrem Mann, der kurz mit dem Kopf schüttelt.

Aron tätschelt Tildas Hand. »Na du süßer Spatz.«

Tilda nickt eifrig und hält ihm ihre Lieblingspuppe hin und brabbelt Worte, die er nicht versteht.

»Magst du ein Bier?« Ohne Arons Antwort abzuwarten, holt Olek eine Flasche aus dem Kühlschrank, stellt ein Glas auf den Tisch und schenkt ihm ein.

»Hast du schon zu Abend gegessen? Wir haben Köttbullar ...«

»Danke, nein«, lehnt er etwas zu hastig ab. »Ich will auch nicht lange bleiben.« Seine Hand zittert, als er das Glas anhebt.

Olek und Elsie tauschen Blicke aus.

»Was ist los?«, fragt Elsie besorgt.

»Es ist mir unangenehm, aber ich weiß nicht, wen ich sonst fragen, oder mit dem ich reden kann.« Er wartet ab, bis er die volle Aufmerksamkeit der beiden hat, was sich als schwierig erweist, da Tilda unermüdlich vor sich hin plappert und dabei ihre Puppe füttert.

Aron muss sich zusammenreißen, um dem Kind die Puppe nicht aus der Hand zu reißen. »Das machst du richtig gut.« Versonnen lächelt er es an und streicht ihm über sein Haar. Doch diesmal schlägt Tilda missmutig nach seiner Hand.

»Tilda, das macht man nicht«, rügt Elsie. »Tut mir leid, sie ist gerade in einem schwierigen Alter.«

»Ist doch in Ordnung, wir kennen uns ja nicht.«

Eine unangenehme Stille entsteht. Nur die Küchenuhr an der Wand tickt laut, bis sich Elsie meldet. »Habt ihr euch gestritten?«

»Ach Elsie, das ist mehr als nur ein Streit.« Bedrückt dreht Aron das Bierglas in seinen Händen. »Ich bin beunruhigt.«

»Inwiefern beunruhigt?« Elsie beugt sich vor und betrachtet ihn eingehend.

»Finja hat sich verändert. Sie ist, wie soll ich sagen? Unkonzentriert geworden. Verlegt Dinge und behauptet, dass ich es war, nur um sie zu provozieren.« Traurig schüttelt er seinen Kopf. Sieht von Olek zu Elsie, die ihn unverwandt ansehen.

Tief holt er Luft. »Oder sie sagt etwas und behauptet später, es niemals erwähnt zu haben. Ich weiß nicht, was ich tun soll. Ich liebe sie und möchte, so wie ihr, eine kleine Familie.« Zärtlich streichelt er mit dem Finger über Tildas Wange. »Entschuldigt bitte.« Verlegen wischt er sich über die Augen. »Es macht mich fertig.« Seine Stimme hat einen brüchigen leisen Ton angenommen. »Tut mir leid, ich ... ich sollte jetzt gehen.«

»Nein, warte.« Elsie hält ihn am Arm fest. »Setz dich wieder.« Sie wendet sich zu Olek. »Kannst du bitte Tilda ins Bett bringen?«

»Sicher.« Olek hebt Tilda aus ihrem Kinderstuhl. Die das überhaupt nicht lustig findet und es lautstark verkündet. »Ich lese dir noch eine Geschichte vor, was meinst du?«

Eifrig nickt Tilda und lässt sich widerstandslos auf den Arm nehmen.

Aron verzieht schmerzhaft sein Gesicht bei dem

schrillen Schrei, den Tilda ausstößt. »Sie ist so süß, und mir gefällt es, dass sie einen eigenen Willen hat.«

»Ja, sie ist unser Sonnenschein, auch wenn sie manchmal wie ein Gewitter ist.« Versonnen sieht Elsie Olek und Tilda nach. Dann wird sie ernst. »Aron, das, was du über Finja sagst, kann ich nicht glauben. So ist sie nicht. Ich kenne sie schon seit meiner Kindheit. Sie war und ist eine loyale Person, die es allen recht machen möchte und sich oft selbst dabei vergisst.« Elsie blickt ihn forschend an.

Er hält ihrem Blick stand, lächelt versonnen. »So habe ich sie auch kennen und lieben gelernt. Glaub mir, ich fantasiere mir da nichts zurecht.« Seufzend atmet er aus und senkt seinen Blick. »Ich wünschte, ich würde nicht hier sitzen und euch die Ohren volljammern. Viel lieber würde ich mit Finja am Kaminfeuer kuscheln. Aber sie hat mich fortgeschickt, wollte allein sein, nachdem sie mir vorwarf, dass ich sie erdrücke.«

Er spürt Elsies warme Hand auf seinem Arm. »Schon gut. Vielleicht ist es die Umstellung. Es ging ja holterdiepolter mit euch. Aber sie wollte es unbedingt und nun hat euch der Alltag erwischt. Das kommt in jeder Beziehung vor.«

»Du hast recht und vielleicht sind wir einfach zu schnell zusammengezogen, weil ich es so wollte, aber ich hatte den Eindruck, dass es Finja ebenso ging.«

»Oh ja, sie war ganz verrückt und sooo verliebt.«

»Und ich erst – ich dachte mir; Junge das ist die Frau, auf die du dein Leben lang gewartet hast. Versau es nicht. Und jetzt? Jetzt stehe ich da und weiß nicht, was ich falsch gemacht habe.« Er wischt sich über die Augen, erhebt sich wankend vom Stuhl. Geht unsicheren Schrittes zum Fenster, vergräbt seine Hände in die Hosentaschen und sieht hinaus in den dunklen Garten. »Mir ist bewusst, dass ich kein einfacher Mensch bin, stehe ständig unter Strom wegen meiner Agentur. Dennoch ...« Er seufzt und wendet sich Elsie zu.

»Vielleicht sehne ich mich deshalb so sehr nach einer stabilen Familie, um aufzutanken und mich an ihr zu erfreuen. Verstehst du das?«

»Das kann ich sehr gut verstehen, aber eines kapiere ich nicht. Finja sehnt sich ebenfalls danach und mir ist es schleierhaft, warum sie so, wie du es geschildert hast, reagiert.«

Sie schweigen für einen Moment. Oleks monotone Stimme dringt aus dem Kinderzimmer zu ihnen.

»Soll ich mal mit ihr reden?«

Er zögert keine Sekunde. »Ja bitte.«

Elsie

Um sich vor dem kühlen Wind zu schützen, schlingt Elsie die Arme um ihren Oberkörper. Nachdenklich sieht sie Aron nach, wie er mit hängenden Schultern und gesenktem Kopf zu seinem Wagen hastet. Bevor er einsteigt, winkt er ihr zu. Sie erwidert den Gruß.

Olek legt seinen Arm um ihre Schulter.

Erschrocken zuckt sie zusammen. »Meine Güte, Olek, erschreck mich nicht immer so.«

»Schlechtes Gewissen?«

»Quatsch«, erwidert sie. »Nur nachdenklich. Ich weiß nicht, was ich davon halten soll. Du etwa?«

»Nein, ich auch nicht. Ich kann es mir nicht vorstellen, dass Finja so durcheinander ist. Was wirst du jetzt tun?«

Sie antwortet nicht sofort.

Da sind diese Erinnerungen an ihre Kindheit. Daran, wie Finjas Pflegeeltern ebenfalls behaupteten, sie habe etwas vorgegeben, was nicht stimmte, dass sie Sachen verlegt, lügt.

»Was ist los, worüber denkst du nach?«

»Nichts weiter, lass uns reingehen, mir ist kalt.«

Aron

Noch bevor Aron den Wagen startet, checkt er die Kamera-App, ruft jedes Zimmer auf. Die Bilder sind dunkel und verpixelt. Das Feuer im Kamin ist erloschen, bis auf einen Hauch der Glut. Monoton summt er vor sich hin, checkt wieder jedes Zimmer.

Sie liegt im Bett in ihrem Zimmer.

Sein Summen verstummt.

Erleichtert wirft Aron einen Blick in den Rückspiegel, sieht Olek neben Elsie, wie sie ihm hinterhersehen. Inständig hofft er, dass er nicht zu dick aufgetragen hat.

Finja

Meine Augen sind verquollen von den unzähligen Tränen. Wut, Verlustängste und Fragen, auf die ich keine Antwort finde, lassen mich nicht zur Ruhe kommen. Ich wälze mich von einer Seite zur anderen, um dann doch wieder auf dem Rücken zu liegen und an die Decke zu starren, an die der volle Mond Schatten der Birke in mein Zimmer wirft.

Ja, ich habe mich wieder in meinen Raum verkrochen. Vorsorglich habe ich einen Schuh zwischen die Tür geklemmt und mein Handy neben mich gelegt. Auf keinen Fall will ich wieder von einer Panikattacke heimgesucht werden, wie vor ein paar Tagen. Noch immer weiß ich nicht, was Einbildung, was Wirklichkeit war.

Ich schrecke hoch, nachdem ich die Haustür ins Schloss fallen höre und kurz darauf das Klimpern eines Schlüssels, der in die froschgrüne Schale auf der Kommode geworfen wird. Aron ist zurück.

Erleichterung, aber auch Furcht vor allem, was an Zweifeln zwischen uns steht, überrollen mich. Ich drehe mich auf die Seite, ziehe die Decke bis an mein Kinn hoch, lausche seinen Schritten auf der Treppe. Ich höre, wie er näherkommt, einen Augenblick vor meinem Zimmer verharrt, um dann Richtung Schlafzimmer zu gehen.

Allmählich entspannt sich mein Körper. Ich bin froh, dass Aron wieder da ist und erleichtert, dass er nicht ins Zimmer gekommen ist. Irgendwann übermannt mich der Schlaf.

Kapitel Vierunddreißig

Finja

Schlaftrunken schrecke ich hoch, als ich ein Geräusch vernehme. Orientierungslos sehe ich mich um und dann kommt mit geballter Wucht die Erinnerung. Müde und energielos reibe ich über mein Gesicht, ich fühle mich verkatert. Seufzend lasse ich mich wieder in die Kissen fallen. Lausche in die Stille des Hauses.

Er ist weg. Ein Gefühl der Ohnmacht überkommt mich. Ich will das alles nicht. Ich will aus diesem verdammten Albtraum aufwachen.

Mittlerweile empfinde ich anstelle der Ohnmacht nur noch eine wilde Entschlossenheit.

Nachdem ich geduscht, mich fertiggemacht habe, bin ich bereit für den Tag.

Ich schmiege mich an den weichen Ledersitz des SUV. Inzwischen genieße ich den Komfort, den der Wagen bietet, und augenblicklich erinnere ich mich auch wieder an Hannas Hinweis. Das Aron all meinen Vorgängerinnen ebenfalls einen schwarzen SUV geschenkt hat.

Und es kränkt mich.

»Verfluchter Hurensohn«, schimpfe ich durch die zusammengepressten Zähne. Ich bin also nicht die Einzige, die er damit beglückte. Bin eine von vielen. Dieses Empfinden ist nicht neu für mich. Schon als Kind in meiner Pflegefamilie war ich nur ein weiteres Balg aus zerrüttetem Elternhaus. Die Tochter eines Fremdgängers und einer Alkoholikerin. Wie konnte ich nur glauben, dass ich dieses erniedrigende Gefühl überwunden hatte?

Genervt stoße ich meinen angehaltenen Atem aus. Ich sollte mich wirklich nicht runterziehen lassen. Kurzerhand drehe ich das Radio lauter. Gut gelaunt verkündet der Moderator den neusten Klatsch und Tratsch über einen Sänger, von dem ich noch nie gehört habe. Das brauche ich jetzt nicht. Genervt stelle ich das Radio wieder aus.

Das Meer mit den zerklüfteten Schären rauscht an mir vorbei. Das mag ich. Wasser. Unendliche Weite. Nicht wissen, was es mit dir macht, wenn die Gezeiten und das Wetter bestimmen, wie es weitergeht. Eine Herausforderung, der ich mich immer gern gestellt habe.

Waren es vielleicht doch höhere Mächte, die alles Künftige regelten?

Regen hat eingesetzt und das gleichmäßige *wusch wusch* der Scheibenwischer wischt nicht nur den Regen von der Frontscheibe, sondern auch meine Gedanken fort. Der Verkehr ist mäßig an diesem Morgen und auch das beruhigt mich.

Doch dieses Einlullen hält nicht lange an. Da ist noch etwas, das ich nicht so verdrängen kann.

Und so lande ich wieder in Gedanken bei Aron.

Hanna hat angedeutet, Aron sei nicht der Mann, der er vorgibt zu sein. Aber wer ist er dann?

Britt habe sich wegen ihm das Leben genommen. Das meinte sie doch, oder? Doch wenn das wahr ist, warum braucht sie dann Beweise von mir?

Ich werde den Teufel tun! Auch wenn er mich belogen hat, dass Britt die Freundin von einem Kumpel ist.

Schwungvoll parke ich den Wagen vor dem Krankenhaus.

»Was ist los Finja?«

Fragend blicke ich Astrid an, die darauf wartet, dass ich ihr zu den Patienten folge.

»Entschuldige«, rasch folge ich ihr. Nehme mir vor, mich zusammenzureißen. Job ist Job, und ich werde nicht zulassen, dass meine privaten Probleme mich nachlässig werden lassen.

»Wie waren deine freien Tage?« Sie sieht über die Schulter zu mir.

»Großartig.« Ich grinse Astrid zu, was sie hoffentlich doppeldeutig interpretiert. Sie liebt pikante Andeutungen und gewöhnlich springt sie sofort darauf an. Doch heute nicht.

»Und warum siehst du dann aus wie ein begossener Pudel?«, fragt sie.

Ich zucke nur mit den Schultern. Dann holt uns wie immer die Arbeit ein und uns bleibt keine Minute Pause. Der Tag zieht sich wie Kaugummi und ich arbeite wie auf Autopilot, in der Hoffnung dass Astrid nicht spürt, dass ich mit den Gedanken woanders bin. Falls sie nachfragen sollte, kann ich ihr nicht mal antworten. Ich weiß ja selbst nicht mehr, wo ich stehe.

Anders Astrid, die heute nur so vor guter Laune sprudelt, was sie netterweise davon abhält, mich weiter nach Aron und meinem Urlaub zu fragen.

»Was hast du denn nach Feierabend vor?«, frage ich Astrid, die auch nach Dienstschluss wie ein Wasserschwall über belangloses Zeug redet. Sie grinst bedeutungsvoll, während sie sich ihre Regenjacke überstreift.

»Ich bin mit einem Mann verabredet«, platzt es stolz aus ihr heraus.

»Ach, deshalb bist du so aufgedreht!«

»Ja ... ist lange her, dass ich eine Verabredung hatte. Und ich bin vollkommen aus der Übung. Danke, dass du die Übergabe an die Spätschicht übernimmst.«

»Klar, mach ich doch gern. Ich freue mich für dich und wünsche dir Spaß.«

»Den werde ich haben!«

»Aber sei vorsichtig«, mahne ich. »Nicht jeder Mann meint es ehrlich.« Die Worte kommen verbittert über meine Lippen. Als ich Astrids irritierten Blick bemerke füge ich rasch hinzu: »Ich meine ja nur, dass viele Heiratsschwindler unterwegs sind. Das habe ich heute Morgen im Radio gehört. Aber du bist ja eine Frau, die alles im Griff hat.«

»Hm ... ich denke, ja.« Sie reckt ihr Kinn. »Außerdem will ich ihn ja nicht gleich heiraten. Meine Devise lautet: Erst einmal checken, was der Kerl mir zu bieten hat. Ich bin doch nicht bekloppt und lass mich gleich beim ersten Date verzaubern.«

Ich schlucke. Sie hat ja recht. Ich war jedenfalls so bekloppt. Von Aron war ich schon beim ersten Treffen fasziniert, wenn nicht gar verzaubert und zahle jetzt die Rechnung dafür.

Verdammt noch mal, ich darf keine voreiligen Schlüsse ziehen. Noch ist nichts bewiesen. Halbherzig lächle ich Astrid an. »So ist es richtig. Ich wünsche dir einen erfolgreichen Abend.«

Grübelnd sehe ich ihr nach, wie sie leichten Schrittes aus dem Schwesternzimmer rauscht.

Mir bleiben zehn Minuten, bis die nächste Schicht eintrifft.

Rasch tippe ich den Namen Britt Dahlberg in die Suchleiste für die Datenbank der Klinik. Zwei Einträge unterschiedlichen Datums werden angezeigt. Das erste Mal wurde sie eingeliefert, bevor ich in den Urlaub ging. Das war der Tag, an dem ich sie auf der Trage gesehen habe. Der zweite Eintrag folgte Wochen später. Im Kopf gleiche ich die Daten mit meiner Historie ab. Kurz bevor ich bei Aron einzog, kam Britt Dahlberg ein zweites Mal in die Klinik. Mir wird flau im Magen.

Dem Arztbericht zufolge ist sie an einer Überdosis Schlaftabletten verstorben. Obwohl ihr sofort der Magen ausgepumpt wurde, kam jede Hilfe zu spät. *Mein Gott, wie viele Tabletten muss sie geschluckt haben?*

Ich atme einige Male tief ein und aus, bevor ich weitere Angaben zu ihrer Person überfliege. Sie war etwas jünger als ich und lebte … »Oh mein Gott!«

Ich halte mir die Hand vor den Mund und schäme mich, wie erleichtert ich bin. Sie wurde in ihrer Wohnung, und nicht in Arons Haus gefunden. Das hat mir Hanna verschwiegen. Ich schließe die Augen und versuche, meine Gefühle unter Kontrolle zu bringen.

Ich brauche Gewissheit, muss mehr über Britt herausfinden.

Nach ein wenig Recherche im Netz und einem Telefonat habe ich alles, was ich brauche.

Kapitel Fünfunddreißig

Finja

Biegen Sie die nächste Straße links ab. Nach dreihundert Metern Ankunft … Sie haben ihr Ziel erreicht.

Ich parke meinen Wagen vor einem weißgetünchten zweistöckigen Haus. Es ist ein Altbau, mit einem kleinen Vorgarten in einer ruhigen Wohngegend mit Blick auf einen Park.

Auf dem Schild neben dem Tor steht in Großbuchstaben: *Wohnung zu vermieten*. Mir ist nicht wohl bei der Sache. Ich habe gelogen.

Mich weiter umsehend, öffne ich das schmiedeiserne Tor. Wohnhaus und Lage sind ganz nach meinem Geschmack, beschaulich und doch zentral. Die Tulpen in den Beeten vor dem Haus recken vorsichtig ihre bunten Köpfe der untergehenden Sonne entgegen. Auch das mag ich.

Ich drücke auf den Klingelknopf. Kurz drauf wird die Tür geöffnet. Vor mir steht eine Frau um die siebzig. Ihr aschgraues Haar ist kurzgeschnitten und ihre wachen blassblauen Augen mustern mich aufmerksam.

»Hej, ich bin Finja Hellström, wir haben telefoniert.«

»Oh ja, natürlich.« Sie streckt ihre Hand aus. »Ich bin Inger, kommen Sie rein, Finja.«

Im Hausflur riecht es nach gebratenem Fisch.

»Ich hoffe, das ich Sie nicht beim Abendessen gestört habe.«

»Oh nein.« Sie blickt mich entschuldigend an. »Der Geruch von gebratenen Heringen liegt lange in der Luft, ich hoffe, es stört Sie nicht. Wenn die Wohnung vermietet ist, verzichte ich auf den Hering.« Ermunternd lächelt sie. »Kommen Sie, ich zeig Ihnen die Wohnung.« Aus ihrer Hosentasche zieht sie einen Schlüssel und stapft vor mir die betagte Holztreppe hinauf.

»Sie sagten, dass sie im Karolinska arbeiten. Sind Sie Ärztin?«, fragt Inger auf dem Weg nach oben.

»Nein, leider nicht. Ich bin nur Krankenschwester.«

»Oh ... na ja, aber die sind noch wichtiger als Ärzte. Das letzte Mal, als ich wegen eines Beinbruchs im Krankenhaus war, hab ich kaum einen Arzt gesehen. Die waren immer schneller weg, als ich gucken konnte. Aber die Schwestern, die waren wirklich lieb und fürsorglich.«

Sie lächelt mich breit an, als wir oben angekommen sind und mustert mich noch mal eingehend.

Ich erwidere ihr Lächeln.

Dann steckt sie den Schlüssel ins Schloss, öffnet die Tür, hält sie für mich auf.

»So, da wären wir.«

Zögernd betrete ich die Wohnung. Ein schwacher Duft von Parfüm, blumig mit einer Unternote von Moschus, liegt in der Luft. Es ist nur ein Hauch, dennoch habe ich das Gefühl, in Britts Privatsphäre einzudringen. Natürlich ist das Blödsinn, sie lebt ja nicht mehr.

»Schauen Sie sich in aller Ruhe um.«

»Vielen Dank.« Der kleine Flur ist beengend. Ich öffne die Tür rechts von mir. Spähe hinein. Es ist das Bad, das erfreulich groß und hell ist. »Das gefällt mir«, sage ich und meine es auch so.

»Ich habe es vor vier Monaten neu machen lassen«, erklärt mir Inger und zupft nervös am Saum ihrer blauen Bluse. Hastig öffnet sie die gegenüberliegende Tür. »Das ist die Küche. Sie ist klein aber funktional.« Sie geht voran, öffnet die Tür neben dem Bad. »Und hier das Schlafzimmer, ruhig zum Hinterhof gelegen.«

Anstandshalber werfe ich einen Blick hinein und murmele ein paar anerkennende Worte.

»Und schauen Sie hier, die Aussicht auf den Park«. Inger eilt voraus in das großzügige Wohnzimmer, öffnet die Tür zum kleinen Balkon. »Von hier haben Sie einen fantastischen Blick ins Grüne.«

Ich trete hinter sie. »Das ist wirklich schön.«

»Ja, nicht wahr? Und? Sind Sie interessiert?«

Erwartungsvoll sehen mich ihre wachen Augen an.

»Hm ... ja, vielleicht.« Ich hasse meine Schauspielerei. »Darf ich fragen, wer vorher hier gewohnt hat? Ich mag es, wenn ich weiß, welche Menschen vor mir in einer Wohnung gelebt und gelacht haben. Es bleibt ja immer ein wenig von ihnen zurück.«

Schlagartig verliert Inger ihr Lächeln.

»Was ist mit Ihnen? Geht es Ihnen nicht gut, Sie sehen blass aus.«

Resigniert schüttelt Inger den Kopf. »Wissen Sie Finja, seit Monaten versuche ich, diese Wohnung neu zu vermieten. Aber niemand will sie, weil sich die vorige Mieterin, eine junge Frau, das Leben genommen hat. Sie war so eine freundliche und ruhige Person«, seufzend fügt sie hinzu: »Dabei hab ich das Bad doch neu machen lassen ... denn sie hatte sich in die Wanne gelegt und Tabletten geschluckt.«

Stirnrunzelnd blickt sie mich an. »Sie wussten nichts davon?«

»Nein, wusste ich nicht«, lüge ich und möchte schreien, meinen Frust ablassen bei dieser Frau, die ich nicht kenne.

»Nun, sie hatte gerade mal einen Monat hier gewohnt. So eine hübsche Frau und doch so betrübt, dass sie nicht mehr Leben wollte.« Inger zuckt mit den Schultern. »Na ja, vielleicht war sie einsam. Man weiß ja nie, was in den Köpfen der Menschen vor sich geht.«

»Hatte sie denn keine Freunde, niemanden, der sie besuchte?«

Inger schüttelt den Kopf. »Eine Frau war ab und zu da. Aber jedes Mal, wenn sie das Haus verließ, wirkte sie auf mich wütend und traurig zugleich.«

Sie schweigt, starrt betrübt vor sich hin. Dreht sich dann aber wieder lebhaft werdend zu mir um. »Ach ja, da war auch ein Mann. Er war nur zwei oder dreimal zu Besuch, aber nie lang. Gutaussehend war er. Und er hatte wirklich hervorragende Manieren. Einmal half er mir, die Einkaufstüten reinzutragen.« Inger tippt sich an die Nase. »Jetzt, wo Sie fragen. Ich glaube, das war ihr Ex. Jedes Mal, wenn er ging, war sie wie verwandelt. Manchmal lächelte sie aber auch.«

»Haben sie mal gestritten?«

»Das hat mich die Polizei auch gefragt.« Inger schüttelt den Kopf. »Nein, es wurde nie laut. Und dann kam er nicht mehr und irgendwann …« Schwer holt sie Luft. »Ich habe so etwas wie ein Poltern gehört. Es war spät. Ich lag schon im Bett. Aber ich hatte irgendwie dieses Gefühl, das etwas nicht stimmte. Kennen Sie das? …« Sie wartet meine Antwort nicht ab, fährt fort, den Blick in die Ferne gerichtet. »Also bin ich aufgestanden und nach oben gegangen. Ich hab gerufen, gefragt, ob alles in Ordnung ist, dann hab ich geklopft. Als niemand antwortete, bin ich noch mal runter und hab den Zweitschlüssel geholt und dann …« Ihr versagt die Stimme. Sie zieht ein Taschentuch aus ihrer Hosentasche.

»Entschuldigung, aber die Erinnerung.«

»Schon gut. Das verstehe ich.« Mitfühlend lege ich meine Hand auf ihren Arm, bin ratlos, was ich ihr sagen soll. Bin viel zu sehr damit beschäftigt, das Gehörte zu schlucken. Aron, der nette Mann, Britts Ex ...

Etwas in mir weigert sich, den Gedanken zu Ende zu führen. Ich begreife nur, dass er mich auch in dieser Hinsicht belogen hat. Offensichtlich hat er sich von Britta getrennt und dann hat sie sich umgebracht. Diese Erkenntnis ist verstörend. Ich weiß nicht, wie ich damit umgehen soll.

»Ich kann verstehen, dass Sie die Wohnung nicht wollen.«

Ich bin kurz davor, ihr zu sagen, dass ich nicht wegen der Wohnung hier bin, doch ich lasse es.

Inger begleitet mich nach draußen. »Falls sie es sich doch noch überlegen. Sie haben ja die Telefonnummer.«

»Danke. Es ist wirklich eine schöne Wohnung.« Mit steifen Beinen gehe ich zu meinem Wagen.

»Oh ... so einen großen Wagen hat Britta auch gefahren. Und dann war er irgendwann weg. Das war, kurz bevor sie sich umgebracht hat ...«

Mir wird schlecht. Rasch klemme ich mich hinter das Steuer.

Kapitel Sechsunddreißig

Aron

Aron hört nur mit einem Ohr zu, als seine Assistentin Liv dem Kunden Löfgren Kampagnen-Entwürfe für den Launch eines neuentwickelten Shampoos präsentiert. Routiniert lächelt er sowohl Liv, als auch Löfgren an passender Stelle an. Verstohlen schaut er immer wieder auf sein Smartphone, das er unauffällig auf dem aus Kirschholz gefertigten Konferenztisch platziert hat. Jeder hat ja heutzutage sein Handy dabei, es ist nur ein Gebot der Höflichkeit, es bei einem wichtigen Meeting stumm zu schalten.

Das erwartet er von seinen Mitarbeitern und hält sich auch selbst daran. Dennoch hat er Schwierigkeiten, sich auf das Meeting zu konzentrieren. Er muss einfach wissen, was Finja macht und wo sie ist.

»Aron, die Kampagne ist auf dem Punkt, ich bin begeistert. Du und dein Team, ihr habt mal wieder fantastische Arbeit geleistet.«

»Das freut mich zu hören«, antwortet Aron, jetzt wieder ganz bei der Sache. »Ja, ich habe die besten Kreativen im Team und freue mich außerordentlich, dass unsere Arbeit auch deinen Geschmack getroffen hat. Wir haben großen Wert darauf gelegt, unsere Testimonials auf die anvisierte Zielgruppe hin auszuwählen.«

»Das ist euch gelungen«, stimmt Löfgren zu und erhebt sich.

Erleichtert folgt Aron ihm. »Liv und ihr Team würden dich gerne noch zum Essen ausführen, vorausgesetzt, du hast Zeit.«

»Fantastisch. Natürlich habe ich Zeit. Und du kommst nicht mit?«

»Leider muss ich diesmal passen. Ein Krankheitsfall in der Familie.«

»Ach deshalb warst du die ganze Zeit so nervös.«

Entschuldigend hebt Aron die Hände. »Tut mir leid, dass du es bemerkt hast.«

»Schon gut. Wer ist es denn?«

»Meine Tante.«

»Ich wusste gar nicht, das du noch Verwandtschaft hast.«

»Nun ja, ich rede nicht so gern über Privates.«

»Schon in Ordnung und ehrlich gesagt, ist mir die Gesellschaft von Liv auch lieber.« Löfgren grinst Liv an und reicht Aron die Hand. »Danke für eure hervorragende Arbeit. Und jetzt kümmer dich um deine Familie.« Kumpelhaft klopft er Arons Schulter.

»Werde ich. Und ich danke dir für dein Verständnis.« Er wendet sich Liv zu. »Wir sehen uns morgen« und etwas leiser, nur für ihre Ohren bestimmt »Du weißt ja, der Kunde ist König.«

»Selbstverständlich.« Aufmerksam blickt sie ihn an. »Ich hoffe, deiner ... *Tante* ... geht es bald wieder besser.«

»Ja ja, danke dir.« Er weicht ihrem forschenden Blick aus.

Er bleibt stehen, wartet, bis sich die Tür des Besprechungsraums wieder geschlossen hat und er allein zurückbleibt. Sofort stürzt er sich auf sein Smartphone, checkt die

Tracking-App. Lässt sich, auf das Display starrend, schwer auf den Stuhl fallen. Ohne den Blick abzuwenden, reibt er sich nervös seinen Nacken und versucht, einen klaren Gedanken zu fassen.

Was soll er nur tun?

Was kann er tun?

»Finja? Süße, wo bist du?« Wie gewohnt lässt er den Schlüssel in die Keramikschale auf der Kommode gleiten, wirft einen raschen Blick in den Spiegel darüber. Er sieht fertig aus. Gut so, denkt er sich, denn nichts wäre fataler, als ihr jetzt vor Freude strahlend gegenüber zu treten. Er betrachtet den Strauß bunter Rosen, den er eigens besorgt hat. Die werden ihr gefallen, da ist er sich sicher, jede Frau liebt Rosen. Und beim letzten Mal hat es ja auch funktioniert.

»Finja?«, ruft er erneut, doch diesmal zögernd.

»Ich bin in der Küche.«

Sein um Verzeihung bittendes Lächeln erstirbt, als er Finja aufrecht am Küchentisch sitzen sieht. Vor ihr ein Kaffeebecher. Ihre Hände liegen flach auf dem Holztisch und ihr Blick ist fest auf ihn gerichtet. Da ist keine Spur von Freude oder Erleichterung in ihren Augen.

»Es tut mir leid.« Reumütig hockt er sich vor sie und hält ihr den Strauß entgegen.

»Was tut dir leid? Dass du dich wie ein Arsch benommen hast, oder dass du mich belogen hast?«

»Ich versteh nicht, was du meinst. Wieso belogen? Ich rede von gestern, als ich so neugierig war und dir die Freude verdorben habe. Wegen meiner dummen Fragen, was du in Stockholm gemacht hast und den Dessous ...«

»Das interessiert mich nicht mehr«, unterbricht sie ihn hart. »Ich rede von Britt.«

Natürlich will sie eine Antwort darauf. Und die hat er sich schon auf der Fahrt zurechtgelegt. Denn er weiß ja, wo sie war. Mühselig erhebt er sich, legt den Strauß auf den Tisch und fährt sich mit der Hand über das Gesicht.

»Woher weißt du von ihr?«

»Das ist im Moment nicht relevant. Und bitte Aron, komm mir jetzt nicht mit irgendeiner rührseligen Geschichte. Du hast mich belogen, als ich dich fragte, ob es deiner Freundin wieder gut geht. Du hast sie einfach verschwiegen. Warum hast du nichts gesagt? Warum hast du behauptet, sie wäre die Freundin eines Freundes?«

»Bitte Finja, glaub mir, das war keine böse Absicht. Zu dem Zeitpunkt war ich noch ganz durcheinander und ...«

»Natürlich!«, unterbricht sie ihn harsch. »Und kurz darauf hast du dich dann besonnen und mich gedatet. Klar.«

»Nein, so war das nicht. Finja, bitte hör mir zu, bevor du mich verurteilst. Britt und ich hatten eine harmonische Beziehung, doch dann veränderte sie sich. Wurde stiller und wirkte traurig. Ich hatte sie gebeten, zu einem Therapeuten zu gehen. Sie versprach es mir. Doch sie tat es nicht und wurde immer depressiver. Britt hat versucht, sich das Leben zu nehmen. Doch Gott sei Dank habe ich sie noch rechtzeitig gefunden.« Mit gesenktem Kopf geht er auf und ab. Bleibt stehen und wendet sich Finja zu.

»Ich habe alles getan, was in meiner Macht stand, um sie glücklich zu machen. Bat sie erneut, sich einer Therapie zu unterziehen. Sie versprach es und dann, nach ein paar Wochen, verkündete sie, dass sie sich von mir trennt. Sie hat ihre Sachen gepackt, ist ausgezogen.«

»Sie hat dich verlassen?«

»Ja! Ich flehte sie an, es nicht zu tun. Sich helfen zu lassen. Doch ich bin nicht mehr zu ihr durchgedrungen. Und dann hatte sie es wieder getan ... und dieses Mal war ich nicht da, um sie zu retten.« Er kneift sich an die

Nasenwurzel. Tränen schimmern in seinen Augen. Seine Stimme ist belegt, als er fortfährt. »Dann ist etwas passiert …«

»Was?«

»Ich habe dich kennengelernt. Mein Schmerz, meine Trauer verblasste mit jedem Tag.« Schwer seufzend schließt er die Augen.

»Oh bitte, komm mir jetzt nicht damit, dass ich dich gerettet habe. Und selbst wenn du es so empfunden hast, spätestens dann hättest du es mir sagen können.«

Mit zerknirschtem Gesichtsausdruck lässt er sich auf einen Stuhl fallen. »Du hast recht. Ich habe einen Fehler gemacht. Aber verurteile mich nicht zu schnell. Jeder Mensch geht mit Trauer anders um.«

Finja springt auf, blickt noch einmal skeptisch zu ihm, wendet den Blick von ihm ab, läuft unruhig auf und ab, als müsse sie nachdenken.

Aron beobachtet jede ihrer Bewegungen, jede Geste. Wie sie ihr Haar hinter die Ohren klemmt, irgendwann den Wasserhahn aufdreht, ein Glas füllt und es in einem Zug leert. Für eine lange Zeit sagt sie nichts, sie kehrt ihm weiter den Rücken zu und starrt aus dem Fenster über der Spüle.

Es macht ihn nervös. Er hält ihr Schweigen kaum aus.

Will zu einer Frage ansetzen, als sie sich ihm wieder zuwendet.

Sie blickt ihn lange an.

»Ist das Britts Wagen? Der SUV, den du mir so großzügig überlassen hast. Fahre ich ihren Wagen?«

»Ich verstehe nicht, was du meinst?«

»Ich war heute in der Wohnung, die Britt gemietet hatte. Wusstest du, dass die arme Vermieterin niemanden findet, der dort einziehen will? Sie hat sogar das Bad renovieren lassen, in dem sich Britt umgebracht hat. Doch niemand will dort leben.«

»Warum warst du da?«

»Weil ich Antworten suche. Ich möchte wissen, mit wem ich mein Leben teile.«

»Verstehe ... und es tut mir aufrichtig leid, dass ich dir das mit Britt nicht schon früher gesagt habe.«

Inzwischen hofft er, dass diese Unterhaltung doch noch eine gute Wendung nimmt.

»Ach ja, ist der SUV, den du mir so großzügig überlässt, der Wagen, den Britt fuhr?«, fragt sie erneut.

»Nein! Wie kommst du darauf?«

»Die Vermieterin sagte mir, dass ihr Fahrzeug verschwand, kurz bevor Britt sich das Leben nahm. Ein schwarzer SUV.« Eindringlich blickt sie ihn an. »Noch mal, ist es Britts Wagen, den ich fahre?«

»Natürlich nicht. Und wenn du mir nicht glaubst, dann sieh dir doch den Tachostand an.«

»Beglückst du all deine Frauen mit einem schwarzen SUV?«

»Was ist das für eine Frage? Natürlich nicht ... ich weiß nicht, was das soll?« Sein Ton ist gereizt.

Finja zieht eine Augenbraue hoch.

Sie hat es bemerkt. Er flucht innerlich. Er muss sich jetzt wirklich zusammenreißen. »Was machen wir denn jetzt?«, fragt er betont sanft.

»Ich weiß es nicht.« Finja stellt das Glas neben den Geschirrspüler, blickt ihn provokant an.

Sofort will Aron das Glas nehmen, es in den Geschirrspüler räumen oder sie darum bitten, es zu tun. Doch er unterdrückt seinen Impuls, ist schlau genug, wegzusehen. Er bleibt ruhig, tut nichts, erwidert nur ihren Blick.

»Ich werde darüber nachdenken«, sagt sie bestimmt und deutet auf die Rosen. »Die sind hübsch, du solltest sie ins Wasser stellen.«

Kapitel Siebenunddreißig

Finja

Der nächste Tag

Ich bin mir zwar sicher, dass Aron längst weg ist. Dennoch schleiche ich auf Zehenspitzen zurück. Spähe in die offene Küche und muss grinsen, als ich den Strauß Rosen in einer Vase mitten auf dem Tisch sehe. Na geht doch. Er hat brav gehorcht und sie ins Wasser gestellt.

Mit einem Becher Kaffee in der einen Hand und dem Handy in der anderen, stehe ich am Fenster. Es ist ein sonniger Morgen und doch kann ich ihn nicht so genießen, wie ich es gerne möchte. Über die Kurzwahl drücke ich Neles Nummer.

»Hej Nele, du ...

»Ja, mir geht es gut und klar, wir müssen uns wieder einmal treffen ... du, ich habe kaum Zeit«, unterbreche ich sie. »Sag mal, kannst du mir die Nummer von Joels Freundin geben, die bei Elsie auf der Party war? Wie heißt sie gleich?«

»Du meinst Jasmine?«

»Ja, genau. Hast du ihre Nummer?«

Ich rolle mit den Augen und versuche ihre Fragen, warum und wieso, zu umgehen.

»Erkläre ich dir später, okay?« Rasch schreibe ich die Nummer auf, die sie mir durchgibt. »Danke, ich melde mich wieder.«

Meinen Wagen parke ich gegenüber der Carlssons Schule, die in einer ruhigen Wohngegend in Östermalm liegt. Es ist kurz nach neun, der Pausengong ertönt und die schweren Türen des neoklassischen Bauwerks werden aufgestoßen. Ein Schwall kreischender Grundschüler strömt auf den Pausenhof.

Ich schmunzle wehmütig, als ich ihrem Treiben zuschaue. Erinnerungen an meine Schulzeit werden wach. Gute und schlechte.

Doch deswegen bin ich nicht hier, ich bin verabredet, steige aus dem Wagen und nähere mich der hohen vergitterten Einzäunung. Mit ausholenden Schritten kommt Jasmine auf mich zu, ihr langes dunkles Haar leuchtet wie Kastanien in der Sonne.

»Hej, Jasmine«, begrüße ich sie. »Entschuldige meinen Überfall, aber es ist dringend und wichtig.«

»Das sagtest du bereits am Telefon.« Jasmine öffnet das Tor und schließt es wieder hinter sich. »Das sind die Vorschriften, keine Fremden auf dem Schulhof«, sagt sie, als sie meinen fragenden Blick bemerkt.

»Das ist schon okay.«

»Also, was gibt es so Dringendes?«

»Es geht um Aron und um Britt.«

»Hat er dich auch so weit?«

»Wie meinst du das?«

»Nimm dich in acht vor ihm, er hat bereits Britts Leben

zerstört. Er ist ein verdammter Psycho!« Verbittert spuckt sie die Worte aus.

Erschrocken weiche ich einen Schritt zurück, mit so viel Wut hatte ich nicht gerechnet. »Was … was hat Britt dir erzählt?«

»Nichts Konkretes. Im Grunde hat sie gar nichts gesagt, sie wich meinen Fragen aus.« Eine steile Zornesfalte erscheint auf ihrem aparten Gesicht, verzerrt es kurz, bevor sie sich wieder fängt. »Britt war eine sensible Person, nahm sich vieles zu Herzen, wurde immer stiller, hat oft etwas vergessen.«

»Was hat sie vergessen?«

»Zum Beispiel, sich auf den Unterricht vorzubereiten.«

Sie erhascht meinen fragenden Blick.

»Hör zu, das schafft mich noch immer. Deshalb reagiere ich auch so wütend. Britt war eine von den Guten und genau wie ich Grundschullehrerin. Sie liebte diesen Job und die Kinder mochten sie ebenso wie die Kollegen … ach, es ist einfach nur schrecklich, was mit ihr passiert ist.«

»Hast du mit der Polizei geredet?«

»Natürlich, ich hab ihnen genau das gesagt, was ich dir sagte. Doch solange sie keine stichhaltigen Beweise haben, dass dieser Mistkerl für ihren Tod verantwortlich ist, können sie nichts machen. Außerdem hat er sie nicht umgebracht, jedenfalls nicht im klassischen Sinne. Doch ich weiß, er ist schuld daran, dass Britt die Tabletten geschluckt hat. Er hat sie dazu getrieben.«

»Deshalb hast du dich mit Aron auf der Party gestritten.«

»Ja, und weißt du was, ich musste weg, ich konnte nicht mehr dieselbe Luft einatmen wie er.«

Ein dumpfer tiefer Gong ertönt, beide schrecken wir zusammen.

Jasmine sieht zu dem Pausenhof. »Ich muss wieder rein.«

»Danke, dass du es mir erzählt hast.«

Am Tor wendet sich Jasmine noch einmal um, deutet mit dem Kopf auf den geparkten Wagen. »Er hat dir also auch einen schwarzen SUV geschenkt.« Abfällig verzieht sie den Mund. »Finja, geh weg von ihm, bevor es zu spät ist.«

Vertieft in Gedanken fahre ich durch die Stadt, bis ich am Strandvägen ankomme. Keine Ahnung, warum ich ausgerechnet hier gelandet bin.

Ich parke den Wagen, steige aus und schlendere langsam zu meinem Stammlokal am Ufer. Ich habe noch Zeit, bis meine Spätschicht anfängt.

Der Kellner reicht mir die Karte, doch nach Essen ist mir nicht und ich bestelle nur einen Kaffee. Zuletzt war ich hier mit Elsie und Nele. An dem Tag habe ich ihnen mitgeteilt, dass ich mit Aron zusammenziehen werde. Mit einem Grummeln im Bauch erinnere ich mich an ihre dringlichen Warnungen, die ich nicht hören wollte. Es sei zu früh, mit Aron zusammenzuziehen, ich würde noch alles durch die rosafarbene Brille sehen.

Wie recht sie hatten. Meine Naivität ist erschreckend. Aber damals fühlte es sich richtig an. Ich muss eine Entscheidung treffen und das, was mir vorschwebt, liegt mir schwer im Magen.

Kapitel Achtunddreißig

Hanna

Spät am Abend

Durch das gekippte Fenster hört man das Brummen des abendlichen Verkehrs. Hanna ist noch in ihrem Büro im Präsidium. Konzentriert tippt sie den Bericht über die letzte Ermittlung. Ihr Kollege Jonas steht hinter ihr, beugt sich vor und liest mit. »Ich hätte nie gedacht, dass wir diesen Fall lösen werden«, meint er und richtet sich auf.

Hanna wendet sich zu ihm um. »Wieso nicht? Wir haben bislang jeden Fall aufgeklärt.« Sie speichert die Datei. »Bis auf einen.« Nachdenklich stützt sie das Kinn auf beide Hände.

»Welchen meinst du?«

»Na welchen schon? Den Fall Britt Dahlberg und Aron Sjögren.«

Jonas setzt sich auf die Kante ihres Schreibtisches, verschränkt die Arme vor der Brust. »Sagtest du nicht, dass du auch bei dem Gespräch mit Arons neuer Partnerin keinen Schritt weitergekommen bist?«

»Ja, leider, und ich versteh es nicht.«

»Hanna, lass die Finger davon, wenn du nicht ganz sicher bist. Halt Abstand zu diesem Aron und seiner Neuen. Erinner dich dran, wie dich der Boss zusammengefaltet hat, nachdem dieser schicke Anwalt dich angeschwärzt hat. Worum ging es da noch gleich?«

»Ich hab Finja doch nur geholfen.«

»Genau, als du Finja mit dem Kajak geholfen hast. Es war doch ein Kajak, oder?«

Genervt atmet sie geräuschvoll aus. »Ja, war es.«

»Komm gib's zu. So ganz zufällig warst du nicht zur Stelle. Du hast es doch darauf angelegt und gehofft, dass du Informationen von Finja bekommst.«

»Ja verdammt, das habe ich gehofft. Ich weiß, dass Aron den Frauen weh tut und sie systematisch demontiert, bis sie nicht mehr aus noch ein wissen ...«

»Hanna, hör auf damit«, unterbricht Jonas sie. »Merkst du nicht, dass der Fall dich auch kaputt macht. Ich verstehe dich ja, dass du dich so einsetzt, nach allem, was du durchgemacht hast. Aber du kannst nicht jeden retten und außerdem hat Aron niemanden umgebracht. Anders als dein Mann.«

Fassungslos sieht sie Jonas an. Muss ausgerechnet er sie an die schrecklichste Zeit ihres Lebens erinnern? Ja, es stimmt, wie Finja und Britt war auch sie einem Mann verfallen, der ihr etwas vorgespielt hat. Der nicht der war, der er vorgab zu sein.

»Tut mir leid, das mit deinem Mann hätte ich nicht sagen sollen.«

»Nein, hättest du nicht, aber ich verstehe, was du mir damit sagen willst. Dennoch ist dieser Fall anders, nicht wahr? Mir ist schon klar, dass es einen Unterschied gibt zwischen Aron und dem Mistkerl, den ich geheiratet hatte. Aron vernichtet die Frauen nicht mit seinen eigenen Händen, er zerstört ihre Seele, ihre Psyche. Er macht aus ihnen ein Wrack.« Wut und Frustration schwingt in ihren Worten mit.

Jonas kennt Hanna seit Jahren und weiß, wie sie tickt. Sie ist impulsiv, aber gerecht und setzt sich stark für die Opfer ein. Und er weiß, dass sie und er ein gutes Team sind. Sie vertrauen einander, selbst wenn sie mal nicht einer Meinung sind.

»Ja, da stimme ich dir zu.«, gibt er ruhig zu. »Dennoch wirst du mit Gewalt nichts erreichen, und schon gar nicht inoffiziell.«

»Wirst du mich verpfeifen?«

»Natürlich nicht. Dass du überhaupt darüber nachdenkst, kränkt mich.«

»Gut zu wissen.«

Sie grinsen sich an und die Spannung, die eben noch zwischen ihnen herrschte, verfliegt.

»Ach Hanna, du und dein sturer Kopf. Vielleicht solltest du heute Abend mit zu uns kommen. Meine Frau hat mit Sicherheit etwas Leckeres gekocht. Und eine kleine Auszeit würde dir guttun.«

Über dieses Friedensangebot muss Hanna schmunzeln. Sie mag Jonas Frau sehr, sie hat ihr geholfen, als sie am Boden war, hat zugehört, sie in den Arm genommen, wenn die Wut und die Tränen sie übermannten. Doch jetzt fühlt sie sich nicht danach. »Danke, aber ich möchte lieber allein sein und darüber nachdenken, was du gesagt hast. Es stimmt, ich kann nicht jeden retten und schon gar nicht jeden seiner gerechten Strafe zuführen. Und das ist frustrierend. Also, lass mich meine Wunden lecken. Das kann ich am besten allein.«

»Also gut. Wir sehen uns morgen.« Er greift sich seine Jacke vom Stuhl.

»Grüß deine Frau.«

»Mach ich.«

Hanna blickt zur geschlossenen Tür. Es ist plötzlich still

und diese Stille hält sie schlecht aus. Vielleicht hätte sie Jonas' Angebot annehmen sollen. Doch nach heiler Familie steht ihr nicht der Sinn, auch wenn sie Jonas schätzt und seine Frau sie mit ihrer ansteckend guten Laune sie stets zum Lachen bringt.

Zu spät! Sie hat abgelehnt.

Um sich abzulenken, überfliegt sie noch einmal den Bericht, den sie eben fertiggestellt hat. Es funktioniert, ihre Gedanken sind bei dem abgeschlossenen Fall.

Müde reckt sie ihre Arme nach oben, bewegt ihren Kopf von rechts nach links, um die Spannung in ihrem Nacken zu mildern. Schlussendlich steht sie auf, schließt das Fenster und streift sich ihre Jacke über. Erschrocken zuckt sie zusammen, als ihr Handy in der Jackentasche brummt.

Sie navigiert zu den Nachrichten.

Kapitel Neununddreißig

Finja

Nervös drehe ich das Glas Wasser in meinen Händen, den Blick fest auf die Tür gerichtet. Die leise Jazzmusik, dass Stimmengewirr und das Klappern von Besteck blende ich aus. Flüchtig sehe ich auf meine Armbanduhr. Ich bin zu früh, winke den Kellner an den Tisch und bestelle mir ein Glas Weißwein.

Dann wage ich es doch, mich umzusehen. Es ist nett hier, weinrote gepolsterte Bänke an den Wänden, davor Holztische und Stühle. Eine Mischung aus Moderne und Rustikal und ringsum nur gelassen wirkende Menschen. Bis auf mich.

Ich nehme einen Schluck Wein, dessen fruchtiger Geschmack mir mundet. Meine Anspannung löst auch der Wein nicht.

Aus dem Augenwinkel sehe ich, wie die Tür aufgezogen wird. Hanna, die sich suchend umsieht. Ich hebe meinen Arm und lächle ihr entgegen.

»Hej Finja, entschuldigen Sie, ich bin etwas zu spät«, begrüßt sie mich und reicht mir die Hand. »Ist ein mörderischer Feierabendverkehr.«

»Das macht nichts. War ja auch etwas kurzfristig.«

Hanna hängt ihre Jacke über den Stuhl und sieht sich um.

»Nett hier.«

»Ja, ich bin hier auch zum ersten Mal. Aber es gefällt mir.«

Hanna bestellt sich ebenfalls einen Wein. Eine merkwürdige Anspannung macht sich zwischen uns breit.

Ich beobachte sie genauestens, bis auch der Rest meiner Bedenken verflogen ist. Neulich im Café hatte ich den Eindruck, das sie eine ruppige Person ist, aber vielleicht lag das auch an mir. Schließlich war ich mit allem, was sie mir mitgeteilt hat, hoffnungslos überfordert.

Und jetzt wartet Hanna geduldig darauf, dass ich den Anfang mache. Sie drängt nicht, fragt nicht mal, nimmt nur dankend den Wein entgegen, den ihr der Kellner bringt.

»Hanna, es ist nicht einfach für mich«, beginne ich und nippe ebenfalls an meinem Glas. »Ich habe mich entschieden ... ich meine, Sie sagten bei unserem ersten Treffen, das Sie meine Hilfe brauchen. Nun, wie genau stellen Sie sich das vor? Was muss ich tun?«

Hanna sieht mich an, nickt mir nachdenklich zu. »Wieso haben Sie sich dafür entschieden, Finja?«

Angespannt lasse ich meinen Blick durch das Restaurant streifen.

»Finja?«

»Ich war bei der Vermieterin von Britt Dahlberg. Anschließend habe ich mich mit Jasmine, der Freundin und Kollegin von Britt getroffen.« Ich erzähle ihr alles, stoppe, als ich versuche, Arons Reaktionen auf meine Fragen zu Britt zu schildern.

»Hat er geantwortet oder versucht, sich herauszuwinden?«, fragt sie nach.

»Eher letzteres«, antworte ich. »Als ich Aron auf Britt ansprach, hat er die ganze Geschichte eher umgedreht und beteuert, dass er versucht habe, sie zu retten, indem er ihr einredete, dass sie depressiv sei und eine Therapie machen sollte.«

Hanna sieht mich abwartend an und ich bin dankbar dafür, so kann ich meine Gedanken sortieren.

»Ich habe Parallelen erkannt«, fahre ich fort. »Ich überlegte, was zwischen mir und Aron in den letzten Monaten vorgefallen ist.« Unerwartet steigen Tränen in meine Augen. Ich leere mein Glas. »Ich war so dumm und blind. Er hat mir immer wieder Dinge unterstellt, die nicht stimmten und wenn ich darauf sauer reagierte, war er zuckersüß bis zum nächsten Mal. Er wollte mir allen Ernstes einreden, dass ich unkonzentriert sei und alles verlege. Pah ... und das mir.« Ich greife wieder zum Glas, stelle fest, das es leer ist, und stelle es zurück.

»Wissen Sie, ich dachte, Aron ist der Mann, mit dem ich glücklich sein kann. Ich wollte eine Familie und er ebenfalls. Erst vor ein paar Wochen, nachdem wir uns wieder mal gestritten hatten, versicherte er mir, dass er, genau wie ich, ein Kind haben möchte. Oh, er war sehr überzeugend, benutzte blumige Worte und die Tränen schimmerten dabei in seinen Augen.«

Tröstend lächelt Hanna mich an. »Ich weiß, was sie meinen. Sie sind eine starke Frau und das reizt ihn. Auch die anderen Frauen waren starke Persönlichkeiten. Bis er sie gebrochen hat.«

Sie lehnt sich vor und blickt mir fest in die Augen. »Ich denke, ich sollte zum besseren Verständnis dessen, was da mit Ihnen geschieht, ein wenig ausholen. Während der Ermittlungen habe ich mich lange mit unserem Profiler Ludvig unterhalten und dabei fiel der Begriff Gaslighting. Wissen Sie, was das bedeutet?«

Ich schüttle verneinend den Kopf.

»Okay, Gaslighting ist, wenn jemand bewusst und gezielt die Selbstwahrnehmung eines anderen Menschen erschüttert, etwa durch Lügen, Verdrehungen und Unterstellungen.«

»Aber was will er damit bezwecken?«

»Er will die Frauen beherrschen, und das macht er, indem er sie manipuliert. Mit Versprechungen, Aufmerksamkeiten und Komplimenten, aber auch mit Unterstellungen, dass die Frauen vergesslich sind, Dinge verlegen, bis hin zu irgendwelchen Eifersuchtsszenen, indem er unterstellt, sie würden mit anderen flirten. Egal, welche Masche gerade funktioniert, er macht es so lange, bis die Frauen geschmeidig werden und er sich sicher ist, dass er die Oberhand hat, dass er sie beherrscht. Das Prinzip Zuckerbrot und Peitsche.«

Als Hanna mein entsetztes Gesicht bemerkt, murmelt sie eine Entschuldigung.

Das, was sie mir sagt, trifft mich wie ein Faustschlag in die Magengrube. Taumelnd lehne ich mich zurück an das Polster der Bank. »Ich ... ich weiß nicht, was ich sagen soll. Was für ein armseliger Mann. Und was für eine Idiotin ich doch bin.«

»Nein Finja, Sie sind keine Idiotin, sondern ein Opfer, so wie Britt und die anderen Frauen.«

»Aber ich hätte es doch merken müssen. Ich war schon dabei, an mir selbst zu zweifeln, ob er nicht doch recht hat, wenn er mir vorwarf, dass ich etwas verlegt oder gesagt habe.«

»Nicht – tun Sie das nicht Finja. Sie dürfen sich nicht kleinmachen.«

»Möchten die Damen etwas zu essen bestellen?«

Erschrocken blicke ich den Kellner an. »Nein danke, aber einen Wein hätte ich noch gerne.«

Hanna verneint ebenfalls.

Ich beuge mich vor und sehe Hanna fest an. »Und warum buchten sie den Scheißkerl nicht ein?«

»Weil er geschickt ist. Und er hat Geld, um die besten

Anwälte zu engagieren. Wir haben keine Beweise, dass Aron tatsächlich so ist.«

»Aber reicht Ihnen nicht eine Aussage von mir, wenn ich ihn anzeige?«

»Ja, das könnten Sie tun, es gibt Gesetze gegen Misshandlung, die auch psychische Gewalt einschließen. Und es gibt Opferschutzorganisationen, die Beratung und Unterstützung anbieten.«

Ich lasse mir ihre Worte durch den Kopf gehen. Wäge ab, ob ich diesen Weg wählen soll.

Aufmerksam beobachtet mich Hanna. »Wenn Sie diesen Weg gehen, werde ich Sie mit allem, was in meiner Macht steht, begleiten. Aber Sie sollten sich darauf vorbereiten, dass es hart und hässlich werden kann. Wenn es zu einer Verhandlung vor Gericht kommt, werden seine Anwälte versuchen, Sie fertig zu machen. Sind Sie dazu bereit?«

Suchend sehe ich mich nach dem Kellner um. Mir brummt der Kopf, und dieses nervöse Kribbeln in der Bauchgegend macht mich fertig.

Bin ich dazu bereit?

Wortlos stellt der Kellner den Wein vor mich hin. Meine Hand zittert, als wäre ich eine Alkoholikerin. Und so fühle ich mich auch. Ich will mich betäuben. Will aus diesem Albtraum aufwachen oder ihn wenigstens dämmen.

»Finja, ich werde für Sie da sein, wenn Sie mich lassen. Gemeinsam schaffen wir das. Denken Sie an die Frauen, die nach Ihnen kommen werden, denken Sie an Britt und die anderen Frauen, die, seit sie mit Aron zusammen waren, psychische Probleme haben.« Einfühlsam legt sie die Hand auf meine.

Zustimmend nicke ich und nippe an dem Wein, der nur noch schal schmeckt.

»Finja?« Hanna sucht meinen Blick.

»Wenn ich Sie richtig verstanden habe, könnte es aber auch bedeuten, dass Aron ungeschoren davon kommt.«

»Ja, das könnte sein, die Chancen, dass er verurteilt wird, sind fifty fifty«, meint Hanna. »Es gibt aber noch eine Möglichkeit, um ihn zu Fall zu bringen.« Sie wartet, bis sie meine volle Aufmerksamkeit hat.

»Ich brauche Beweise und nicht nur Ihre Aussage. Ich muss wissen, wie er es anstellt.«

Verdutzt sehe ich sie an. »Was soll das heißen? Soll ich etwa Gespräche aufzeichnen? Protokoll führen, Kameras installieren ...?«

»Das würde helfen, sogar sehr.«

Wieder lasse ich mir Zeit mit meiner Antwort, damit hatte ich nicht gerechnet und ich bin kurz davor, einen Rückzieher zu machen.

»Aber es gibt noch andere Möglichkeiten. Wissen Sie, ob Aron Tagebuch führt oder anderweitig irgendwo Einträge macht? Gaslighter lieben so etwas. Da kommt ihr Narzissmus voll auf die Kosten.«

»Nein, nicht das ich es je gesehen hätte. Aber ich kann versuchen, es herauszubekommen, und ich kann unsere Gespräche mit dem Handy aufzeichnen«, schlage ich spontan vor und bin erstaunt und auch erschrocken darüber, dass ich eingewilligt habe. Ich nehme einen großen Schluck Wein.

Wir schweigen.

Unruhig sehe ich mich in dem Lokal um. Studiere jedes Gesicht, sehe die Pärchen, die sich liebevoll necken, die Gruppe gleich rechts von mir, wie sie sich angeregt unterhalten. Unversehens komme ich mir einsam vor.

»Finja, wenn Sie sich unwohl dabei fühlen, dann lassen Sie es. Ich kann das sehr gut verstehen. Machen Sie sich keine Sorgen, ich werde auch so versuchen, Aron einen Strick zu drehen.« Sie holt tief Luft.

»Aber ...?«, frage ich nach. »Ich ahne, dass Sie etwas parat haben.«

»Ja, das habe ich. Ich habe bei unserer ersten Begegnung gesagt, dass Sie auf sich aufpassen sollen.«

»Ich erinnere mich.«

Sie nickt. »Heute sage ich etwas mehr. Wenn Sie sich dagegen entscheiden, mir Beweise liefern zu wollen, dann rate ich Ihnen, ihre Sachen zu packen und sich von ihm zu trennen. Wahrscheinlich ist das die beste Entscheidung, damit er Sie nicht weiter demütigen kann.«

»Nein. Ich mache es.«

Immer wieder schlage ich mit der Hand auf das Lenkrad ein. Ich bin erschüttert, verletzt und unsagbar wütend. Auch wenn Hanna meint, dass ich die Schuld nicht bei mir suchen soll, so tue ich es doch. Wie konnte ich nur so blind und dumm sein? Warum musste ich auf ihn hereinfallen, seinem Charme verfallen, auf sein souveränes Auftreten reinfallen? Und alles nur, weil ich wie eine Besessene einen Mann und eine Familie wollte. Ich dachte, mir läuft die Zeit davon.

Was ich stattdessen bekommen habe, ist weit schlimmer: mir entrinnt mein Leben.

Nachdem ich mich an dem Lenkrad ausgetobt habe, lehne ich mich matt zurück. Wische mit beiden Händen über mein tränennasses Gesicht. Lasse das Seitenfenster heruntergleiten, lausche dem Verkehr nach, der an mir vorbeigeleitet. Unter einer Straßenbeleuchtung bemerke ich eine ältere Frau, die mit ihrem kleinen schwarzweiß gefleckten Hund offensichtlich eine letzte Gassirunde dreht. Die Frau sieht zufrieden aus, und soweit ich es erkennen kann, auch glücklich. Jedenfalls lächelt sie und redet freundlich mit ihrem vierbeinigen Begleiter. Ein junges Pärchen schlendert an ihr vorbei. Auch sie sehen glücklich aus, lachen und halten sich an den Händen.

Meine Sehnsucht nach Geborgenheit bahnt sich wieder

ihren Weg. Erneut schießen Tränen in meine Augen, ich wische sie entschlossen weg. Schluss damit!

Tief atme ich ein, bevor ich die Haustür aufschließe. Aus dem Wohnzimmer höre ich die Stimme einer Nachrichtensprecherin aus dem Fernseher. Ich lehne mich an den Türrahmen und betrachte Aron, der gebannt den Neuigkeiten folgt.

»Hej«, sage ich und gehe auf ihn zu.

»Da bist du ja, wie war dein Abend mit deinen Kollegen?«

»Nett.« Ich setze mich neben ihn.

»Nur nett?«

»Ja, auch lustig. Ist was anderes, als wenn wir uns nur im Job sehen. Und bei dir, wie war dein Tag?«

»Gut! Ich bin gerade dabei, einen neuen Kunden für die Agentur zu begeistern.«

»Oh, das ist spannend.«

Er mustert mich. »Finja, wollen wir reden über gestern, über Britt und wie es mit uns weitergeht?«

»Das werden wir, aber nicht jetzt. Ich bin müde.«

Er schluckt und sieht auf den Parkettboden. »Willst du allein sein?« Traurig hebt er seinen Blick.

»Ja ... mach dir keine Gedanken, wir reden morgen«, ich hauche ihm einen Kuss auf die Wange.

Noch bevor ich den Flur erreiche, wische ich mir über den Mund.

Kapitel Vierzig

Aron

Aron lässt sich auf seinen mit Büffelleder bezogenen Bürosessel fallen. Er wendet sich dem Panoramafenster zu und stellt fest, dass der Himmel mal wieder seine Stimmung spiegelt. Aus dem grauen Himmel fällt leichter Nieselregen und benetzt die Dächer der Altstadtgebäude. Was soll er nur tun? Diese Frau bringt ihn ständig zum Verzweifeln und doch erregt sie ihn. Nie zuvor hatte er eine Gefährtin an seiner Seite, die so willensstark ist wie Finja. Gedankenverloren fährt er sich mit der Zunge über die Lippen. Sie ist eine Herausforderung und das macht ihn an.

Aus seiner Jackentasche zieht er sein Smartphone, er ist neugierig, was Finja macht. Als er heute Morgen an ihrem Zimmer vorbeiging, hat sie noch tief und fest geschlafen. Natürlich hat er ihren Dienstplan kopiert und weiß, dass sie auch heute Spätschicht hat. Er nimmt an, dass sie das ausnutzt und noch schläft.

Er liebt es, sie im Schlaf zu beobachten. Wenn sie neben ihm liegt, kann er sich nicht sattsehen an ihren feinen Gesichtszügen, den gleichmäßigen Atemzügen, oder dem Gemurmel, wenn sie träumt. All das gehört ihm und nur ihm allein und so soll es auch bleiben. Keine weitere Frau mehr, die sich ihm widersetzt oder sich gar umbringt. Die Erinnerung an Britt bereitet ihm Unbehagen. Schnell verdrängt er sie und aktiviert seine Kamera-App.

Enttäuscht stellt er fest, dass Finja nicht mehr schläft. Er ruft das Bad auf. Wohlig stöhnt er auf. Da ist sie, unter der Dusche. Sein Mund wird vor Erregung trocken, als er sieht, wie Finja sich mit dem Duschgel einschäumt. Er begehrt ihren Körper und nicht nur den. Sie ist sexy, wunderschön und zielbewusst. Sie zu besitzen ist das Optimum.

Das kurze Klopfen an der Tür, die im selben Moment aufgestoßen wird, reißt ihn aus seinen Fantasien.

»Guten Morgen Aron.« Bestens gelaunt betritt Liv das Büro und stellt ihm wie jeden Morgen einen Kaffee auf den Tisch.

»Danke Liv.«

»Schlechte Nachrichten von deiner *Tante*?« Sie deutet mit dem Kinn auf das Smartphone in seinen Händen.

Rasch legt er es mit dem Bildschirm nach unten auf den Tisch. »Nein, alles perfekt.« Mit einem Augenzwinkern sieht er sie an. »Danke nochmals, dass du mich neulich nicht verraten hast. Ich hatte keinen Nerv, mir die ewig gleichen Geschichten von Löfgren anzuhören.«

»Kein Problem, hab ich gern gemacht.« Sie schenkt ihm ein kokettes Lächeln. »In einer halben Stunde steht das Meeting mit dem Kreativteam an.«

»Danke. Ich komme dann dazu.« Er sieht ihr nach, wie sie mit einem aufregenden Hüftschwung zur Tür schreitet. Schwer atmet er durch. Liv passt genau in sein Beuteschema für gewisse Stunden. Aber er hat einen Ehrenkodex; niemals mit den Angestellten.

Rasch zieht er sein Smartphone wieder zu sich heran. Zu seiner Enttäuschung ist das Bad leer. Er navigiert durch alle Zimmer und entdeckt sie schließlich im Flur. Sie steht vor seiner Bürotür, starrt eine Weile darauf, als wäre sie unschlüssig. Dann drückt sie den Türgriff herunter.

Aron lächelt.

Doch dann bemerkt er das Handy in ihrer Hand. Wie sie es anhebt und etwas sagt und erneut versucht, die Tür zu öffnen.

Aus einem Impuls heraus wählt er ihre Nummer. Er kann sehen, wie sie flüchtig auf das Display ihres Handys sieht und dann ungerührt weiterredet. Sie spricht zu leise, er kann nichts verstehen.

Was soll das?

Genervt schließt er seine Augen, zieht scharf die Luft durch die Nase ein. »Verdammtes Miststück«, murmelt er und sieht aus dem Fenster. Nachdem er sich beruhigt hat, schaut er wieder auf das Display. Er steuert jeden Raum an. Nichts. Vielleicht steht sie in einem toten Winkel. Erneut wählt er jede der installierten Kameras. Sie ist weg.

Doch dann sieht er sie. Sie kommt durch die Haustür herein, lacht und ist völlig losgelöst. Also war sie draußen? Warum ... und worüber lacht sie?

»Aron, das Meeting.« Liv steht in der Tür und blickt ihn stirnrunzelnd an.

»Bin gleich da.«

Kapitel Einundvierzig

Finja

Zur selben Zeit

»Was erzählst du da, mein Mäuschen, du warst bei den Elefanten?« Ich kann nicht an mich halten und lache herzlich, während mir Finjas Tochter Tilda von ihrem Zoobesuch berichtet. Leichter Wind, der den Duft von Frühling in sich trägt, weht mir ins Gesicht.

Allmählich gehe ich wieder ins Haus, nachdem ich mit dem Handy am Ohr kurz an der frischen Luft war. Bei Tildas Geschichte mit den Affen ist es vollends um mich geschehen. Ich kann nicht aufhören zu lachen. Es tut so gut. Nach einer Weile sage ich: »Tilda, gib mir mal deine Mama.«

Ich kneife die Augen zusammen, als sie »Mama!« ins Telefon brüllt. Und wieder muss ich lachen. Wie lange ist es her, dass ich so entspannt war?

»Hej Finja, alles gut bei dir?«

»Elsie, ich beneide dich und danke, dass ich mit deiner Tochter plauschen durfte. Jetzt geht es mir richtig gut.«

»Freut mich sehr und die Therapie-Rechnung schicke ich dir dann.«

»Mach das, die zahle ich gerne.«

Eine kurze Pause entsteht.

»Was ist los, Elsie?«

»Nichts weiter«

»Sicher?«

»Ja, ja ... ich überlege gerade, wann wir Mädels uns das letzte Mal gesehen haben?«

»Ist schon eine Weile her.«

»Stimmt, und deshalb sollten wir uns unbedingt mal wieder treffen, nur du, Nele und ich.«

»Gute Idee«, antworte ich, auch wenn ich mir nicht sicher bin, ob jetzt der richtige Zeitpunkt ist. Aber vielleicht ja doch. Meine Freundinnen sind immer gut darin, mich aus einem Loch zu ziehen.

»Sehr schön.«

Elsie klingt erleichtert und das macht mich stutzig. Oder bin ich einfach nur hypersensibel und lege jedes Wort, jede Pause, jede Reaktion auf die Goldwaage?

»Hast du mir zugehört?«, will Elsie wissen. »Ich sagte, morgen wäre gut, dann hat Olek frei und kann auf die Kleine aufpassen.«

»Ja, das passt. Also abgemacht, wir sehen uns morgen und ich freue mich auf euch.« Und das tue ich wirklich. Ich bemerke, wie ich beflügelt aufatme.

»Gib Tilda einen Kuss von mir und sag ihr, dass ich ihre Geschichten mochte.« Und da ist es wieder, dieses warme Gefühl, die Sehnsucht nach einer Familie.

Immer noch mit einem Lächeln im Gesicht sehe ich auf mein Handy und navigiere zu dem entgangenen Anruf. Meine eben noch so gelöste Stimmung ist mit einem Schlag verflogen. Nein, ich werde Aron nicht zurückrufen. Außerdem muss ich jetzt los. Meine Schicht fängt gleich an.

Langsam fahre ich mit dem SUV in die Garage. Es ist ein merkwürdiges Gefühl, genau so einen Wagen zu fahren wie Britt. Natürlich habe ich den Tachostand geprüft. Es ist tatsächlich ein Neuwagen und dennoch habe ich das Empfinden, das Britt stumm und mahnend neben mir sitzt, genau wie die Frauen, deren Namen ich nicht kenne. Sie scheinen im Fond zu sitzen und mich anzustarren. Ich schüttle meinen Kopf, als könnte ich dadurch die Bilder verscheuchen.

Der Tag im Krankenhaus war hektisch. Es gab einen schlimmen Verkehrsunfall. Und so traurig das ist, aber diese Aufregung und Hektik in der Notaufnahme hat mich abgelenkt von meiner eigenen Misere. Von dem anstehenden Gespräch mit Aron, das ich nicht weiter aufschieben kann.

All das ist wieder präsent, drückt mich nieder, noch bevor ich das Haus betrete. Wie sehr habe ich mir ein entspanntes, liebevolles Leben mit Aron gewünscht. Lachen, keine Sorgen, nur die üblichen Meinungsverschiedenheiten und dann eine zärtliche Versöhnung.

Bevor ich ins Haus gehe, bleibe ich noch eine Weile im Zwielicht der untergehenden Sonne stehen. Lausche den Geräuschen, die der Wind zu mir trägt. Das Rauschen des Meeres, ein Käuzchen, das unermüdlich ruft. Ist schon Paarungszeit? Anfang März?

Andächtig schließe ich meine Augen und stelle mir vor, wie ich mit Aron bei einem Glas Wein auf der Terrasse diesem Konzert der Natur lausche und wir uns danach lieben. Doch das ist nur ein naiver Traum.

Vor Wut und Frust würde ich am liebsten laut schreien. Warum? Warum musste ich mich ausgerechnet in ihn verlieben? Was hat er an sich, das mich blind gemacht hat? Sein Charme, seine Aufmerksamkeiten? Ich weiß es nicht und im Grunde ist es auch egal. Da sind wieder Hannas Worte: *Zuckerbrot und Peitsche.*

Ich öffne die Haustür, höre leise Musik, Essensdüfte liegen in der Luft, aus der Küche höre ich Aron summen.

Mit klopfendem Herzen schnappe ich mir mein Handy, bevor ich mich der Küche nähere. Schmunzelnd beobachte ich, wie Aron sich zum Takt der Musik bewegt, den Tisch deckt und eine Flasche Wein öffnet. Alles nur Fassade, hinter der er sich geschickt versteckt, denke ich und spiele meine Rolle.

»Hej«, hauche ich, stelle mich hinter ihn und blicke über seine Schulter. »Was hast du Köstliches gezaubert?«

Oh mein Gott, wie ich meine zuckersüße Stimme hasse.

Aus seiner Beschäftigung gerissen, wendet Aron sich hektisch um. Feine Schweißperlen schimmern auf seiner Stirn. »Hej Süße, ich hab dich gar nicht kommen hören.«

»Die Musik ist ja auch ziemlich laut. Nun sag schon, was hast du gezaubert?«

Leicht irritiert blickt er mich an und ich frage mich, ob ich zu dick aufgetragen habe. Doch er lächelt und wirkt erleichtert.

»Ich habe *Laxpaj* mit Blattspinat und geraspeltem Emmentaler zubereitet. Ich hoffe, du magst es.« Erwartungsvoll blickt er mich an.

»Klingt verlockend.«

»Setz dich doch, ist gleich fertig.«

Ich setze mich an den Tisch und lege mein Handy auf den Stuhl neben mir.

Aron nimmt sich ein Geschirrtuch von dem Haken an der Wand, holt umständlich die dampfende Auflaufform mit dem *Laxpaj* aus dem Ofen. »Mist, ist das heiß!« Seine Wangen glühen und sein Gesichtsausdruck ist schmerzverzerrt.

Mit diebischer Freude sehe ich ihm zu und kann ein Lächeln nicht unterdrücken. Als er meinen Blick bemerkt, stammle ich: »Oh je, kann ich dir helfen?«

»Nein«, antwortet er barsch und mildert es sofort ab, indem er sagt: »Du sollst dich entspannen und genießen.«

Natürlich lobe ich seinen *Laxspaj,* und um ehrlich zu sein, er ist wirklich köstlich. Es ärgert mich, da mein Groll ihm gegenüber zu versiegen droht.

Wieder rufe ich mir Hannas mahnende Floskel in Erinnerung: *Zuckerbrot und Peitsche.*

Ich trinke einen Schluck Wein, um mir Mut zu machen. Was ich sagen will, habe ich mir genau überlegt. Ich muss es nur noch loswerden, bevor Aron mir zuvorkommt und alles wieder in einer langen Diskussion endet.

Doch er kommt mir zuvor. »Finja, ich bin ... ich weiß nicht, wie ich es sagen soll. Ich bin ein Idiot«, stammelt er.

Ich warte ab. Kein Lächeln, kein Blinzeln, einfach nichts. Doch was ich sehe, ist seine Reaktion darauf. Er wirkt nervös.

»Finja, ich liebe dich von ganzem Herzen und würde es nicht ertragen, dich zu verlieren.«

Wieder blickt er mich erwartungsvoll an. Ich bleibe stumm.

»Was du gesagt hast, über Britt und mein Verhalten dir gegenüber, stimmt alles. Ich war nicht ehrlich zu dir, weil ich Angst hatte, dich zu verlieren. Aber das sagte ich dir ja schon, oder? Bitte sag etwas, damit ich weiß, was du denkst. Ich habe keine Ahnung, was ich noch tun soll oder kann.«

Unruhig wandert sein Blick über mein Gesicht.

Doch ich sage nichts. Nehme noch einen Schluck Wein und warte weiterhin ab.

Es macht ihn nervös, dass ich stumm bleibe und ihn nur ansehe. Unermüdlich fährt er sich durchs Haar. Am liebsten würde ich ihm auf die Finger hauen und ihn anschreien, dass er das lassen soll. Dass er sich gerade völlig umsonst zum Affen vor mir macht, weil ich ihn durchschaue. Dennoch weiß ich, dass ich auf der Hut sein muss. Ich darf den Bogen nicht überspannen.

»Ach Aron, es ist verzwickt«, sage ich nur.

Die wenigen Worte scheinen ihm Aufwind zu geben. Er berührt sanft meine Hand, die auf dem Tisch liegt. »Kannst du mir verzeihen? Können wir von vorne anfangen? Bitte Finja, rede mit mir. Ich verspreche dir, von jetzt an aufrichtig zu sein. Keine Geheimnisse mehr, keine Versprechen, die ich nicht einhalten kann.« Er steht auf, geht nervös auf und ab.

Ich muss gestehen, dass ich diesen Moment seiner Unsicherheit genieße, mich darin suhle. Wieder ermahne ich mich, es nicht zu übertreiben.

Ich sehe zu ihm auf, als er seine Wanderung unterbricht und vor mir stehenbleibt. »Und welches deiner Versprechen kannst du einhalten?«, frage ich. »Dass du aufhörst, mir einzureden, dass ich vergesslich bin? Dass du mir nicht mehr vorwirfst, etwas gesagt oder versprochen zu haben, von dem ich nichts weiß? Wirst du aufhören, mich in einem Moment niederzumachen, um gleich darauf zu beteuern, dass du ohne mich nicht leben kannst und eine Familie mit mir gründen willst? Um dann gleich wieder alles so zu drehen, als hättest du niemals etwas gesagt?«

Müde stützt er sich auf den Tisch auf, blickt mich eindringlich an. Sein Blick gleitet zu dem Stuhl neben mir. »Also sag schon«, fordere ich ihn auf und hoffe inständig, dass er das Handy nicht gesehen hat.

Aron richtet sich auf. »Was redest du da? Ich habe niemals behauptet, dass du vergesslich bist oder dergleichen. Ehrlich Finja, ich weiß nicht, was du damit bezwecken willst.«

»Du tust es schon wieder. Ich will, dass du damit aufhörst, mir all diese Dinge zu unterstellen.«

Traurig schüttelt er den Kopf und setzt sich wieder hin. »Ich weiß nicht, was ich noch machen soll, damit du mir glaubst. Ich würde niemals so etwas sagen oder tun. Glaub mir, ich liebe dich und will dich nicht verlieren und vor allem möchte ich, so wie du auch, eine Familie gründen.

Und zwar nur mit dir. Das ist das Einzige, was ich dir vor ein paar Tagen gesagt habe.«

»Ja, nachdem du behauptet hast, dass ich unkonzentriert bin, rumgebrüllt hast, wo dein verdammter Wagenschlüssel ist. Du hast behauptet, dass ich ihn verlegt hatte. Erinnerst du dich?«

Er bleibt mir die Antwort schuldig und sieht mich mitleidig an. »Wenn ich sage, dass das nicht stimmt, wirst du wieder das Gegenteil behaupten – Finja wir drehen uns im Kreis.« Tränen schimmern in seinen Augen. »Aber wenn du das nicht mehr willst, dann akzeptiere ich es.«

Mir bleibt buchstäblich die Spucke weg. Er hat schon wieder alles verdreht, geleugnet. Er muss das Handy entdeckt haben.

Natürlich hat er alles revidiert.

Was hatte ich nur erwartet?

Jetzt muss ich eine plausible Ausrede erfinden und ja, diesmal lüge ich.

Ich reibe mir über die Schläfen, atme tief ein, sehe ihn nicht an, schließe meine Augen und hoffe, dass diese Geste nicht zu aufgesetzt wirkt. Langsam hebe ich meinen Blick. »Vielleicht sollten wir uns noch ein wenig Zeit lassen. Offensichtlich gibt es zu viele Missverständnisse und jetzt eine Entscheidung über Familienplanung zu treffen, wäre fatal. Lass es uns langsam angehen. Bitte.«

Ich staune über mich selbst. Wundere mich, dass diese Worte wie selbstverständlich über meine Lippen kommen. Ich bin wohl doch keine so schlechte Schauspielerin.

Am liebsten würde ich jedoch laut schreiend davonlaufen. Vor ihm. Vor mir. Um das zu verhindern, balle ich unter dem Tisch meine Hände zu Fäusten und grabe die Fingernägel tief in meine Ballen. Und ich drücke noch ein wenig fester, als ich sehe, wie Aron erleichtert die Augen schließt und tief aufseufzt. »Ich bin so froh, das zu hören.«

Kapitel Zweiundvierzig

Finja

Mein Schädel brummt, als würden Millionen von Bienen darin herumschwirren. Nachdem mir gestern Abend nach unserer Versöhnung bewusst wurde, dass ich auch das Bett mit Aron teilen muss, habe ich Wein getrunken, und zwar eine ganze Menge. Das rächt sich jetzt.

Aron legt sein Smartphone zur Seite, als ich in die Küche schlurfe und mich ihm gegenüber auf den Stuhl fallen lasse. Er schenkt mir und sich selbst Kaffee ein.

Über den Rand seines Kaffeebechers sieht er mich verschmitzt an und ich ahne, was er denkt. Oder eben auch nicht. Bei Aron weiß man ja nie, was er ausbrütet. Unvermittelt kommen mir Zweifel, ob ich das Theater noch lange durchhalte.

Vielleicht sollte ich meine Sachen packen und gehen, so wie Hanna es mir empfohlen hat. Aber dann war alles umsonst und er macht weiter. Wird jede Frau, die ihm verfällt, fertig machen, bis nur noch ein Häufchen Elend übrig ist – wenn sie es zumindest körperlich überlebt.

Aber was soll ich noch tun? Bis jetzt habe ich nichts gegen den Mann in der Hand, der mich mit seinem vermeintlich unwiderstehlichen Lächeln ansieht. Die Aufnahmen auf dem Handy sind wertlos.

Ich könnte heulen vor Wut und Frust. Zu allem Übel schmerzt mein Schädel wie verrückt. Mit den Fingern massiere ich sanft meine Schläfen.

»Kopfschmerzen?«, fragt Aron besorgt.

Ich ziehe meine Stirn kraus, als eine neue Welle von Schmerz durch meinen Schädel jagt.

»Ich hole dir eine Tablette.« Er macht Anstalten, vom Stuhl aufzustehen.

»Nein, schon gut. Ich werde es überleben und mir in der Klinik einen ordentlichen Cocktail mixen. Aber dennoch danke.« Auf keinen Fall werde ich Tabletten von ihm annehmen.

»Dann eben nicht.«

Ohne Appetit beiße ich in den mit Marmelade bestrichenen Toast, mir ist einfach nur übel. Das letzte Mal, das ich so viel getrunken habe, war in meiner verrückten Zeit mit Elsie. Ich lege den angebissen Toast auf den Teller. »Oh jeh, wie soll ich nur den Tag und den heutigen Abend überstehen?«, jammere ich und nehme einen Schluck Kaffee.

Fragend hebt Aron eine Augenbraue. »Heute Abend?«

»Ach, das habe ich dir ja noch nicht gesagt. Ich bin mit Nele und Elsie verabredet.«

»Oh. Schade, ich dachte, wir verbringen einen gemütlichen Abend mit einem Spaziergang am Meer. Seele baumeln lassen. Das hatten wir uns gestern doch vorgenommen. Erinnerst du dich nicht? Das war dein Vorschlag. Oder warst du da schon zu betrunken?«

Plötzlich bin ich hellwach.

»Nein, war ich nicht, und ich hab auch nichts dergleichen vorgeschlagen.« Unruhig rutsche ich auf dem Stuhl hin und her und könnte mich ohrfeigen, dass ich mein Handy nicht bei mir habe. Jetzt wäre die Gelegenheit.

»Wenn du es sagst. Dann glaube ich dir.« Er grinst breit.

»Das war ein Scherz, mein Schatz. Natürlich hast du dergleichen nicht gesagt.« Er lacht beherzt. »Ach Finja, Spaß muss sein.«

»Gut. Dann haben wir das ja geklärt.« So ein Mistkerl. Er spielt mit mir. Oh mein Gott, wie dankbar bin ich Hanna, die mir die Facetten aufgezählt hat und noch etwas fällt mir ein. Hanna hat gefragt, ob Aron Tagebuch führt oder anderweitig etwas dokumentiert.

»Das war ein schlechter Scherz«, murmele ich und kann meinen Blick nicht von seinem Smartphone abwenden.

Aron sieht auf seine Armbanduhr. Ich kaue weiter lustlos an meinem Toast. Als Aron sich erhebt, lange ich über den Tisch, um das Marmeladenglas zu nehmen. Dabei stoße ich seinen Kaffeebecher um. Die heiße, braune Flüssigkeit landet auf seiner Hose.

Wild springt er auf. »Kannst du nicht aufpassen? Verflucht nochmal!«

»Tut mir leid, ehrlich! Das war sehr ungeschickt von mir …« Ich springe hoch, um ein Handtuch zu holen.

»Lass sein, das bringt nichts. Verdammt.«

Ohne einen weiteren Blick auf mich rast Aron aus der Küche. Erst, als ich seine polternden Schritte auf der Treppe höre, ziehe ich sein Smartphone zu mir. Ich bekomme kaum Luft vor Aufregung. Immer wieder sehe ich zur Tür, lausche seinen Flüchen, während ich versuche, sein Smartphone zu entsperren. Blöderweise bin ich nicht sonderlich gut in diesen neuen Smartphonesystemen.

Der Bildschirm ist schwarz und ich finde noch nicht einmal den An- und Ausschalter. Meine Finger zittern. Endlich kann ich das Ding aus und wieder anschalten. Der Bildschirm leuchtet und ich kriege fast einen Infarkt.

Fingerabdruck.

Zum Entsperren benötige ich seinen verdammten Finger. Mist!

»Was machst du da?«

Mit zwei Schritten ist er bei mir und reißt mir das Smartphone aus den Händen.

»Ich ... da war auch Kaffee drauf, ich wollte ihn wegwischen.« Ich hebe das Handtuch hoch.

Durchdringend starrt er mich an und entsperrt das Smartphone mit seinem Daumenabdruck. Mit einem leisen *Ping* erwacht es zum Leben. »Noch mal Glück gehabt«, meint er und steckt es in die Tasche seines Sakkos. »Ich fahre jetzt und wünsche dir einen schönen Tag und einen netten Abend mit deinen Freundinnen. Grüße sie von mir.«

»Mach ich.«

Er legt seinen Finger unter mein Kinn und bevor ich reagieren kann, küsst er mich.

Erst als ich höre, wie die Haustür hinter ihm zuschlägt, eile ich zur Spüle, drehe den Wasserhahn auf und lasse minutenlang Wasser in meinen Mund rinnen. Danach geht es mir besser. Und doch bleibt da ein bitterer Geschmack, der nicht nur von seinem Kuss herrührt. Keuchend stütze ich mich am Rand der Spüle ab. Gestehe mir ein, dass ich es kaum schaffen werde, Beweise zu liefern. Da ist nicht nur meine mangelnde Fähigkeit, sondern auch Angst und Ekel, die das alles nahezu unmöglich machen. Ich hebe meinen Kopf und sehe aus dem Fenster. Die ersten mutigen Blätter der Birke vor dem Fenster bahnen sich ihren Weg zum Licht der Sonne.

Bald ist Frühling. Neubeginn.

Ich schließe meine Augen.

Kapitel Dreiundvierzig

Aron

Noch bevor Aron sich in seinen Wagen setzt, zückt er sein Smartphone aus der Jackentasche und navigiert zur Kamera-App. »Kleines, kleines Miststück«, murmelt er, während er beobachtet, wie Finja unter dem Wasserhahn hängt und sich den Mund ausspült.

Eine Welle von Zorn strömt durch seinen Körper, als er sich daran erinnert, wie sie versucht hat, sein Smartphone zu aktivieren. Eine ganze Weile hat er am Türrahmen gelehnt und sie dabei beobachtet.

Wider Erwarten muss er schmunzeln. Es war zu komisch, wie sie versucht hat, es vor ihm zu vertuschen. Er wirft noch einen letzten Blick auf das Smartphone. Doch was er sieht, ist uninteressant. Sie starrt nur aus dem Fenster.

»Hej Liv, was liegt heute an?« Aron setzt sich auf den Schreibtisch und präsentiert sein bestes Lächeln. Das, was Liv so gerne mag. Ein Lächeln mit einer Spur Begehren darin. Er hat es perfektioniert, bis es ihm in Fleisch und Blut überging. Wie erwartet, sieht er den Glanz in Livs Augen. Sie hofft, dass er sie berührt. Und das macht er, ganz sachte, nur mit den Fingerspitzen, während er die Mappe mit der Post aus ihren Händen nimmt.

»Kaffee?«, fragt Liv und reicht ihm seine Lieblingstasse mit den Affen darauf. Wie nett und aufmerksam sie doch ist. Die Tasse hat sie ihm geschenkt, nachdem er diesen Satz losgelassen hatte: *»Ich mag Affen, sie sind schlau und nehmen sich das, was sie wollen.«*

»Danke dir, du bist die Beste«, sagt er lächelnd. »Wenn ich dich nicht hätte.«

»Was dann?«, haucht sie heiser.

»Dann wäre ich verloren.«

Liv stützt ihr Kinn auf die Hand. »Du bist ein Schmeichler.«

»Mag sein.« Er zwinkert ihr zu. »Ach ja, bitte heute keine Anrufe durchstellen, egal wer es ist. Ich hab da eine Idee und muss vor mich hinbrüten. Es geht um einen neuen Kunden, den ich unbedingt akquirieren möchte.«

»Kein Problem, wenn du Hilfe beim Brüten brauchst, dann weißt du ja, wo du mich findest.«

Oh, wie er dieses Geplänkel liebt. Das ist die Würze seines Seins.

Erst als er die Bürotür hinter sich geschlossen hat, fällt sein Lächeln von ihm ab. Mit einem enervierten Seufzer lässt er sich auf seinen Bürosessel fallen.

Finja.

Die Frau bringt ihn noch um den Verstand. Nicht, weil er sie begehrenswert findet, was er allerdings tut, sondern weil sie Ärger bedeutet. Doch auch das macht ihn an.

Insgeheim freut er sich auf dieses Spiel, auch wenn es riskant ist. Finja ist eine Herausforderung und wie er zugeben muss, eine gute Schauspielerin. Das hat sie ihm heute bewiesen, als er sie küsste. Sie gab ihm das Gefühl, dass sie den Kuss erwiderte und genoss. Neidlos muss er sich eingestehen, dass sie besser ist als er. Aber er wird siegen.

Genüsslich seinen Kaffee schlürfend, blickt er auf das Display seines Smartphones. Er kann Finja mal wieder nicht im Haus finden. Rasch wechselt er zu der Tracking-App. Doch der Wagen steht seit gestern Abend in der Garage.

Irgendwo muss sie doch stecken!

Zunehmend nervös checkt er erneut alle Innenräume. Unvermittelt sieht er, wie sich etwas am Boden bewegt. Er sieht genauer hin. Ein Bein auf dem Fußboden. Er schluckt hart und sein erster Gedanke ist, dass sie ohnmächtig geworden ist. Dann sieht er, wie sie sich bewegt. Mist, sie ist in einem toten Winkel. Das muss er unbedingt korrigieren.

Doch dann sieht er Finja, wie sie sich vorbeugt und näher an die Bürotür kriecht. In ihrer Hand hat sie ihr Handy, abwechselnd sieht sie darauf und dann zur Tür. Sie greift hinter sich und zieht die Werkzeugkiste zu sich heran und wühlt einen Schraubenzieher heraus, betrachtet ihn eingehend. Dann schaut sie wieder auf das Handy.

Er kann nur raten, was sie da treibt. Für ihn sieht es aus, als würde sie im Internet etwas nachsehen.

Finja, Finja!

Aron wählt von seinem Festnetz ihre Nummer. Diebisch gluckst er, als sie sich beim Klingeln erschrickt. Aber sie nimmt ab.

»Hej Süße, wie geht es dir? Was macht dein Kopf?«

»Schon besser. Wo bist du?« Hektisch sieht sie sich um.

»Na im Büro, wo sonst? Wann fängt dein Dienst an?«

»Um zehn, ich hab gerade eine Dusche genommen und werde mich langsam auf den Weg machen.«

»Mach das und ich wünsche dir einen ruhigen Tag und einen entspannten Abend. Übrigens was ist eigentlich mit der Kajaktour, werdet ihr darüber reden?«

Er hält das Smartphone dicht an sein Gesicht, er will unbedingt ihre Reaktion darauf sehen. Denn darüber haben sie seit langem nicht mehr geredet. Nervös reibt sie über ihre Stirn und kneift die Augen zusammen. »Oh, ja natürlich, das werden wir bestimmt. Ich freue mich schon sehr darauf. Endlich mal wieder rauskommen und Wasser unter dem Bootsrumpf spüren.«

Sie lügt. Und sie lügt gut.

»Super. Ich freue mich auch schon darauf. Also, bis bald. Ich liebe dich.«

Er kann sehen, wie angespannt sie auf ihrer Unterlippe kaut. »Ich dich auch.«

Verärgert starrt er auf das Display, beobachtet, wie sie frustriert den Schraubenzieher zurück in die Werkzeugkiste donnert.

Abrupt steht er auf, geht hinüber zu dem Fenster, ballt seine Hände zu Fäusten. Die Wut, aber auch der Verlust nagen an ihm. Sie wird weiter graben und das darf er auf keinen Fall zulassen. Er muss sie aufhalten. So sehr es ihn auch schmerzt.

Kapitel Vierundvierzig

Finja

Seit einer viertel Stunde suche ich einen Parkplatz am Strandvägen. Ich bin zu spät, aber mit diesem riesigen Wagen noch was zu finden, ist fast unmöglich. Elsie und Nele sind mit Sicherheit schon längst da und ich weiß jetzt schon, dass sie mich mit blöden Sprüchen begrüßen werden.

Erneut fahre ich um den Block und kann es kaum fassen, dass direkt vor dem Restaurant ein Wagen ausparkt. Erleichtert atme ich auf und beeile mich, den SUV in die Lücke zu bekommen, was ich inzwischen einigermaßen schaffe, auch wenn ich immer noch meinem wendigen kleinen Polo nachtrauere.

Die sentimentalen Gefühle halten an und begleiten mich in unser Stammrestaurant. Wie oft haben wir uns hier schon getroffen, diskutiert, gelacht und Entscheidungen getroffen.

Der Duft nach Gewürzen hängt schwer in der Luft, unaufdringliche Musik, gemischt mit Stimmengewirr und Lachen. Auf den Tischen brennen Kerzen und die Kellner, die beladen mit Tellern zu den Tischen eilen, haben dennoch ein Lächeln auf den Lippen.

Es ist wie nach Hause kommen.

Schnellen Schrittes gehe ich auf unseren Stammplatz zu,

hinten in der Ecke mit Blick auf das Wasser. Elsie und Nele sitzen dicht beieinander und wie es aussieht, haben sie einen angeregten Wortwechsel. Ihre Mienen sind ernst, gefolgt von Kopfschütteln und beschwichtigenden Gesten. Ich hoffe, dass sie sich nicht streiten. Das würde ich heute bestimmt nicht ertragen. Drama, Streit und miese Stimmung habe ich gerade überreichlich in meinem Leben. Kurz überlege ich, ob ich den beiden davon berichten soll, und sei es nur, um den ganzen Mist, der auf mir lastet, zu teilen. Aber nein, besser nicht. Das muss ich alleine wieder in den Griff bekommen. Schließlich habe ich all ihre Warnungen ignoriert.

Tief hole ich Luft. »Hej, entschuldigt bitte, dass ich zu spät bin.«

Noch mit dem wütenden Gesichtsausdruck, den sie bei ihrem Disput mit Elsie drauf hatte, blickt Nele auf. Sofort erhellt sich ihr Gesicht und sie lächelt mich breit an. »Na, das wird aber auch Zeit. Wir haben schon gedacht, dass du es vergessen hast.« Ruckartig sieht sie zu Elsie, die verärgert ihre Mundwinkel nach unten zieht und unmerklich den Kopf schüttelt.

»Tut mir leid, ich hatte Schwierigkeiten, einen Parkplatz zu finden.«

»Tja, mit so einem protzigen Wagen ist das nicht einfach.« Sie springt auf und und umarmt mich fest. »Schön, dich zu sehen«, murmelt sie in mein Ohr und drückt mich an sich.

Elsie erhebt sich ebenfalls und küsst meine Wange. »Wie geht es dir? Du bist etwas blass. Zu viel Arbeit? Ärger im heimischen Paradies?«

»Was? Nein!«, protestiere ich etwas zu heftig. »Ich glaub, eine Erkältung ist im Anmarsch«, schwindle ich und hüstle zur Bekräftigung.

»Mich macht das Wetter auch fertig. Mal ist es warm

und dann wieder kalt. Der Beginn des Frühlings«, meint Elsie lachend.

Irgendwas stört mich gerade. Ich bin nicht sicher, aber Elsie kommt mir nervös vor. Die Frage ist nur, warum.

Schweigend studieren wir die Speisekarte. Auch das ist ungewöhnlich, denn normalerweise reden wir sofort los, bestellen nebenher Wein und dann irgendwann etwas zu essen.

Nachdem wir unsere Bestellung aufgegeben haben und der Kellner unsere Getränke gebracht hat, sehe ich die beiden an. »Was ist los?«

»Was meinst du?«, fragt Nele und tauscht einen Blick mit Elsie.

»Ihr seid irgendwie anders, so reserviert. Habe ich irgendetwas an mir? Ist mein Mascara verlaufen? Mein Lippenstift verwischt? Himmel, was ist los?«

»Nein, nichts dergleichen«, antwortet Nele und schielt erneut zu Elsie.

Elsie mustert mich schon wieder etwas zu aufmerksam und wechselt dann einen Blick mit Nele, die ihr zunickt, als hätten sie sich abgesprochen. »Ist wirklich alles in Ordnung bei dir, Finja?«, fragt sie. »Hast du viel um die Ohren?«

»Mir geht es gut.« Ich nehme einen beherzten Schluck von dem Wasser. Nach Wein ist mir nicht mehr, als ich mir der durchdringenden Blicke meiner Freundinnen bewusst werde.

»Was ist los?«, frage ich gereizt.

»Das würden wir gern von dir hören.« Nele beugt sich vor und sieht mich prüfend an.

»Ich verstehe nicht, was ihr meint? Und um ehrlich zu sein, fühle ich mich, als wäre ich hier vor Gericht.«

Elsie atmet tief durch. »Na gut. Aron war vor ein paar Tagen bei uns und hat sich ausgeheult.«

»Wie bitte? Was heißt, er hat sich ausgeheult?«

»Nun, er meinte, dass du dich verändert hast. Oft Dinge

vergisst, nicht mehr weißt, was du getan oder gesagt hast. Und er war ganz verzweifelt darüber, dass du ihn bezichtigst, alles falsch verstanden zu haben und ihm vorwirfst, dass er die Sachen absichtlich versteckt.«

Es dauert, bis diese Information bei mir eingesickert ist. Das muss der Abend gewesen sein, als wir uns gestritten hatten und er wortlos wegfuhr, überlege ich. Er war also bei Elsie, bei meiner engsten Freundin. Wahrscheinlich dachte er, dass er sie blenden kann. Ja, das würde zu ihm passen.

So ein Mistkerl.

Unbändige Wut, aber auch Verzweiflung überrollen mich. »Das stimmt nicht!« Gebe ich viel zu laut von mir. »Ehrlich, ich weiß gerade nicht, was ich dazu sagen soll. Außer, dass es nicht stimmt.«

»Bist du glücklich mit Aron?«, fragt Elsie, ohne auf meinen harten Ausbruch einzugehen. »Er meinte, das er sich sehnlichst eine Familie wünscht, sich aber Sorgen macht, das du es nicht willst. Und dass du damit auch komplett überfordert wärest, nachdem du nicht mal mit dir selbst und euch als Paar klarkommst. Er war echt fertig, Finja.«

Aufgebracht sehe ich von Elsie zu Nele. Jetzt wäre der Zeitpunkt, ihnen die Wahrheit zu sagen. Doch aus einem unerfindlichen Grund will und kann ich sie nicht damit hineinziehen. Ich rudere zurück. »Es ist ... es ist kompliziert. All das, was er dir gesagt hat, wirft er mir auch ständig vor. Und ... nein, ich vergesse nichts. Nichts, was wichtig ist. Das kann ich mir in meinem Job nicht leisten. Da muss ich voll konzentriert sein. Und ihr kennt mich doch.« Flehend sehe ich von Elsie zu Nele. Ich möchte vor Frust laut schreien, aber ich tue es nicht.

»Wir sind deine Freundinnen. Und wenn du ein Problem hast, sind wir für dich da, verstanden?«, sagt Nele leise und lehnt sich vor. »Ich traue dem Typen nicht, aber wenn du sagst, dass alles in Ordnung ist und ihr gerade nur eine Krise habt, dann okay.«

Ihre Worte treiben mir Tränen in die Augen.

Elsie hält sich zurück und meidet meinen Blick. Natürlich. Sie weiß, wie es war, als ich bei der Pflegefamilie war, die auch solche Sachen über mich verbreitet hat. Ich kann es ihr nicht verübeln, aber insgeheim tue ich es doch.

Eine bedrückende Stille entsteht zwischen uns. Nur das Lachen und Gemurmel der Gäste nehme ich gedämpft wahr.

Elsie richtet sich auf und blickt mich ernst an. »Finja, ich glaube dir ... so wie damals. Ich habe nie daran gezweifelt ... nein stimmt nicht, damals als wir Kinder waren, vielleicht. Aber heute nicht mehr. Und dabei erinnere ich mich auch noch gut an die Szene von unserem ersten Besuch bei euch, als du uns dein kleines Zimmer gezeigt hast und Aron hinzu kam.« Sie schüttelt den Kopf. »Das war ziemlich schräg, was Aron da von sich gegeben hat. Als er behauptete, dass du es warst, die unbedingt so ein Zimmer wollte. Das war doch glatt gelogen!«

Ich nicke, sage aber nichts, sehe sie nur an.

Elsie lächelt mich an, greift nach meiner Hand. »Finja, ich kenne dich viel zu gut. Und ich glaube dir. Ach ja, ich hab es Aron auch nicht abgekauft, als er bei mir auf die Tränendrüse gedrückt hat und meinte, er wolle eine Familie und ein Kind mit dir haben.«

Plötzlich lacht sie. »Stimmt nicht, es war Tilda, meine kleine Zuckerschnecke, die sich unter seinen Berührungen gewunden hat. Da bin ich skeptisch geworden und hab ihn genau beobachtet. Kinder spüren, wenn jemand so etwas vorspielt. Ich konnte sehen und fühlen, dass irgendetwas nicht stimmt.« Sie drückt meine Hand. »Du bist wie eine Schwester für mich, auch wenn ich damals, als du im Erdkeller verschollen warst, nicht sofort verraten habe, wo du sein könntest. Ich hatte wirklich furchtbare Angst, dass du tot sein könntest. Deshalb habe ich zuerst geschwiegen.« Sie holt tief Luft. »Das wollte ich dir schon immer sagen, doch jetzt ist offensichtlich der richtige Moment dafür.«

Nun rinnen mir die Tränen doch unkontrolliert die Wangen herunter. Eine riesige Last fällt von meinen Schultern.

»Danke, Elsie.« Mit beiden Händen wische ich über meine tränennassen Wangen. »Danke, dass es euch gibt.«

»Dafür sind Freundinnen da«, meint Nele sichtlich gerührt. Nachdem sie sich wieder gefasst hat, sagt sie: »Und nun erzähl mal, was wirklich bei euch los ist. Und komm mir nicht mit irgendeiner fadenscheinigen Geschichte, denn du siehst echt fertig aus. Ach ja, Arons Gefasel von Familie und Glück kauf ich ihm nicht ab – nein, der ist nicht der Typ dafür, du aber schon.«

Ich sehe sie an, meine Freundinnen, die alles für mich tun würden, so wie ich für sie. Ganz langsam beginne ich. Erst stockend, doch dann strömen die Worte nur so aus mir heraus. Elsie und Nele hängen an meinen Lippen. Den Kellner ignorieren wir, wir bestellen kein Dessert, keinen Wein, nichts, was uns ablenken könnte.

Erschöpft und leer lasse ich meinen Kopf zurückfallen, atme aus. »Das war es«, ende ich. »Jetzt wisst ihr alles über das falsche Traumpaar Aron und Finja. Das gibt es nicht.«

Meine Kehle ist trocken, gierig leere ich das Glas Wasser.

»Das ist unglaublich ... mir fehlen die Worte.« Fassungslos schüttelt Elsie den Kopf. »Das muss ich erst einmal verdauen.«

»Deshalb wolltest du die Telefonnummer von Joels Freundin haben«, äußert sich Nele nach einer längeren Pause. »Jetzt verstehe ich das. Puh, ich hab zwar gespürt, dass was nicht stimmt. Aber das hab ich nicht erwartet.«

»Ja«, bestätige ich. »Ich musste dringend mit Jasmine reden. Sie war eine Freundin von Britt und sie hat mich darin bestärkt …«

»In was bestärkt?«, fragt Nele, als ich nach Worten ringe.

»… Aron was nachzuweisen, was ihn hinter Gitter oder in die Psychiatrie bringt«, ergänze ich meinen Satz. »Und ich weiß ehrlich nicht, was passender wäre. Aber vor allem möchte ich, dass er das nie mehr einer Frau antun kann. Ich will, dass die Welt erfährt, wer er wirklich ist. Und ich werde auch Beweise erbringen, dass er an Britts Suizid die Schuld trägt. Kommissarin Hanna wird mir dabei helfen.«

»Mein Gott Finja, das klingt erschreckend. Und um ehrlich zu sein, es gefällt mir nicht, dass du weiterhin bei ihm bleibst, um ihm was nachweisen zu können. Sieh zu, dass du da rauskommst. Du kannst jederzeit zu mir und Lucas kommen.« Nele sieht mich eindringlich an.

»Danke für das Angebot, aber ich bringe das zu Ende.« Ich bin erstaunt über meine feste Stimme und meine Entschlossenheit. Ich kann es tatsächlich kaum erwarten, endlich Beweise zu finden, die Aron entlarven.

»Du bist verrückt, weißt du das?«, sagt Nele.

»Ja vielleicht – ganz sicher sogar.«

Nachdenklich blickt sie mich an.

»Also gut, wie können wir dir helfen?« Nele klingt erfrischend pragmatisch und dafür liebe ich sie.

Ich sehe zu Elsie, die ernst meinen Blick erwidert. Mir ist bewusst, dass sie Bedenken hat.

Sie nimmt einen Schluck Wein, stellt das Glas zurück. »Wenn ich mich daran erinnere, wie charismatisch ich ihn fand. Und wie leid er mir tat, als er neulich bei uns war. Seine Verzweiflung war greifbar und wenn ich dich nicht so gut kennen würde, dann hätte ich ihm jedes Wort geglaubt.« Elsie sieht mich fest an. »Was immer du vorhast, ich helfe dir. Also, was hast du vor?«

Kapitel Fünfundvierzig

Finja

Geräuschlos gleitet das Seitenfenster herunter. Kühle Luft, die bereits einen Hauch typischer Frühlingsblütendüfte mit sich bringt, belebt mich. Ich bin noch in Stockholm und habe es nicht eilig, die Stadt hinter mir zu lassen und zu Aron zurückzukehren.

Im Radio läuft der Song *Waterloo* von *ABBA.* Genau das, was ich jetzt brauche. Ich drehe das Radio lauter und singe laut den Text mit. Fühle mich immer noch beflügelt von dem, was Elsie und Nele mir sagten und wieviel Zuspruch sie mir gaben. Wie konnte ich nur glauben, dass sie mich mit all dem Mist alleinlassen? Sie vertrauen und glauben mir, und das könnte wichtig sein, wenn ich Aron zu Fall bringen will.

Die Lichter der nächtlichen Stadt verblassen hinter mir. Fest umklammere ich das Lenkrad und sage mir, dass ich nicht mehr allein bin, meine Freundinnen und auch Hanna sind bei mir. Sie werden mir helfen.

Ich halte an dem Gedanken fest, während ich mich Arons Haus nähere, das nicht mehr meins ist. Ich komme nur noch so lange zurück, bis ich der Welt beweisen kann, wer sich hinter seiner charismatischen Maske verbirgt.

Langsam fahre ich in die Einfahrt und bin erleichtert, dass das Haus im Dunkeln liegt.

Aron wartet nicht auf mich, um mich in Empfang zu nehmen. Das ist ungewöhnlich. Sonst empfängt er mich doch stets und löchert mich mit Fragen. Ganz zu Anfang fand ich es wundervoll, dass es einen Menschen gibt, der so viel Anteil an meinem Leben nimmt, doch jetzt hasse ich es. Was Aron antreibt, ist keine Anteilnahme, es ist Kontrolle.

Ich drücke auf die Fernbedienung für das Garagentor, sehe, dass Arons Wagen nicht da ist. Ich weiß nicht, ob ich mich darüber wundern oder nur erleichtert sein soll.

Hat er gesagt, dass er heute Abend ebenfalls etwas vorhat? Ich kann mich nicht erinnern, aber im Grunde ist es auch egal, Hauptsache ich kann schnell allein schlafen gehen. In meinem winzigen Zimmer. In meinem Bett. Allein der Gedanke, dass ich mit ihm das Bett teilen muss, ist inzwischen wie Strafe für mich. Aber vielleicht verdiene ich sie ja, so erpicht, wie ich darauf war, endlich den Mann fürs Leben zu haben.

Ich schließe die Augen, streiche über meine Stirn, als könnte ich all das einfach auslöschen und wenn ich die Augen öffne, wäre alles nur ein böser Traum. Ich zähle bis drei und blinzle. Natürlich bin ich immer noch in der Garage und sitze in dem schicken SUV. Hannas Worte fallen mir wieder ein: *Sie dürfen sich nicht kleinmachen.*

Sie hat recht.

Das Haus ist still. Erschreckend still. So habe ich es noch nie wahrgenommen.

»Aron?« Meine Stimme ist belegt und auch ängstlich.

»Schatz, ich bin wieder da!« Ich kneife die Augen zusammen, ich habe noch nie Schatz zu ihm gesagt.

Okay. Er ist wirklich nicht da. Aber noch traue ich der Stille nicht. Vorsichtshalber schleiche ich auf Zehenspitzen die Treppe hinauf. Was mache ich hier nur? Gerade, als ich meine Hand auf die Türklinke zum Schlafzimmer lege, piept mein Handy in der Hosentasche. Vor Schreck zucke ich zusammen und ziehe es aus der Tasche.

Eine Nachricht von Elsie.

Aron ist bei uns. Das ist deine Chance. Ich werde versuchen, ihn aufzuhalten. Zieh es jetzt durch, wie wir es besprochen haben!

Sie hat recht, ich muss es jetzt tun, muss jetzt in sein Büro und nach Aufzeichnungen suchen, nach Beweisen. Und ich muss mich beeilen. Ich spüre, wie die Anspannung in mir wächst.

Minuten später bin ich mit der Werkzeugkiste an seiner Bürotür. Ich öffne die Kiste, hole den winzigen Schraubenzieher heraus. Ich hoffe, es klappt dieses Mal. Denn bei dem letzten Versuch habe ich kläglich versagt. Nele hat mir inzwischen das Video, wie man ein Türschloss knackt, auf mein Handy geschickt.

Erneut sehe ich es mir an und vergleiche meinen Schraubenzieher mit dem auf dem Video. *Könnte passen.*

Doch was so leicht auf dem Video aussieht, ist es in der Realität nicht. »Verdammt noch mal«, fluche ich leise vor mich hin. Erneut schiebe ich den Schraubenzieher in das Schloss, drehe langsam rechts, links und noch ein Mal.

Nach dem dritten Versuch höre ich ein leises *Klick*.

Ich kann es nicht fassen. Die Tür ist auf.

Kapitel Sechsundvierzig

Aron

Elsie setzt sich neben Olek an den Tisch. Er zieht sie zu sich heran und haucht ihr einen Kuss auf die Wange. »Und, schläft unser Prinzesschen?«

»Tief und fest«, antwortet sie lächelnd.

»Hab ich dir doch gesagt«, meint Olek Augenrollend in Arons Richtung.

»Wir waren leise«, bestätigt Aron schmunzelnd. »Und jetzt erzähl mal, wie war euer Abend?«

»So wie immer, wenn sich Frauen treffen, es wird gelacht und über Gott und die Welt geredet.«

Aron bemerkt das leichte Zittern in ihrer Stimme und ihm fällt auf, dass sie ihm nicht in die Augen sehen kann.

»Na, da würde ich gern mal Mäuschen spielen.« Er zwinkert ihr zu.

»Lieber nicht«, scherzt Elsie. »Unsere Männer kommen dabei nicht so gut weg.« Viel zu hastig wendet sie ihren Blick zu Olek. »Ich wusste gar nicht, das ihr euch heute ebenfalls treffen wolltet.«

»War auch nicht geplant. Aron kam spontan vorbei und dann haben wir Lucas angerufen, um über die Tour zu sprechen.«

»Hm, okay. Gibt es denn etwas Neues?«

»Nun ... das Camp«, hilfesuchend blickt Olek zu Aron. »Sag du es ihr.«

»Leider habe ich heute erfahren, dass die Renovierungsarbeiten am Camp sich verzögern. Tut mir sehr leid. Aber keine Sorge. Ich habe eine Ausweichmöglichkeit für uns. Ebenso toll gelegen und auch die Wasserverhältnisse sind optimal. Ihr müsst euch nur entscheiden, ob das okay für euch ist.«

»Sieh hier, Elsie.« Olek deutet auf eine vor ihnen ausgebreitete Landkarte, neben der einige Reiseführer liegen. »Västerdalälven liegt gute vier Stunden Fahrzeit von Stockholm entfernt. Natur pur und ein unglaublich gutes Gewässer fürs Kajakfahren.« Er schiebt einen der Reiseführer zu Elsie rüber. »Schau, ist das nicht fantastisch?«

Elsie betrachtet die Fotos und ist sichtlich beeindruckt.

»Also was meinst du, könnte es dir gefallen?« Er neigt den Kopf und blickt Elsie erwartungsvoll an.

»Ja ,vielleicht.« Sie sieht zu Lucas, der bis jetzt noch kein Wort dazu gesagt hat.

»Was denkst du Lucas, ist das was für Nele? Die Strecke sieht ganz schön wild aus.«

»Ich finde sie klasse und wie ich Nele kenne ... nun, du weiß ja, sie liebt Herausforderungen.«

»Stimmt.«

Olek schenkt sich noch ein Bier ein. »Noch jemand?«

Lucas schiebt sein Glas zu ihm rüber.

»Was ist mit dir Aron, magst du noch?«

Aron sieht auf seine Armbanduhr. »Oh mein Gott, es ist wirklich schon spät. Ich sollte jetzt los.« Noch während er es sagt, erhebt er sich.

»Quatsch, setz dich wieder«, fordert Elsie ihn lächelnd auf und hält ihn am Arm fest. »Finja ist zu Hause und träumt süß und morgen kannst du ihr die Tour schmackhaft machen.«

»Mag sein Elsie, aber ich habe einen Job, der meine volle Aufmerksamkeit erfordert.« Er lächelt sie an, beugt sich zu ihr und küsst ihre Wange. Als er sich aufrichtet, sieht er die Abneigung in ihren Augen und nicht das, was er normalerweise wahrnimmt, wenn er Frauen küsst.

»Dann reserviere ich das Camp für uns, abgemacht?« Er blickt in die einstimmigen Gesichter. »Gut, wir telefonieren. Und Elsie, bitte gib Tilda einen Kuss von mir, machst du das?«

»Natürlich.« Sie lächelt, aber ihre Augen spiegeln es nicht wider.

Rasant fährt Aron auf die Hauptstraße. Nach ein paar hundert Metern hält er am Straßenrand an. »Schauen wir doch mal, ob die süße Finja tatsächlich schon schläft«, murmelt er und aktiviert die Kamera-App auf dem Smartphone.

Raum für Raum geht er durch. Und dann sieht er sie.

»Fuck!«

Kapitel Siebenundvierzig

Finja

Frustriert lasse ich mich auf die weinrote Ottomane neben dem Regal sinken. Sämtliche Akten und Kartons habe ich durchwühlt und nur belangloses Zeug gefunden. Natürlich, denn wer verwahrt heute schon Aufzeichnungen ausgedruckt auf? Niemand.

Enttäuscht erhebe ich mich und setzte mich wieder an den Schreibtisch. Starre auf den dunklen Bildschirm des Computers, der mich schon zuvor nicht weiter gebracht hat.

Passwort. Ja klar, aber was?

Nachdenklich stütze ich den Kopf auf meine Hände. Ich kann machen, was ich will, in meinem Kopf herrscht gähnende Leere. Seufzend lasse ich mich an die Lehne des mit braunem Leder bezogenen Bürosessels zurückfallen, streife mit meinem Blick zum gefühlt hundertsten Mal umher.

Bleibe bei dem Sideboard mit Skulpturen aus fernen Ländern hängen. Ich wusste gar nicht, dass Aron viel in der Welt gereist ist, zumindest hat er es nie erwähnt.

Ein unnützer Gedanke.

Ich brauche das verdammte Passwort!

Ich schließe die Augen, versuche, mich in Aron hineinzuversetzen, was mir schier unmöglich erscheint, denn er ist nicht greifbar. Warum ist mir das nicht schon früher aufgefallen? Wieder ein unnützer Gedanke, der nur Zeit kostet, die ich nicht habe.

Mein Blick wandert zum Bücherregal. Ich entdecke Charles Dickens. Was meinte Aron damals in der Bibliothek? *›Oh, ein Klassiker. Allerdings bevorzuge ich die Weihnachtsgeschichte mit dem geizigen Mr. Scrooge, er ist mein Lieblingscharakter‹*

Meine Finger schweben über der Tastatur. Ich halte den Atem an, gebe *Mr. Scrooge* ein.

Ich fasse es nicht.

Oh mein Gott, ich bin drin.

Aufgeregt sehe ich mir die Dateien an. Ideen für Werbespots und Kampagnen, Bauzeichnungen, Investments für ein neues Büro. Frustriert klicke ich mich durch, spüre den Schweiß, der mir den Nacken hinunter rinnt.

Ich stoße einen spitzen Schrei aus, als mein Handy, das neben mir auf dem Tisch liegt, piept.

Aron ist auf dem Weg nach Hause.

Elsie

»Verdammt«, presse ich hervor. Werfe rasch einen Blick auf die Uhr am Handy. Mir bleibt nicht mehr viel Zeit.

Hektisch gebe ich wahllos Suchbegriffe ein. Nichts passt. »Scheiße, Scheiße, Scheiße«, fluche ich vor mich hin. Ich schaffe es nicht. Vielleicht gibt es ja keine Aufzeichnungen. Vielleicht irre ich mich in allem.

Aus lauter Verzweiflung gebe ich den Suchbegriff *Frauen* ein. Nichts. Enttäuscht schließe ich die Augen. »Okay, ein letzter Versuch«, murmele ich leise vor mich hin und gebe *Finja* ein.

Trocken schlucke ich, als mir ein Ordner angezeigt wird. Die Hoffnung, dass ich nicht in diesem Strudel hinabgezogen werde, dass sich alles um einen bösen Traum handelt, ist endgültig geplatzt.

Zaghaft klicke ich auf das Ordnersymbol. Rasch überfliege ich die enthaltenen Dateien, die mit Stichworten gekennzeichnet sind.

Vorlieben.

Abneigungen.

Schwierigkeitsgrad.

Mir bleibt die Luft weg, während ich zu lesen beginne.

So ein krankes Schwein … Ich muss mich zwingen, nicht weiter zu lesen, denn mir rennt die Zeit davon. Mit dem Handy mache ich Fotos.

Gebe den Namen *Britt* ein.

Wieder wird mir ein Ordner angezeigt. Rasend schnell wiederhole ich meine Mission, indem ich Fotos vom Bildschirm mache. Das muss reichen. Mehr Namen kenne ich nicht.

Ein winziger Anflug von Euphorie beflügelt mich. »Ich kriege dich, Aron.«

Noch knappe zehn Minuten bleiben mir, das Büro so zu verlassen, wie ich es vorgefunden habe. Ich beeile mich, immer wieder auf die Uhr blickend.

Bevor ich die Tür schließe, sehe ich mich noch einmal um. Ja, alles ist wie vorher. Doch dann bemerke ich, dass der Bürosessel nicht gerade an dem Schreibtisch steht. Rasch rücke ich ihn in die richtige Position.

Noch fünf Minuten.

Mit zitternden Händen versuche ich, den Schraubenzieher wieder in das Schloss zu stecken, zwei Mal fällt er mir aus den Händen. Und dann endlich. Ich mache es so, wie in dem Video gezeigt wurde, verschließe den Raum wieder.

Ich höre das Einrasten. Nur zur Sicherheit drücke ich die Klinke herunter. Ein Anflug von Stolz erfüllt mich und erleichtert atme ich auf. Ich habe es geschafft.

Wie von Sinnen verstaue ich den Werkzeugkasten in der kleinen Abstellkammer neben dem Bad.

Während ich auf das Schlafzimmer zurenne, zerre ich

mir die Kleidung vom Leib, taste mich im Dunkeln zum Bett und noch bevor ich die Decke zurückschlage, höre ich die Haustür und kurz darauf das Klirren der grünen Schale, als der Autoschlüssel hineinfällt.

Ich ziehe die Bettdecke bis unter mein Kinn. Lausche auf die Geräusche, versuche, meinen Atem zu beruhigen.

Sachte wird die Schlafzimmertür aufgedrückt, ein schwacher Lichtstrahl vom Flur fällt ins Zimmer. Ich ziehe die Bettdecke höher, gebe brummelnde Geräusche von mir. Spüre, wie Aron sich auf die Bettkante setzt und dann eine Haarsträhne aus meinem Gesicht streicht. Ich blinzle ihn an.

»Schlaf weiter, ich mache mir noch einen Drink.« Er beugt sich vor und küsst meine Wange. »Träum was Schönes.«

Noch bevor er das Zimmer verlassen hat, wische ich über meine Wange. Reibe die Feuchtigkeit seiner Lippen fort. Überlege, wie ich die Nacht neben ihm überstehen soll.

Hätte ich nicht doch in meinem Zimmer schlafen können? Nein, das wäre zu auffällig gewesen. Ich werde die Nacht irgendwie überstehen.

An Schlaf ist nicht zu denken, hellwach lausche ich den Geräuschen. Das Klirren von Eis in einem Glas, das Aufschrauben des Flaschenverschlusses. Dann Stille, gefolgt von Schritten die Treppe hinauf.

Vor der Schlafzimmertür bleibt er stehen, dann wird die Tür leise zugezogen.

Gebannt starre ich auf die geschlossene Tür. Vorsichtig schlage ich die Bettdecke zurück und schleiche zur Tür, öffne sie einen Spalt und spähe auf den schwach beleuchteten Flur.

Kapitel Achtundvierzig

Finja

Wieder haben wir uns in dem Café in Vaxholm verabredet. Dieses Mal gehe ich geradewegs auf den Platz am Fenster zu, auch wenn Hanna noch nicht da ist. Das kommt mir gelegen. Ich brauche Zeit, um noch einmal alles zu überdenken.

Heute ist es ein junger Kellner, der mir einen Kaffee bringt und mich freundlich anlächelt. Ich erwidere es. Es ist nur ein freundliches Lächeln, aber es tut mir gut.

Ich lasse meine Augen über die Bucht schweifen, sehe Möwen auf einem Felsen, beobachte, wie sie sich das Gefieder putzen. Unwillkürlich muss ich an heute Morgen denken, an den Moment, als Aron zu mir ans Bett kam und besorgt fragte, ob ich krank sei, weil ich nicht aufstehe. Ich habe behauptet, dass ich mir eine Erkältung eingefangen habe.

Er war fürsorglich und hat mir einen frisch gepressten Orangensaft ans Bett gebracht. Erzählte mir von dem Abend mit Olek und Lucas, dass er leider ein neues Camp organisieren musste, weil das andere nicht rechtzeitig mit der Renovierung fertig wird. Aber er hat eine Alternative gefunden für unsere Kajaktour. In blumigen Worten hat er mir die Gegend und das Gewässer beschrieben. Er klang aufgeregt und voller Vorfreude.

Diese Erinnerung treibt mir Tränen in die Augen. Warum? Warum kann er nicht so sein, wie er sich heute Morgen benommen hat? Fürsorglich, liebevoll und rührend. Und diese Aufregung und Freude für den gemeinsamen Trip.

Stopp, befehle ich mir.

Ich muss aufhören, mich nach dem Aron zu sehnen, den ich nie bekommen werde. Den gibt es nicht. Es ist nur seine Maske, die ihm hilft, zu bekommen, was er will.

Kreischend erheben sich die Möwen von dem Felsen und fliegen hinaus aufs Meer, um Beute zu machen.

Ich nehme einen Schluck von dem heißen Kaffee und sehe zur Tür, als Hanna hereinkommt. Ich hebe meinen Arm. Sie wirkt lebhaft und fokussiert, als sie auf mich zukommt.

»Hej Finja, wie geht es Ihnen?«, erkundigt sie sich und zieht sich einen Stuhl zurecht.

»Könnte nicht schlechter sein«, antworte ich und unerwartet brennen wieder heiße Tränen in meinen Augen. Ich hasse das. Meine sentimentalen Gedanken machen alles nur noch schlimmer.

»Finja, ich weiß, wie Sie sich fühlen ...«

»Ach ja? Nein, das glaube ich nicht!«, unterbreche ich sie hart und bereue es sofort. »Tut mir leid.« Entschuldigend hebe ich meine Hände und lächle sie verkrampft an.

»Schon gut, Sie haben ja recht, jeder empfindet anders, was er erlebt.«

»Ja, wahrscheinlich.« Ich sehe mich nach dem Kellner um. »Möchten Sie einen Kaffee?«, frage ich sie.

Zustimmend nickt sie und ich bedeute dem Kellner mit einem Handzeichen, dass wir einen weiteren Kaffee möchten. Diese winzige Normalität erdet mich. Ich konzentriere mich wieder auf das, was ich Hanna zugesagt habe und warum ich mich erneut mit ihr treffe.

»Ich habe das, was Sie brauchen, um Aron anzuklagen.« Ich richte mich kerzengerade auf und schiebe ihr mein Handy über den Tisch.

»Gestern Abend war ich in seinem Büro ...« In den nächsten Minuten erzähle ich ihr, wie ich an die Dateien gekommen bin. Nicht einen Schritt lasse ich aus. Dass ich das Schloss geknackt, und wie ich das Passwort herausgefunden habe.

Gebannt lauscht sie meinen Ausführungen. Und erst, als ich mich zurücklehne, nimmt sie das Handy und sieht sich die Fotos an.

Konzentriert geht Hanna Foto für Foto durch. Liest Einträge und schüttelt angewidert den Kopf. Immer wieder blickt sie mich mit einer Mischung aus Wut, Erleichterung, aber auch Bedauern an.

»Was für ein kranker Mist.« Sie lehnt sich vor, blickt sich in dem Café um und senkt ihre Stimme. »Sie haben den Computer gehackt. Das ist nicht gut. Ich weiß nicht, ob ich eine Beschlagnahmung erwirken kann.« Nachdenklich sieht sie mich an. »Aber ich werde es versuchen, versprochen.«

»Hanna, machen Sie sich keine Mühe, Aron hat die Festplatte gelöscht.« Ich tippe auf das Handy. »Das ist alles, was ich habe, und es ist wertlos.«

Entgeistert blickt sie mich an. »Woher wissen Sie, dass er sie gelöscht hat?«

»Weil ich heute Morgen, als er weg war, nachgesehen habe.« Entmutigt schließe ich die Augen. »Gestern Nacht, als er nach Hause kam, ging er nach unten, angeblich, um etwas zu trinken ...«

»Angeblich?«

»Er ist stattdessen in sein Büro geschlichen. Ich habe ihn beobachtet, wie er mit einem selbstgefälligen Grinsen die Bürotür wieder hinter sich abgeschlossen hat. Er war so mit sich beschäftigt, dass ihm nicht aufgefallen ist, dass ich ihn dabei beobachtet habe.« Wütend spucke ich die Worte aus. Wende meinen Blick zu dem Fenster.

Die Welt da draußen ist friedlich, auch wenn das Bild nicht ganz stimmt, die Möwen haben längst Jagd auf Beute gemacht. Ich war ebenfalls auf Beutefang, aber die ist nun wohl wertlos.

Ich zucke zusammen, als ich Hannas Hand auf meiner spüre.

»Finja, sehen Sie mich an.«

Nur widerwillig wende ich mich Hanna zu.

»Woher wusste Aron, dass Sie in seinem Büro waren?«

Irritiert über diese Frage sehe ich sie an.

»Ich weiß es nicht. Wie ich schon sagte, es war Elsie, die mir eine Nachricht schickte, dass Aron bei ihr ist.«

Hanna neigt den Kopf.

»Oh nein, nicht das, was sie denken. Elsie und ich sind wie Schwestern, so etwas könnte und würde sie nie tun, außerdem hat sie mich gewarnt, als er nach Hause fuhr. Und wir drei, Elsie, Nele und ich hatten uns diesen Plan gemeinsam ausgedacht. Nein.«

Nachdenklich reibe ich über meine Stirn. »Warten Sie ...«, ich schnappe mir mein Handy. Öffne den Ordner von mir. »Da ist etwas, was ich gestern Nacht überflogen habe, da ich keine Zeit hatte ...« In Windeseile lese ich das Memo von Aron, bis ich eine Stelle finde, die ich gestern aus Zeitgründen nicht gelesen habe.

Mir bleibt die Luft weg. »So ein verdammter Mistkerl! Dieser verdammte Hurensohn!«, brülle ich los. Plötzlich ist es ganz still in dem Café und mindesten zwanzig Augenpaare starren mich an.

Angewidert zeige ich Hanna die Textzeile.

Es ist erregend, Finja zu beobachten, während sie ihren festen, sexy Körper einschäumt und all das gehört mir ...

Aufgeregt beobachte ich Hanna, doch sie zeigt kaum

eine Emotion, außer, dass ihre Gesichtszüge auf einmal versteinert wirken.

Angewidert schiebt Hanna das Handy zurück auf den Tisch.

»Woher ... ich meine, wie kann er das wissen, wie ich mich einschäume und so weiter?«

»Er hat Kameras installiert. Und ich nehme an, im ganzen Haus.« Hanna sieht mich fest an. »Das ist pervers. Finja, Sie sollten sofort dort verschwinden. Er hat sie gesehen, als Sie in seinem Büro waren. Nur so ergibt das einen Sinn. Warum sonst sollte er die Festplatte löschen? Das ist nicht gut Finja, ganz und gar nicht.« Eindringlich blickt sie mich an.

Sie hat recht. Darüber habe ich noch gar nicht nachgedacht. Ich nehme einen Schluck von dem mittlerweile kalten Kaffee. »Diese Kameras, zeichnen die auf, oder sieht man nur, was aktuell gerade passiert?«

»Es gibt sowohl das eine, als auch das andere System. Aber das ist jetzt nicht relevant. Auch wenn er nur Momentaufnahmen gesehen hat, weiß er trotzdem, dass Sie in seinem Büro waren.«

»Doch, da ist ein Unterschied, denn er weiß nicht, ob ich tatsächlich den Computer gehackt habe, und er nur vorsorglich die Dateien gelöscht hat.«

Hörbar zieht Hanna die Luft ein. »Das ist egal, denn er ist alarmiert. Bitte Finja, Sie müssen weg von ihm. Es gibt diese Organisationen, von denen ich Ihnen erzählt habe. Die Leute werden Ihnen helfen, damit er Sie nicht findet. Und ich kümmere mich um einen Durchsuchungsbeschluss. Vielleicht können wir die Dateien wiederherstellen. Nur, das wird etwas dauern. Und deshalb möchte ich, dass Sie nicht mehr im Haus sind, wenn es durchsucht wird. Verstanden?«

»Ich werde darüber nachdenken.«

»Da gibt es nichts zum Nachdenken. Sie kommen jetzt mit aufs Revier und zeigen ihn an. Und dann packen Sie ein paar Sachen zusammen und tauchen unter. Ich organisiere das für Sie.«

Hannas Angebot klingt verlockend, aber ich glaube nicht, dass sie Aron wirklich drankriegen.

»Er wird wieder davonkommen«, murmele ich. »Das weiß ich. Er hat Geld, Macht und kann sich die besten Anwälte leisten. Das waren auch Ihre Worte Hanna, erinnern Sie sich? Aber eines weiß ich auch, er wird mich nie in Ruhe lassen. Egal wo ich bin.«

»Nein, das wird er nicht.« Hanna blinzelt und senkt den Blick. »Finja, ich will ehrlich zu Ihnen sein. Es kann dauern, bis wir ihm genug nachweisen können, und es ist möglich, dass er mit einer auferlegten Therapie, verknüpft mit ein paar Auflagen, davonkommt. Aber vielleicht auch nicht, denn Sie sind eine Belastungszeugin, und unsere Gerichte sind auf Seiten der Opfer. Zudem habe ich Verbindungen.«

»Sie kennen ihn nicht, er wird die Therapie mit Bravour meistern und dann weitermachen. Er weiß genau, wie er Menschen manipulieren kann«, werfe ich ein. »Aber wir müssen es zumindest versuchen. Erwirken Sie einen Durchsuchungsbeschluss. Und zwar schnell. Dann sehen wir weiter.«

Ich erhebe mich von dem Stuhl und lächle sie zuversichtlich an. Auch wenn ich nicht halb so zuversichtlich bin, wie ich vorgebe.

Der frische Wind, der vom Meer herweht, kühlt mein Gesicht, das vor Wut und Scham brennt. Ich fühle mich, als wäre ich wieder in diesem Erdkeller. Keine Hoffnung, nur die Dunkelheit, die mich umgibt. Ich will das alles nicht mehr.

»Finja, warten Sie!«

Hanna hält mich am Arm fest. Sucht meinen Blick. »Ich verstehe Sie sehr gut, glauben Sie mir, denn auch ich bin durch die Hölle gegangen.« Sie leckt sich nervös über die Lippen. »Gemeinsam schaffen wir das. Seien Sie nur vorsichtig. Ich werde alles in Bewegung setzen, was ich kann und noch mehr. Aber eines müssen Sie mir versprechen, bringen Sie sich nicht in Gefahr, denn dann kann er weitermachen und das ist es doch, was Sie verhindern wollen.« Eindringlich blickt sie mich an. »Sind wir uns einig?«

Ich bin versucht, ihr zu sagen, dass wir eine gemeinsame Kajaktour vorhaben. Aber davon wird sie mir abraten. Ich weiß es. Und wenn ich die Tour absage, wird Aron alarmiert sein. Er wird dann einen Weg finden, mich loszuwerden, noch bevor Hanna etwas gegen ihn unternehmen kann. Also schweige ich.

»Was ist?«

»Nichts weiter.«

»Gut.«

Verdutzt beobachte ich, wie Hanna um meinen Wagen geht und dabei ihre Hand am Rahmen des SUV entlang gleiten lässt. Plötzlich hält sie inne, beugt sich vor und schüttelt lachend den Kopf. »Wusste ich es doch.« In ihrer Hand hält sie einen kleinen dunkeln Gegenstand. »Ein Tracker. Aron weiß ganz genau, wo Sie sind.« Sie platziert das Ding wieder dort, wo sie es entdeckt hat. »Er soll weiterhin glauben, dass er Sie im Griff hat.«

Sie zieht ihr Handy aus der Jackentasche. »Schicken Sie mir die Aufnahmen. Damit ich etwas für die Staatsanwaltschaft in der Hand habe.«

»Ich hoffe, es hilft«, sage ich, während ich die Dateien auf ihr Smartphone sende.

»Ich auch. Und in der Zwischenzeit machen Sie keine Dummheiten.«

»Werde ich nicht«, schwindle ich.

Irgendwo ertönt ein Schiffshorn und lässt uns zusammenzucken.

Ich umarme Hanna. Murmele ein »danke«, bevor ich in den Wagen steige.

Kapitel Neunundvierzig

Finja

Leichter Wind weht durch mein Haar, als ich auf das Haus zugehe. Energisch streiche ich es zurück, lasse meinen Blick über den Vorgarten mit den Jasminsträuchern gleiten. Bald wird er aufblühen. Ich bin versucht, die Knospen zu berühren, doch ich lasse es. Es fühlt sich merkwürdig an, zu wissen, dass man durch winzige Kameras beobachtet wird, die vermutlich auch hier draußen angebracht sind.

Ich betrete das Haus, das sich nicht mehr heimisch anfühlt, blicke in den Spiegel über der Kommode. Tue so, als würde ich mein müdes Gesicht betrachten, doch meine Augen suchen nach diesen versteckten Kameras. Natürlich finde ich keine. Mein Blick fällt auf die Keramikschale, dieses grüne Teil, über das wir schon oft gestritten haben, weil Arons Schlüssel nicht dort waren. Jetzt weiß ich, dass er alles nur inszeniert hat, um mich zu verwirren. Teilweise ist es ihm sogar gelungen. Es gab Zeiten, da habe ich wirklich an meinem Verstand gezweifelt.

Am liebsten würde ich die Schale auf den Boden schmettern, zusehen, wie sie in tausend Teile zerspringt und mir dabei vorstellen, dass es Aron ist, der in kleinen Stücken auf dem Boden liegt und darum bettelt, wieder geflickt zu werden. Gruslig, wie weit ich gekommen bin, um solche kruden Gedanken zu hegen.

Ich hebe stolz mein Kinn und lächle mein Spiegelbild an. Rede ihm stumm zu, dass ich stärker bin als er.

Aus der Handtasche zücke ich mein Handy und rufe Aron an. Es dauert, bis er rangeht. Ich lächle weiter und gehe auf die Veranda, setze mich auf die Bank und lasse mir die Sonne ins Gesicht scheinen. Insgeheim frage ich mich, wo er hier seine Kameras installiert hat. Der Impuls, gründlich nach den kleinen Spionen zu suchen, ist übermächtig. Aber ich darf ihm nicht zeigen, dass ich davon weiß.

Also spiel deine Rolle der Unwissenden weiter.

»Hej Finja, Süße, wie geht es dir? Was machst du?«

Was ich mache, du Arsch? Du siehst es doch!

»Oh, ich komme gerade vom Krankenhaus. Meine letzte Schicht vor unserem Urlaub. Danach war ich noch in diesem schnuckeligen Café in Vaxholm. Es ist wirklich nett dort. Kennst du es?«

Stille am anderen Ende. Weiß er, dass ich mich dort mit Hanna getroffen habe? Nein, das kann er nicht wissen. Oder habe ich zu dick aufgetragen? Meinen Lügen zufolge bin ich erkältet. Ich räuspere mich und huste ein wenig.

»Geht es dir besser?«

»Ja, dank deinem Orangensaft.« Ich bin versucht, mit den Augen zu rollen und kann mich gerade noch zurückhalten. Ich muss unbedingt meine Mimik kontrollieren. »Ich weiß nicht … ist vielleicht auch nur eine Art von Stress gewesen. Der Urlaub wird mir guttun. Ganz sicher sogar. Ich freue mich schon darauf.«

»Ich mich auch, das wird fantastisch. Ich hab das Camp dingfest gemacht, in ein paar Tagen geht es los. Ich bin aufgeregt, denn ich war schon eine gefühlte Ewigkeit nicht mehr dort.«

Da ist etwas in seiner Stimme, das mir Gänsehaut bereitet. Sehnsucht und noch etwas. Eiseskälte.

»Finja, alles in Ordnung?«

»Natürlich … oh das klingt toll. Hast du den anderen schon Bescheid gesagt?« Ich reiße mich zusammen und klemme gelassen eine Haarsträhne hinters Ohr, obwohl ich am liebsten schreiend davonlaufen möchte.

Er zögert.

Bin ich zu freundlich, zu aufgesetzt? Beobachtet er mich jetzt genau in diesem Moment?

»Nein, noch nicht. Ich überlege, ob wir alle zum Essen einladen sollten, um ihnen die gute Nachricht zu überbringen, dass alles, wie sagt man, *in trockenen Tüchern ist.* Was meinst du?«

»Ja, gute Idee. Dann können wir alles besprechen. Ich ruf Elsie und Nele an und bestelle einen Tisch in unserem Lieblingsrestaurant.«

»Ich kann auch bei uns für alle kochen«, schlägt er vor.

»Ach was, laden wir sie ins Restaurant ein, dann kannst du den Abend genau so entspannt genießen wie wir alle«, sage ich leichthin und hoffe, er geht darauf ein. Ich weiß nicht, ob ich es ertragen würde, in diesem kameraüberwachten Haus, das längst nicht mehr meins ist, die unbeschwerte Gastgeberin zu mimen.

»Na schön, dann gehen wir aus. Sag den anderen Bescheid. Ich liebe dich.«

»Ich dich auch, bis später.« Es hat mich Überwindung gekostet, das zu sagen, und ich hoffe, er hat das leichte Zögern nicht bemerkt.

Wie von Sinnen renne ich zum Strand hinunter. Noch im Lauf streife ich meine Sneaker ab und stoppe erst, als ich das kalte Wasser unter meinen Füßen spüre. Ich lege den Kopf in den Nacken, blinzle in die Sonne. Meine Entschlossenheit, Aron zu Fall zu bringen, wächst mit jeder verstreichenden Sekunde. Ich vertraue Hanna, dass sie es schafft, den Durchsuchungsbeschhluss zu erwirken. Jetzt nur noch kurz durchhalten und den gemeinsamen Urlaub überstehen, bei dem immerhin meine Freunde dabei sein werden, dann habe ich es geschafft. Ich werde frei sein.

In Gedanken gehe ich noch einmal alles durch. Ich habe die Aufnahmen von seinen schmierigen Memos über mich und Britt. Vielleicht gelingt es ja, die Festplatte seines Computers wiederherzustellen, womit diese verifiziert wären. Soweit bin ich zuversichtlich. Aber wird mir wirklich jemand glauben? Aron ist mächtig, hat Verbindungen und ich … ich bin nur eine kleine Krankenschwester. Ich spüre, wie meine Euphorie sich gerade verabschiedet. Tief Luft holend, versuche ich, meine Bedenken wegzuatmen.

Meine Augen suchen den Horizont ab auf der Suche nach irgendetwas, das mir Mut macht. Doch da ist nur die unendliche Weite des Meeres. Nach einer Weile bücke ich mich und suche mir einen flachen Stein. Wenn ich es schaffe, dass er mindestens fünfmal auf den seichten Wellen tanzt, dann schaffe ich es auch.

Der Stein fühlt sich gut an, er hat die richtige Form und Oberfläche. Ich beuge mir vor, taxiere das Wasser, drehe den Stein in meiner Hand, bis ich das Gefühl habe, das er richtig liegt. Hole aus und schleuder ihn mit Schwung auf das Wasser.

Eins – Zwei – Drei – Vier …

Ungläubig blicke ich auf das Wasser. Der Freudenschrei, den ich ausstoßen wollte, verwandelt sich in einen Frustschrei. Schrill und beängstigend.

Auf das Meer blickend, sacke ich auf den feuchten Kiesstrand. Wenn schon mein Element, das Wasser, nicht auf meiner Seite ist …

Schluss damit!, befehle ich mir. *Das ist abergläubischer Humbug!*

Nachdem ich mich wieder gefangen habe, wähle ich

zuerst Elsies Nummer. Sie und Nele sollen ruhig wissen, was ich herausgefunden habe und was Hanna plant.

Aber so sehr ich meinen Mädels vertraue, ich muss sie bitten, ihren Männern nichts zu verraten. Sie würden womöglich auf Aron losgehen und ihn zusammenfalten. Und das würde meiner Mission schaden.

Gott sei Dank versteht Elsie mich und verspricht, dichtzuhalten. Auch wenn sie mich warnt, dass ich mich auf einem unsicheren Terrain bewege. Wie unsicher es für mich inzwischen ist, ahnt sie dabei nicht mal. Ich habe ihr nichts von den im Haus installierten Kameras erzählt. Aber ich verspreche ihr, vorsichtig zu sein, und dass ich niemanden in Gefahr bringe, weder mich noch meine Freunde.

Ich habe geduscht, mich umgezogen und ein dezentes Makeup aufgelegt. Beim Duschen habe ich mich beeilt und mich der Wand zugewendet. Der Gedanke, dass er mich beobachtet, war unerträglich.

Nun stehe ich vorm Spiegel und betrachte mein Outfit, einen elegant geschnittenen Zweiteiler, der meine Kurven nur noch umspielt. Ich habe abgenommen und überlege, ob ich mich lieber umziehen soll. Für einen Abend mit Freunden reicht doch eigentlich eine Jeans.

Doch dann höre ich die Haustür und Arons Schlüssel in der Keramikschale klirren. »Hey Süße, wo bist du?«

»Hier oben«, rufe ich ihm zu und atme einmal tief ein und aus, setze mein freudiges Begrüßungslächeln auf, als ich seine Schritte auf der Treppe höre.

Mit ausgebreiteten Armen kommt er auf mich zu. »Schau dich an, du siehst wieder bezaubernd aus«, sagt er.

Ich sage nichts, lasse mich nur widerwillig von ihm umarmen und küssen. Was habe ich mir nur dabei gedacht, Hannas Vorschlag auszuschlagen.

Ich hätte verschwinden sollen, ihn anzeigen, dann müsste ich jetzt nicht so tun, als ob alles in Ordnung wäre, und würde ... ja, was eigentlich?

Darüber grübeln, ob dieser Mann wirklich vom Gericht verurteilt wird? Nein, das ist zu ungewiss. Ich brauche mehr Beweise gegen ihn, muss das jetzt durchziehen, damit mein Plan aufgeht.

»Wie war dein Tag?«, frage ich ihn und strahle ihn mit meinem besten Lächeln an.

»Eigentlich wie immer, der reinste Wahnsinn. Aber mit einem Highlight. Ich hab den Kunden, den ich schon seit geraumer Zeit im Visier habe, tatsächlich für mich, für meine Agentur gewinnen können. Das Leben meint es gerade gut mit mir.«

»Fantastisch, herzlichen Glückwunsch«, sage ich und denke mir meinen Teil.

So so, Aron hat einen großen Kunden an Land gezogen. Der wird sich noch wundern, mit wem er es zu tun hat, wenn meine Bombe platzt und alles über Arons wahren Charakter öffentlich wird.

Meine eiskalten Gedanken erschrecken mich. Was ist nur aus mir geworden? Nein, nicht ich bin es, die dafür verantwortlich ist, sondern Aron. Das muss ich mir immer wieder sagen und dennoch nagt es an mir.

Er sieht auf seine Armbanduhr. »Oh, schon so spät! Ich geh schnell duschen und mich umziehen, dann können wir losfahren.«

Meine Freunde zu sehen, ihre Umarmungen zu spüren, lässt mich für einen Augenblick meine Sorgen und Ängste vergessen. Aron mimt den Gastgeber, wie er im Bilderbuch steht. Niemand würde auf die Idee kommen, was hinter seiner freundlichen Fassade schlummert.

Da wir die Ersten im Restaurant waren und an dem reservierten Tisch Platz genommen haben, springt er auf, als die anderen eintreffen. Begrüßt die Mädels mit Umarmungen und Wangenküsschen, rückt ihnen die Stühle zurecht. Die Begrüßung der Männer fällt nicht minder herzlich aus. Kumpelhaft umarmt er auch sie, klopft ihnen auf die Schulter. »Ihr seid natürlich eingeladen«, verkündet er in die Runde.

Ich atme auf, als ich bemerke, dass Elsie und Nele das Theater mitspielen und sich nichts anmerken lassen.

Nachdem alle ihre Getränke vor sich stehen haben, hebt Aron sein Glas. »Ich freue mich auf unsere gemeinsame Tour. Wir fahren in drei Tagen.« Er blickt sich mit einem gönnerhaften Lächeln um. »Ich hoffe, dass es die Kajaktour unseres Lebens wird.«

»Wie cool! Ich bin gespannt auf das Gewässer«, meint Olek und sieht Lucas erwartungsvoll an.

Lucas reckt seinen Daumen. »Ich auch, hab noch ein wenig darüber gelesen.« Er sieht zu Aron. »In diesen Gewässern hast du doch deine Meisterschaft gefahren, nicht wahr?«.

»Stimmt, aber wie gesagt, ist lange her.«

Während des Essens wird unermüdlich über den Trip geredet.

Es bereitet mir Kopfschmerzen, so zu tun, als sei ich ebenfalls euphorisch. Ich hasse es, zu lügen. Doch offensichtlich bin ich gut darin, denn niemand, selbst Elsie und Nele nicht, bemerkt, wie ich mich innerlich winde.

Oder sind sie auch die perfekten Schauspielerinnen? Egal, Hauptsache Aron erkennt es nicht.

Als Nele und Elsie aufstehen, um sich in der Toilette frisch zu machen, schließe ich mich ihnen an. Ich muss Dampf ablassen und der vielsagende Blick Elsies, mit dem sie mir zunickt, zeigt mir, dass es ihr nicht anders geht.

Schon auf dem Gang bombardiert mich Nele mit Fragen.

»Ich bin echt erschüttert über das, was Elsie mir sagte und auch darüber, was du vorhast!«

»Nicht so laut«, raune ich ihr zu und drehe mich um, mit Blick auf den Gastraum. Stumm bedeute ich ihr, zu warten, bis wir uns etwas weiter entfernt haben.

In der Toilette angekommen, vergewissere ich mich, dass alle Kabinen unbesetzt sind. Elsie und Nele werfen sich beredte Blicke zu, bevor Nele erneut rausplatzt:

»Glaubst du im Ernst, du schaffst es, Aron zu entlarven? Oder wie Elsie meinte, ihn zu *Fall* zu bringen? Sieh dir den Kerl doch an.« Sie blickt zur Tür, die sich hinter uns geschlossen hat. »Aron ist derjenige, der alles bestimmt. Der alles in die Hand nimmt.« Wild fuchtelt sie mit den Händen.

Elsie nickt dazu. »Nele hat recht. Selbst jetzt hat er uns im Griff. Wir alle springen, wenn er einfach so das Camp wechselt, ohne mit uns darüber zu reden. Pah! Selbst unsere Männer, die sich sonst nur ungern die Butter vom Brot nehmen lassen, folgen ihm begeistert. Und ich könnte wetten, dass ihm dieses Camp gehört.« Ungehalten kramt sie in ihrer Tasche, bis sie ihren Lippenstift gefunden hat. Etwas zu energisch fährt sie damit über ihre Lippen und verteilt schmatzend die Farbe.

Auch Nele kramt in ihrer Tasche und flucht leise.

»Was suchst du?«, frage ich.

»Meine Baldriandrops. Ich dachte, ich hab sie vorsichtshalber eingesteckt ...«

»Du hast was?«, frage ich perplex.

»Baldrian eingeworfen, schon zu Hause. Und die Packung hab ich eingesteckt, damit ich was nachwerfen kann, um ruhig zu bleiben, wenn ich deinem Kerl vorspielen muss, alles sei fein.«

Wider Erwarten muss ich kichern und nehme ihr die

Blisterpackung ab, die sie schließlich aus der Tasche hervorkramt, und studiere die Dosierung. Sie ist schwach genug, dass ich mir auch eine Tablette nehme und einwerfe, bevor ich ihr die Packung zurückgebe.

Elsie nickt mir zu, als sie es mir gleichtut. »Finja, ich hab nach unserem Telefonat hin und her überlegt. Du weißt, ich bin deine Freundin und ich rate dir, so wie es diese Kommissarin getan hat, verlass Aron, geh weg von ihm und zeige ihn an! Sofort. Wir müssen diese Kajakfahrt nicht machen. Nicht mit ihm.«

Mein Blick wandert erneut zur Tür. »Bitte, nicht so laut!«

»Schon klar.« Nele zieht hörbar die Luft durch die Nase und sieht zu Elsie, die mit verschränkten Armen an den Waschbecken lehnt.

»Elsie hat recht, du solltest ihn wirklich anzeigen und das tun, was die Kommissarin Hanna dir geraten hat.« Sie hebt die Hand, als ich etwas erwidern will. »Warte. Ich kann dich gut verstehen. Und ich wünschte, ich könnte dir helfen, aber du siehst doch, wie mächtig er ist. Du hast nur eine Chance – geh den richtigen Weg. Verlass ihn.«

»Nein Nele, denn der Weg führt ins Nichts. Er hat Verbindungen und Geld. Er wird weitermachen und die nächste Frau demütigen, und wenn es ganz schlimm wird, wird auch sie sich umbringen, so wie Britt es getan hat. Ich muss ihn aufhalten!«

Eine merkwürdige Stille herrscht zwischen uns. Jede von uns hängt ihren Gedanken nach.

Nele packt ihre Schminksachen wieder in die Tasche, wendet sich mir zu. »Finja, ich weiß, wir haben versprochen, dass Elsie und ich hinter dir stehen und das tun wir auch.« Sie umarmt mich. »Tut mir leid, dass ich so schroff war. Aber wir haben Angst um dich.«

»Ich weiß, ich hab ebenfalls Angst.«

Sie hält mich eine Armeslänge von sich, blickt mich

eindringlich an. »Gemeinsam schaffen wir das, und auch diese verdammte Tour werden wir meistern und dann geht es ihm an den Kragen.«

Sie neigt den Kopf und lacht mich aufmunternd an und drückt mich erneut an sich. Es gibt mir Kraft.

Da sind Schritte auf dem Flur, die näher kommen. Sekunden später wird die Tür aufgestoßen. Im Türrahmen steht Aron.

Rasch lässt Nele mich los und lacht laut auf. »Das ist nicht dein Ernst Elsie, das hat Tilda getan um an den Pudding zu kommen ...« Elsie und ich stimmen in ihr Lachen ein.

»Tut mir leid, wenn ich eure Party störe, aber eure Männer wollten schon eine Vermisstenanzeige aufgeben. Kommt ihr? Wir wollten doch noch über die genauen Abläufe der Tour reden.« Arons Ton klingt geschäftlich. Er versucht es, mit einem Lächeln abzumildern. »Süße, kommst du auch?«

»Ja, gleich.« Zum Schein krame ich in meiner Tasche nach einem Kamm. »Du magst es doch nicht, wenn nicht alles perfekt ist.« Sorgfältig kämme ich eine Strähne zurück, die sich aus meiner Frisur gelöst hat.

»Wie kommst du darauf? Als ob mich je etwas an dir gestört hätte?«

»Ich komme nach!«, sage ich, einen Ton zu scharf.

»Was ist los mit dir?«

Ich zucke mit den Schultern.

»Oh oh, wenn Frauen so gereizt klingen, dann sind sie entweder schwanger oder sie haben ihre Tage«, verkündet Elsie lachend.

Plötzlich ist es ganz still. Aron sieht mich fragend an.

»Letzteres«, sage ich.

»Schade, ich hätte mich über das Erstere gefreut«, meint er, doch seine Erleichterung steht ihm ins Gesicht geschrieben, bevor er mir einen Kuss auf die Wange drückt. »Bis gleich.«

Ich sehe ihm nach, ziehe die Tür zu.

»Puh Elsie, du hast mich gerettet …«

»Was hab ich?«, fragt sie verblüfft.

»Ich habe mir schon den Kopf zerbrochen, welche Ausrede ich erfinden muss, um nicht mit ihm Sex zu haben. Danke.« Erleichtert nehme ich sie in den Arm.

Kapitel Fünfzig

Finja

TAGE SPÄTER

Stockholm haben wir längst hinter uns gelassen. Die Landschaft rast an uns vorbei. Fichten säumen den Weg und dahinter blitzt immer wieder Wasser durch, das in der Sonne glitzert. Es ist traumhaft, ich genieße den Anblick und blende weitestgehend aus, was mich belastet.

Aron und Olek, die vorne sitzen, reden unaufhörlich über die Tücken der Stromschnellen. Jeder von ihnen gibt sein Bestes, um das Erlebte des Anderen zu toppen.

Männer!

Ungewollt muss ich über die beiden schmunzeln. Doch da ist auch ein bitterer Nachgedanke. Ich frage mich, wie ich mich fühlen würde, wenn Aron ein ganz *normaler* Mann wäre, mit dem meine Freunde und ich einen Kurzurlaub verbringen.

Ich wende mich zu Elsie, die neben mir im Fond des SUV sitzt. Sie hat ihren Kopf an die Scheibe gelehnt und döst vor sich hin. Bevor wir losfuhren, meinte sie, dass sie dankbar für die Auszeit ist, denn Mutter sein sei doch recht anstrengend.

Ich wende mich um, sehe hinaus aus dem Rückfenster. Der Bootstrailer mit unseren Kajaks verdeckt mir die Sicht auf Lucas's Wagen, der uns folgt.

Als ich mich wieder umdrehe, fange ich Arons Blick im Rückspiegel auf. Ich verziehe die Lippen zu einem Schmunzeln. Aus meiner Umhängetasche krame ich mein Handy. Keine Anrufe, keine Nachrichten. Zu gerne hätte ich etwas von Hanna gehört oder die Nachricht gelesen, dass sie den Durchsuchungsbeschluss erwirkt hat. Meine Stimmung schwankt zwischen aufgebrachten Rachegedanken und einem Gefühl der Ohnmacht. Ich hasse es, tatenlos abzuwarten.

Wenn ich wenigstens am Steuer sitzen würde.

So bleibt mir nichts anderes übrig, als alles auf mich zukommen zu lassen. Ich tue es Elsie gleich und lege meinen Kopf ebenfalls an das Fenster und schließe die Augen.

»Ist das nicht romantisch?«, fragt Olek und schlingt seinen Arm um Elsies Taille. »Das hattest du dir doch immer gewünscht, ein Camp inmitten der Wildnis direkt am Fluss und keine Menschenseele, die uns stören kann.«

»Stimmt. Genauso habe ich es mir vorgestellt«, verkündet Elsie begeistert.

Ich muss über die beiden schmunzeln. Sie wirken wie Teenager, die zum ersten Mal ein Wochenende ohne mahnende Eltern miteinander verbringen.

»Und Leute, was sagt ihr?« Stolz schreitet Aron den Platz ab, als hätte er die fünf kleinen Hütten mit seinen eigenen Händen erbaut. Mit großer Geste weist er auf den lichten Wald, der sich im Hintergrund erstreckt und weiter zur Mitte des freien Platzes, auf dem eine Feuerstelle mit runden Steinen abgegrenzt ist. »Und das alles, direkt am Flussufer, ist das nicht ein Traum?«

Unter anderen Umständen würde ich ihm vermutlich begeistert zustimmen. Es ist wirklich ein toller Platz. Ich schirme meine Augen mit der Hand vor der Sonne ab, sehe hinüber zu dem Fluss, an dessen Uferkante Nele und Lucas Hand in Hand stehen und auf das Wasser sehen.

Lucas wendet sich zu Aron um und ruft gegen das Rauschen des Wassers an: »Stimmt. Allerdings steht das Wasser recht hoch.«

Aron geht auf die beiden zu und betrachtet ebenfalls den Wasserstand. »Gut möglich, dass er höher ist als üblich. Es hat in den letzten Tagen viel geregnet.« Er zuckt mit den Schultern. »Aber das sollte uns ja nur recht sein.«

»Nele, du hast noch gar nichts gesagt. Wie gefällt es dir hier?«, fragt Aron.

»Es ist toll. Genau wie du es beschrieben hast.« Sie grinst ihn an und wendet sich dann zu mir. Sie winkt mir zu. »Wo bleibst du, Finja?«

Mir wird schlagartig bewusst, dass ich mich seit der Ankunft nicht von der Stelle bewegt habe. Wenn ich meine Rolle überzeugend spielen will, muss ich fröhlich und euphorisch klingen und mich auch so benehmen. Ich geselle mich zu ihnen.

Aron und Lucas fachsimpeln weiter über das Gewässer, während ich meine Hand in Arons gleiten lasse. Erfreut blickt er mich an. »Bist du zufrieden mit dem Camp?«

Seine Augen ruhen auf meinem Gesicht. Ich kann in ihnen nichts entdecken, was darauf hindeutet, das er ein manipulativer Mensch ist. Weder jetzt noch damals. Diese Erkenntnis erleichtert mich, denn wie oft habe ich mich gefragt, ob ich etwas hätte merken müssen, ganz am Anfang, bevor er mir suggerierte, das ich eine Frau bin, die ohne ihn nicht lebensfähig ist.

Ich erwidere seinen Blick, lehne meinen Kopf an seine

Schulter, so wie er es gerne mag. »Du hast nicht übertrieben. Es ist umwerfend.«

Zärtlich berührt Aron meine Wange. »Das macht mich glücklich«, murmelt er.

Ich linse zu Nele, die mich verkrampft beobachtet. Mir ist bewusst, was sie gerade denkt. Dass ich eine verdammt gute Lügnerin bin. Ich zwinkere ihr zu und sie lächelt.

»Was meint ihr? Wollen wir die Kajaks zu Wasser lassen? Schon mal testen, wie das Gewässer sich *benimmt*?«, fragt Aron und lacht kehlig.

Eine Stunde später sitzen wir in unseren Kajaks.

»Du kennst dich hier aus, nicht wahr Aron?«, fragt Olek.

»Ja schon. Aber es ist lange her, dass ich hier war. Mal sehen, ob sich etwas verändert hat.« Er grinst uns an. »Ich denke, wir nehmen heute die leichtere Route. Wie Lucas schon sagte, der Wasserpegel ist ziemlich hoch und das Wasser fließt schnell.«

»Gut, dann fahr voraus, wir folgen dir«, schlägt Olek vor.

Und das tut Aron, er setzt sich an unsere Spitze und lotst uns. Wir verständigen uns mit Handzeichen und folgen ihm.

Der Fluss treibt uns schnell voran, und das erfordert meine ganze Aufmerksamkeit. Aus Erfahrung weiß ich, dass ich aufpassen muss, vor allem, wenn ich ein Gewässer nicht kenne. Immer wieder gleiche ich mit den Paddeln aus, um in der Mitte des Flusses zu bleiben. Schnell finde ich meinen Rhythmus und kann jetzt auch die Umgebung genießen.

Rechts und links der Uferkante ist niedriges Gebüsch, davor flache Felsen, auf denen ich im Sommer ein Sonnenbad genießen würde. Dahinter erstreckt sich der

Wald. Ein paar Krähen erheben sich laut krächzend aus den Wipfeln der Fichten. Wir haben ihre Ruhe gestört und ebenso einen Fischreiher, der sich behäbig von der Uferkante erhebt.

Der Fluss verengt sich und die Strömung wird deutlich schneller. Vor mir sind Aron und Olek, kurz dahinter Lucas und Nele. Ich drehe mich um, Elsie ist unmittelbar hinter mir. »Achtung, gleich wird es rasant«, rufe ich ihr zu.

Sie nickt bejahend.

Und schon haben wir die erste Stromschnelle erreicht. Was für ein Gefühl. Alle Gedanken sind wie ausgelöscht, nur noch die Routine und das Gefühl für das Wasser ist in mir.

Gekonnt umschiffe ich die Felsen, die aus dem schäumenden Wasser ragen. Nach drei engen Windungen beruhigt sich die Strömung. Langsam ebbt das Adrenalin in mir ab. Ich wische mir das Wasser aus dem Gesicht, sehe erneut zu Elsie, die freudig den Daumen reckt.

Nach einer Weile erreichen wir einen See. Er ist riesig, dunkel und irgendwie wirkt er in dem Licht der tiefstehenden Sonne bedrohlich auf mich. Vielleicht liegt es aber auch daran, dass er so ausladend ist, dass man kaum Ufersicht hat. Ich schüttle diese Gedanken ab und paddle hinüber zu den anderen.

Wir steuern auf das linke Ufer zu, an dem Aron mit Lucas den SUV und den Trailer für die Boote geparkt hat.

Später quetschen wir uns lachend und Albernheiten austauschend in den SUV.

»Auch wenn er geräumig ist. Sechs ist einer zu viel«, feixt Lucas und zwängt sich neben mich auf den Rücksitz.

Über dem Lagerfeuer hängt ein gusseiserner Kessel mit einem von Aron kreierten Eintopf, aus dem wir uns hungrig bedienen. Funken sprühen hinauf zu dem dunklen sternenlosen Himmel, nachdem Aron ein Holzscheit nachgelegt hat. Ich lausche einer Taube, die in der Nähe unermüdlich nach einer Partnerin ruft. So hört sich der Frühling an.

Die Stimmung ist ausgelassen, die heutige Tour wird ausführlich diskutiert. Es fühlt sich alles so normal und unbeschwert an. Elsie und Nele werfen mir immer wieder aufmunternde Blicke zu. Und ich bin unendlich dankbar, dass sie hier bei mir sind und ein Auge auf mich haben.

»Die Tour war wirklich toll und wenn das die harmlosere Route war, dann bin ich auf morgen gespannt«, meint Olek und stellt seinen Teller vor sich auf den Waldboden.

»Wie soll das Wetter werden? Hat das jemand gecheckt?«, fragt Lucas in die Runde.

Aron hebt seine Hand. »Hab ich vor einer Stunde gemacht. Das Wetter soll unverändert bleiben, sonnig mit leichtem Wind. Also perfekt für uns.« Er sieht einen nach dem anderen an. »Und wenn wir schon mal dabei sind, hier die Pläne für morgen. Wir parken einen Wagen so wie heute, unten mit einem Trailer und mit dem zweiten Auto fahren wir einige Kilometer weiter, um an die Stelle mit den herausfordernden Stromschnellen zu gelangen. Habt ihr noch Fragen?«

Niemand antwortet. Ein leichter Schatten hat sich über die Stimmung gelegt.

»Gut, dann machen wir es so.«

Er legt seinen Arm um meine Schulter und zieht mich zu sich heran. »Ist dir kalt? Soll ich dir eine Decke holen?«

»Nein danke, ich bin müde und werde jetzt ins Bett gehen.«

Ich recke mich, lege die Hand auf seine Schulter, beuge mich zu ihm und will ihm einen Kuss auf die Wange geben, doch Aron ist schnell und wendet sich mir zu. Der Kuss landet auf meinen Lippen. Der Drang, sie abzuwischen, ist riesig.

»Gute Nacht, wir sehen uns morgen«, sage ich atemlos und eile zur Hütte.

Noch bevor ich die Tür aufstoße, wische ich über meinen Mund. Wie oft habe ich das in den letzten Tagen gemacht. Doch ich kann nicht anders.

Kapitel Einundfünfzig

Finja

Am nächsten Morgen

Nebelschwaden hängen tief in den Fichten. Zaghaft setzen die Vögel zu einem Morgenduett an. Das stetige Rauschen des Flusses rundet die Stimmung ab, die ich sehe und fühle, während ich mit einem Becher Kaffee an der abgebrannten Feuerstelle sitze. Ich stelle den Kaffeebecher ab, zücke mein Messer aus der Gürtelhalterung, um mir einen Apfel in kleine Stücke zu schneiden. Es sind zwei Dinge, die zu meinem Ritual gehören, wenn ich unterwegs bin: Mein Messer und ein Apfel.

Ich schneide den Apfel in kleine Stücke, stecke sie mir in den Mund, atme dabei die würzige Luft ein. Bin eins mit mir und der Natur. Ich mag diese frühe Stunde, wenn der Tag erwacht. Mir wird schmerzlich bewusst, dass ich das schon lange nicht mehr getan habe, doch das wird sich bald ändern.

Ich schrecke hoch, als ich eine Hand auf meiner Schulter spüre.

»Tut mir leid, dass ich dich erschreckt habe.«

Aron setzt sich mit seinem Kaffeebecher neben mich. »Bist du aufgeregt?«

Ich schüttle den Kopf. »Und du?«

»Ja, und ob du es glaubst oder nicht, ich bin abergläubisch. Ein schlauer Mann sagte mir mal: ›*Junge, wenn du etwas Wichtiges vorhast, dann konzentriere dich darauf. Überlasse niemals etwas dem Zufall und überprüfe dein Vorhaben. Und wenn du dies alles getan hast, dann kannst du dich entspannen und die Ernte deiner Sorgfalt genießen.*‹«.

»Hm … ein wenig Aufregung schadet ja wohl nicht.«

»Nein, mit Sicherheit nicht. Aber was er wohl meinte, war, dass man vielleicht nachlässig wird.« Er zuckt mit den Schultern. »Ich habe mich immer daran gehalten.« Er trinkt aus dem Becher, schüttet den Rest auf die Feuerstelle. »Ich check mal die Vertäuung der Kajaks auf dem Trailer.«

Nachdenklich sehe ich ihm nach. »Wer war dieser Mann, der dir das gesagt hat?«, rufe ich ihm hinterher.

Aron sieht über seine Schulter. »Mein Vater.«

Verdutzt sehe ich ihm nach. Er hat nie über seinen Vater gesprochen, auch über seine Kindheit weiß ich kaum etwas. Er hat es immer vermieden, darüber zu sprechen und irgendwann habe ich nicht mehr nachgefragt.

Allmählich wachen meine Freunde auf, recken und strecken sich, während sie wankend zu dem Tisch in der Nähe der Feuerstelle kommen, den ich mit Obst, Kaffee, Toast und Marmelade gedeckt habe.

»Hej Finja, du bist ja schon wach«, stellt Elsie fest, betrachtet den gedeckten Tisch und nimmt sich einen Apfel.

»Schon eine ganze Weile.«

»Wo ist Nele?«, suchend sieht sich Elsie um.

»Sie schläft noch«, antwortet Lucas und beißt beherzt in einen Toast, greift sich einen Becher mit Kaffee. »Ich geh mal ans Wasser, kommst du mit Olek?«

»Klar«, antwortet er mit vollem Mund und schnappt sich noch einen Toast.

Ich setze mich auf die Bank am Tisch und nehme mir ebenfalls einen Toast. »Hast du gut geschlafen?«, frage ich Nele, die inzwischen auch aus der Hütte zu uns gekommen ist.

»Wie ein Stein.« Aufmerksam mustert sie mich. »Wie geht es dir?«

»Okay«, murmele ich verdrossen.

»Du hättest die ganze Sache abblasen sollen«, raunt sie mir, mit Blick auf die Männer am Ufer zu.

»Du hast recht, es war idiotisch von mir. Ich weiß auch nicht, warum ich mir das antue.« Nervös zupfe ich den Toast in kleine Stücke. Genervt über mich selbst kneife ich die Augen zusammen. »Den Rachefeldzug hätte ich auch von dort aus durchziehen können. Aber egal, jetzt sind wir nun mal hier.«

»Mach dir jetzt keinen Kopf. Vielleicht können wir den Urlaub ja irgendwie verkürzen.«

Mitfühlend nimmt sie mich in den Arm. Es gibt mir Kraft. »Ja, das ist eine gute Idee.«

»Super Entscheidung«, stimmt Elsie ein. »Wenn ich noch länger, mit diesem ... diesem Frauenverächter und Psycho meine Zeit verbringen muss, dann drehe ich durch.«

Ich will es nicht, aber dennoch muss ich über die Wortwahl und die Vehemenz, mit der sie sich äußert, lachen. Es dauert keine zwei Sekunden und wir drei prusten vor uns hin, bis uns die Tränen kommen.

»Danke meine Freundinnen, wenn ich euch nicht hätte.« Ich wische mir die Lachtränen von den Wangen. Nach diesem Lachflash fühle ich mich wieder lebendig.

»Was gibt es, worüber ihr so herzlich lachen könnt?«

Arons Stimme zu hören, lässt mich verkrampfen.

»Nichts weiter. War nur so ein Frauending«, antwortet Nele.

»Na dann. Seid ihr bereit?«

»Alles cool, Chef!«

Aron sieht sie mit einem Blick an, der mich erschreckt. Auch wenn er sich schnell wieder im Griff hat, indem er sagt: »Ladys, ihr schafft es immer wieder, mich zu irritieren. Also, los gehts auf unsere wilde Fahrt.«

Zusammengepfercht wie die Ölsardinen sitzen Nele, Elsie, Olek und ich im Fond des SUV.

Die Piste führt durch den Wald, führt über etliche Schlaglöcher und lässt uns hin und her schaukeln. Ich sitze am Fenster, halte mich krampfhaft am Haltegurt fest und sehe, wie die Bäume an uns vorbeirauschen. Alles ist in tiefen Nebel getaucht und wirkt gespenstisch. Ich beuge mich vor, versuche, den Himmel zu sehen. Doch es ist nur grau, keine Spur von dem versprochenen Sonnenschein.

Nach etwa einer halben Stunde sind wir endlich da. Ich stütze meine Hände in den Rücken und mache ein paar Übungen, um mein verkrampftes Kreuz wieder zu richten.

Die Kajaks sind abgeladen und stehen am Ufer bereit. Wieder sehe ich zum Himmel, doch da ist immer noch kein Zeichen von Sonnenschein.

Während Aron nochmals die Strecke erklärt, ziehe ich den Reißerverschluss meiner wasserdichten Jacke herunter und hole aus der Innentasche mein Handy, das in einem wasserdichten Beutel steckt. Ich navigiere zur Wetter-App. »Scheiße«, fluche ich leise, da ich kaum Signal habe. Ich gehe ein paar Schritte auf und ab und dann klingelt mein Handy. Ich erkenne die Nummer sofort und bekomme Atemnot. Verstohlen sehe ich mich um und nehme das Gespräch an.

»Hej«, flüstere ich.

»Finja?«

»Ja.«

»Wo sind Sie?«

»Hallo? Hanna? Die Verbindung ist nicht gut.«

»Hören Sie, ich habe mit Ludvig, unserem Profiler gesprochen … Finja können Sie mich verstehen?«

»Sehr schlecht.«

»Okay. Hat Aron Sie in der letzten Zeit wieder bezichtigt, dass sie etwas verlegt, gesagt oder vergessen haben?«

»Nein, hat er nicht.«

»Finja, sie müssen … Finja, sind sie noch dran?«

»Hanna, die Verbindung ist schlecht, ich kann sie nicht verstehen! Was haben Sie gesagt?« Nervös sehe ich mich zu der kleinen Gruppe um.

»Wo sind Sie?«

»Ich verstehe Sie nicht … wir sind auf einer Kajaktour in Väste … Hanna?«

»… sie müssen sofort …«

Dann ist die Leitung tot. Ich bin versucht, das Handy zu schütteln vor Frust.

»Was machst du?«, ruft Aron zu mir rüber.

»Ich wollte den Wetterbericht checken, doch die Verbindung ist instabil.« Selbst ich bemerke, dass meine Stimme zittrig klingt.

»Süße, alles ist gut. Sobald sich der Nebel verzogen hat, kommt die Sonne.«

Ich nicke, grüble immer noch. Was haben Hannas Fragen zu bedeuten und warum klang sie so dringlich? Nein, besorgt trifft es eher.

Ich sehe zu Elsie und Nele, die schon in ihren Kajaks sitzen und mich fragend ansehen. Unmerklich schüttle ich den Kopf und steige ebenfalls in mein Kajak.

Der Himmel über uns wird immer dunkler, das wilde Rauschen des Wassers dröhnt in meinen Ohren. Ich spüre, wie Nieselregen mein Gesicht benetzt.

Steig aus. Steig aus.

»Wie lang ist die Strecke?«, frage ich Aron.

»Eine Stunde, vielleicht etwas mehr. Mein Gott, was ist mit dir?«

»Was ist los?« Lucas hebt fragend die Hände.

Aron blickt zu Lucas. »Gleich!«

»Süße, was ist mit dir?«

»Nichts. Lass uns fahren.«

Aron blickt mich durchdringend an. Dann wendet er sich erneut Lucas zu. »Fahrt schon mal voraus. Wir kommen gleich nach!«

Lucas zögert, doch dann reckt er den Daumen.

Ich sehe ihnen nach, wie sie juchzend die Paddel in den Fluss stoßen.

Es gefällt mir nicht, dass meine Freunde vorausfahren. »Wissen sie, wo sie lang müssen?«, frage ich nervös.

»Natürlich, ich habe es ihnen genau erklärt.«

»Wir sollten ihnen folgen.« Doch Aron ignoriert meinen Einwand.

»Gleich, erst möchte ich wissen, warum du so ... so angespannt bist. Mein Gott Finja, ich dachte, du magst Abenteuer und Herausforderungen. Und diese Strecke ist eine Herausforderung, zumindest im zweiten Teil.«

Ich kann nichts sagen. Nichts, was ihn nicht warnen würde.

»Alles gut«, wehre ich seine Fragen ab.

»Mach dir keine Sorgen um deine Freunde. Ich habe mit Lucas und Olek gesprochen. Die wissen, was sie erwartet und freuen sich schon darauf. Ihr seid doch alle keine Anfänger, also entspann dich und hab Spaß.«

Tief atme ich ein, sehe den Fluss entlang, starre auf das hintere Teil eines Kajaks, das in der Flussbiegung verschwindet.

»Lass uns fahren.«

Aron sieht mich an. »Sicher?«

Ich nicke ihm zu. Meine Nervosität steigt. Ich will zu meinen Freunden aufschließen.

»Also gut, bleib einfach dicht hinter mir. In Ordnung?«
»Ja«, krächze ich und umklammere mein Paddel.

Der Flussabschnitt ist spektakulärer als gestern, aber händelbar, außerdem fahre ich nicht zum ersten Mal in schneller Strömung über tückische Stromschnellen. Doch dieser Gedanke beruhigt mich nicht. Hannas Worte klingen in mir nach.

Ich habe mit Ludvig, unserem Profiler gesprochen …

Sie müssen sofort …

Kapitel Zweiundfünfzig

Finja

Noch ist die Strömung gefällig und wir kommen zügig voran. Ich recke den Kopf, versuche über Aron, der vor mir ist, einen Blick auf die anderen zu erhaschen. Doch er versperrt mir immer wieder die Sicht. Außerdem ist die Strecke kurvenreich. Gleichmäßig tariere ich das Kajak aus und versuche zugleich, die Strecke vor mir abzuschätzen. Endlich blockiert Aron nicht mehr mein Sichtfeld. Es sind nur Sekunden, aber die genügen mir, einen Blick auf den hinteren Teil eines Kajaks zu erhaschen. Der Anblick beruhigt mich, auch wenn ich nicht weiß, warum das wichtig für mich ist.

Nach einer ganzen Weile des konzentrierten Paddelns wage ich einen flüchtigen Blick zum Himmel, an dem aufgetürmte düsterere Wolken kleben, sehe zum Ufer, beobachte die Sträucher und Bäume. Sie bewegen sich heftig, als würden sie einen wilden Tanz vollführen.

Das ist nicht gut. Ganz und gar nicht.

Die Strömung wird tosender. Immer wieder ragen Felsen aus dem sprudelnden Wasser auf. Aron hat recht, es ist eine Route, die es in sich hat.

Paddel einholen, Gewicht verlagern Paddel durchziehen.

Diese Bewegungen spule ich ab wie auf Autopilot. Es macht Spaß und fordert mich heraus. Für einen winzigen Moment ignoriere ich all meine Bedenken. Doch es währt nicht lang. Eine heftige Windböe erfasst mich, bringt mich aus dem Gleichgewicht. Vorübergehend verliere ich die Kontrolle und kippe zur Seite. Instinktiv verlagere ich mein Gewicht und richte mich wieder auf. Alles geschieht mechanisch und rasend schnell.

Aron wendet sich zu mir um, brüllt etwas, das ich nicht verstehe. Der aufkommende Wind, und das mörderische Rauschen des Wassers verschluckt seine Worte. Wieder versuche ich, die anderen Kajaks zu orten. Doch es gelingt mir nicht. Da ist kein Kajak mehr zu sehen. Dann höre ich ein Geräusch, donnernd und prasselnd. Flüchtig hebe ich mein Gesicht. Sturm und Regen peitschen mir ins Gesicht.

»Aron!«, brülle ich aus Leibeskräften. »Wir müssen an Land!«

Er hört mich nicht.

Wieder brülle ich. Diesmal hysterisch.

»Wir müssen an Land! Das Wetter!«

Flüchtig wendet er sich zu mir um.

Er schüttelt mit dem Kopf, bedeutet mir, dass er mich nicht versteht.

Der Regen prasselt in mein Gesicht, in meine Augen. Es fühlt sich wie Nadelstiche an, die sich tief hineinbohren. Ich ignoriere es, versuche, mit aller Kraft zu Aron aufzuschließen. Ich bin am Ende seines Kajaks angekommen. Neben ihn zu kommen ist unmöglich, der Fluss verengt sich hier.

»Verdammt Aron, wir müssen an Land!«, schreie ich gegen den Wind und das Donnern des Wassers an.

Rasch sieht er sich um. »Folge mir!«

»Was ist mit den anderen?!«

»Lucas weiß Bescheid! Ich hab ihn instruiert, falls es Probleme gibt! Er wird eigenständig handeln!«

Ein greller Blitz durchzuckt den schiefergrauen Himmel.

Das Adrenalin in meinem Körper wirkt. Ich schalte mein rationales Denken aus, folge nur meinem Überlebensinstinkt, bleibe hinter Aron, der sicher die Felsen umschifft. Erneut versuche ich, durch die Wand des Regens meine Freunde zu erspähen. Doch da ist nichts außer tiefem Grau.

Mach weiter, folge ihm. Aron wird wissen, was zu tun ist.

Abrupt stoppt Aron, indem er die Paddel rückwärts bewegt. Fast wäre ich auf ihn gefahren. Wie wild tue ich es ihm gleich. Und jetzt höre ich es. Das Donnern des Wassers. Ich bekomme kaum Luft. Pure Hilflosigkeit und Angst überkommen mich. Gedanken an meine Freunde. Gedanken an mein Leben.

»Vertrau mir!«

Ich sehe den Abhang. Sehe den See, der aufgewühlt und dunkel etwa fünf Meter unter uns ist. Wie wahnsinnig paddel ich rückwärts und bemerke, dass meine Kraft nicht ausreicht, um an ein Ufer zu gelangen. Es ist viel zu weit entfernt. Sind meine Freunde unten? Sind sie in Sicherheit?

»Finja, du schaffst das! Vertrau mir!«

Ich bekomme kaum Luft. Doch ich nicke ihm zu, navigiere das Kajak an Arons Seite.

»Du zuerst! Ich folge dir. Du schaffst das!«, ruft er.

Das grollende Wasser schluckt seine Worte. Mein Herz schlägt wie wild. Es ist ein winziger Augenblick, in dem der Wind seinen Atem verliert.

»Finja, jetzt!«

Ich folge seiner Anweisung. In diesen Moment ist es mir egal, ob ich ihm vertrauen kann. Schließlich ist auch er in dieser Situation.

Ich versuche, mich zu erinnern, was ich tun muss. Paddel einholen? Zurücklehnen?

Nein!

Paddel parallel zum Körper und nicht zurücklehnen!

Aufrecht bleiben!

Das Gewicht gleichmäßig auf das Kajak verteilen!

Ich lasse los.

Falle.

Der Schrei, der aus meiner Kehle dringt, hört sich grauenvoll an. Noch während ich hinabstürze, spüre ich einen Ruck durch das Kajak fahren, der es schlingern lässt. Ich verliere die Kontrolle.

Pfeilschnell stürze ich mit dem Kajak frontal in das kalte Wasser.

Ich gleite hinab, in die dunkle Tiefe. Eiseskälte lässt mich erstarren.

Beweg dich! Du musst raus aus dem Kajak!

Panisch versuche ich, mich aus dem Kajak zu befreien. Etwas hat sich um meinen Fuß geschlungen.

Die Riemen des Rucksacks.

Ich strample wie verrückt, um frei zu kommen.

Ich möchte atmen.

Ich schaffe es nicht, das Kajak ist voll mit Wasser und gleitet immer tiefer. Plötzlich spüre ich Hände, die nach mir greifen und meine Schultern fest umklammern. Ein Hauch von Erleichterung durchströmt mich.

Doch die Hände befreien mich nicht. Sie drücken mich immer tiefer.

In wende mich um, sehe Aron.

Wild strampelnd winde ich mich, versuche, mich aus seinem Griff zu befreien. Es fordert mir alles ab. Meine Kräfte schwinden, zusammen mit dem Adrenalin. Ich kann nicht mehr.

Nein, noch nicht. Ich will nicht sterben. Nicht so.

Meine Hand tastet nach dem Messer an meinem Gürtel. Nach mehreren Versuchen habe ich es endlich in meiner Hand. Bringe all meine Kraft auf und stoße blind nach hinten, in der Hoffnung, dass ich ihn treffe.

Ich spüre, wie er eine Hand lockert. Erneut steche ich zu. Winde mich und hole noch einmal aus. Er lässt los. Ich trete nach ihm. Er sieht mich an. Seinen Augen sind geweitet und trotz des trüben dunklen Wassers kann ich Wut darin sehen.

Ich überlege nicht lange, sondern agiere nur noch. Mir wird schwindelig, während ich um mich schlage und kräftig mit den Beinen trete, um nach oben zu kommen. Ich will atmen. Jetzt. Ich muss atmen. Der Drang, meinen Mund zu öffnen um Luft zu bekommen, ist kaum zu ertragen.

Meine Bewegungen werden langsamer.

Nicht aufgeben. Nicht jetzt.

Ich sammle meine letzten Kräfte und rudere mit den Armen und den Beinen.

Mein Kopf schießt aus dem Wasser. Gierig öffne ich den Mund und sauge japsend die Luft ein. Mein Atem geht unkontrolliert, ich huste, spucke Wasser. Ringe nach Luft.

Hektisch sehe ich mich um. Drehe mich im Kreis. Doch ich kann ihn nirgends entdecken.

Mein Herzschlag gleicht einer Trommel. Mühsam, mit steifen Gliedern, schwimme ich Richtung Ufer. Der Sturm macht es mir nicht leicht und die Kälte des Wassers lähmt meine Bewegungen.

Nach einer gefühlten Ewigkeit erreiche ich das Ufer. Auf allen vieren krieche ich an Land. Lasse mich, bibbernd vor Schock und Kälte, auf den steinigen Boden sinken. Rolle mich auf den Rücken und blicke zum dunklen Himmel, aus dem immer noch harter Regen fällt. Ich schließe die Augen.

Ich weiß nicht, wie lange ich dort gelegen habe. Doch mein Körper fühlt sich fremd an. Ich will mich aufrichten, doch es gelingt mir nicht.

Okay, ganz ruhig. Du bist Krankenschwester, du weißt, was du tun musst. Erinnere dich. Versuche, die Finger zu bewegen, pumpe Blut in deinen kalten Körper. Du musst dich jetzt bewegen. Ein Glied nach dem anderen.

Nach einigen Versuchen gelingt es mir, meine Finger zu bewegen. Es dauert, bis ich etwas spüre. Ich mache weiter, bewege meine Finger, meine Arme, rolle mich zur Seite und richte mich wackelig auf. Mir wird übel und noch, bevor ich reagieren kann, übergebe ich mich.

Nachdem mein Körper sich beruhigt hat, lasse ich meine Augen über den See gleiten. Doch da ist nichts, außer diesem tristen Grau. Mein Blick streift über die Uferkante.

Er ist nicht da. Aron ist nicht da!

Erleichtert schlucke ich.

Doch was ist mit meinen Freunden?

Wieder sehe ich über den See. Da ... ganz weit hinten. Es sieht so aus, als würde etwas auf dem See treiben. Doch dann ist es verschwunden.

Okay! Ganz ruhig. Du musst Hilfe rufen.

Mit steifen Fingern ziehe ich an dem Reißverschluss der Windjacke. Aus der Innentasche hole ich die wasserdichte Plastikhülle, in der das Handy ist. Ich bin nicht gläubig, aber jetzt stoße ich ein Gebet gen Himmel. Bettele darum, dass die Hülle wirklich wasserdicht ist. Ich zerre an dem Verschluss. Die Plastikhülle fällt aus meinen zittrigen Händen. Ich lache, es ist ein hysterisches Lachen, das fremd in meinen Ohren klingt.

Nach dem dritten Versuch kann ich sie öffnen. Das Handy ist trocken. Ich kann es nicht fassen.

Erleichtert atme ich aus.

Jetzt brauche ich nur noch ein Signal. Ich drehe und wende das Handy und bekomme ein schwaches Signal, aber es ist ein Signal. Doch wen will ich anrufen? Notsignal. Ja, das ist es, ich drücke den Notruf. SOS.

»Notruf, wie kann ich ihnen helfen?«

»Ich brauche Hilfe, ich weiß nicht genau, wo ich bin«, stammele ich nervös. »Ich bin an einem See, irgendwo ...«

»Ganz ruhig, warten Sie eine Sekunde. Entspannen Sie sich ... okay, ich habe ihr Handy geortet. Wie ist ihr Name?«

»Finja, Finja Hellström.«

»Okay Finja, erzählen Sie, was ist passiert?«

»Ich … wir sind mit Kajaks unterwegs und da war diese Strömung, der Wasserfall … und dieser See … es ist kalt und ich kann meine Freunde nicht finden.«

»Finja, sind Sie noch im Wasser?«

»Nein.«

»Okay, ganz ruhig. Wie viele sind Sie?«

»Sechs … wir sind sechs.«

»Und Ihre Freunde? Sind sie die gleiche Strecke mit dem Kajak gefahren wie Sie?«

Ich schlucke. »Ja. Aber ich kann sie nicht sehen.«

»In Ordnung. Ich schicke ein Rettungsteam. Bleiben Sie, wo Sie sind. Verstanden?«

Ich nicke.

»Finja? Sind Sie noch da?«

»Ja«, krächze ich.

»Ich bleibe am Telefon, bis das Rettungsteam eingetroffen ist, okay?«

»Danke.«

Ich habe mein Zeitgefühl verloren, doch dann höre ich ein Motorengeräusch auf dem Wasser. Schwerfällig richte ich mich auf und winke und winke und winke.

Kapitel Dreiundfünfzig

Finja

Wütend fegt der Sturm durch das Tal, rüttelt unerbittlich an dem Zeltdach und lässt die Halteriemen an den Stangen klappern. Aufgeregte Stimmen, Hundegebell, Anweisungen werden gegen den Wind gerufen, Funkgeräte knattern, eine heftige Windböe ergreift das Zelt – all das nehme ich wahr, doch es prallt an mir ab. In mir ist alles taub. Ich ziehe die Wolldecke fester um meinen Körper. Endlose Gedanken kreisen in meinem Kopf.

Nachdem das Rettungsteam mich gefunden hatte, wollten sie mich sofort in ein Krankenhaus transportieren. Vehement habe ich mich dagegen gewehrt. Ich bestand darauf, im Basis-Camp zu bleiben, das in der Zwischenzeit errichtet worden war. Ich wollte warten, bis sie meine Freunde gefunden haben. Eine Ärztin überprüfte meine Vitalfunktionen und stimmte zu, wenn auch protestierend.

Es ist mir egal.

Ich lasse mich nicht wegbringen, solange ich nicht weiß, was mit ihnen ist. Also versorgten sie mich hier mit warmer Kleidung und heißem Tee. All das wärmt mich körperlich, aber die Sorge um meine Freunde lässt mich unaufhörlich zittern.

Fest umschließe ich den Becher mit dem Tee und lausche angestrengt dem Treiben und den Funksprüchen vor dem Zelt. Doch da ist nichts, was mich hoffen lässt.

Meine Freunde sind in Gefahr, weil ich nicht ehrlich zu ihnen war. Weil ich Elsie und Nele gebeten habe, ihren Männern nichts zu sagen. Weil ich diesen Trip, entgegen aller Mahnungen Hannas, mitgemacht habe. Die Vorwürfe kreisen nun schon seit Stunden in meinem Kopf. Ich kann und ich will sie nicht verscheuchen. Alles ist meine Schuld.

Ich schmecke das Salz meiner Tränen auf den Lippen. Stunden sind vergangen, seit sie mich gefunden haben. Stunden der Ungewissheit.

Das surrende Geräusch des Reißverschlusses am Zelteingang lässt mich von dem Klappstuhl, auf dem ich hocke, hochspringen.

Jacob Hedlund, ein stattlicher Mann in den Vierzigern, schlüpft in das Zelt. Er hat sich mir als Anführer des Suchtrupps vorgestellt. Fahrig reibt er sich über sein feuchtes, graumeliertes Haar. Mit einem bedauernden Lächeln bleibt er vor mir stehen.

Aufgeregt versuche ich, in seiner Miene zu lesen.

Erneut rüttelt eine Windböe an dem Zelt. Mir wird furchtbar kalt. Nicht aufgrund des Sturms. Jacobs Schweigen ist es. Ich will, dass er etwas Positives sagt.

»Setzen Sie sich wieder. Wie geht es Ihnen?«

»Gut, es geht mir gut. Was ist mit meinen Freunden?«

»Wir haben sie noch nicht gefunden. Es wird dunkel und …«

»Sie dürfen die Suche nicht abbrechen. Bitte.« Ich stürme auf ihn zu. »Ich bitte Sie, suchen Sie weiter.«

»Das werden wir. Keine Sorge. Ich möchte nur, dass Sie nicht …« Er räuspert sich. »Nicht die Hoffnung aufgeben.«

»Nein. Niemals.« Mir schießen erneut Tränen in die Augen. Mir ist bewusst, was er eigentlich sagen wollte.

»Brauchen Sie noch etwas?«, fragt er mit belegter Stimme.

»Nein, mir geht es gut. Kann … kann ich bei der Suche helfen?«

Er schüttelt den Kopf. »Nein, meine Leute sind geschult. Sie wissen, was zu tun ist.« Er lässt seinen Blick durch das Zelt gleiten. »Warum lassen Sie sich nicht ins Hotel fahren, dort ist es bequemer. Sie müssen doch völlig erschöpft sein, nach allem, was sie durchgemacht haben.«

»Ich bleibe hier«, protestiere ich.

»Na gut. Ich informiere Sie, sobald es etwas Neues gibt, versprochen.« Aufmunternd verzieht er seine Lippen zu einem Lächeln, das seine Augen nicht erreicht. Es ist so widersprüchlich, dass es fast grotesk wirkt.

Abschätzend sieht er mich an. »Warum sind Sie eigentlich diese Strecke gefahren? Zu dieser Jahreszeit ist sie gesperrt, wegen Wasserhochstand durch Regen und Schneeschmelze aus den Bergen.«

Ein Prickeln jagt durch meinen Körper. Ich bekomme kaum Luft. *Aron, dieser Dreckskerl, er wusste es, er hat es von Anfang an geplant.*

»Alles in Ordnung?«

Mein Mund ist staubtrocken, ich bekomme kein Wort heraus.

Sein Funkgerät knattert.

Jacob wendet sich von mir ab und geht aus dem Zelt. Ich zögere nur eine Sekunde und dann folge ich ihm. Regen peitscht in mein Gesicht. Der Wind trägt jedes Wort fort.

»Was ist los?« Ich halte Jacob am Ärmel seiner Öljacke fest.

»Sie haben sie gefunden. Aber eine Person fehlt noch.«

Ich halte mir die Hand vor den Mund, um meinen Schrei zu dämpfen. Meine Tränen vermischen sich mit dem Regen. Mein Körper zittert und es ist mir nicht möglich, mich zu bewegen.

Seine Miene ist ernst.

»Wissen Sie die Namen?«

»Tut mir leid, nein. Es sind zwei Frauen und zwei Männer. Aber wir werden weitersuchen. Machen Sie sich keine Gedanken.«

»Ich muss zu ihnen.«

Zustimmend nickt er. »Ich organisiere einen Transport für Sie ins Krankenhaus. Dort wird auch die örtliche Polizei mit Ihnen sprechen.«

»Natürlich. Danke.« Ich drücke seine Hand. Zumindest weiß ich, Elsie und Nele sind am Leben. Aber wer von den Männern fehlt?

Hysterisch weinend umarme ich ihn.

Unbeholfen klopft Jacob auf meinen Rücken. »Schon gut. Sie hatten Glück im Unglück.«

Kapitel Vierundfünfzig

Finja

Der Geruch eines Krankenhauses ist immer der Gleiche. Auch wenn er mir vertraut ist, empfinde ich ihn jetzt als bedrückend.

Nervös sehe ich mich nach der Rezeption um.

»Finja Hellström?«

Verwundert wende ich mich der dunklen Stimme zu.

Ein hochgewachsener Mann um die fünfzig kommt mit ausgestreckter Hand auf mich zu. Sein Lächeln ist einnehmend. »Hej, ich bin Kommissar Ström.«

Automatisch ergreife ich seine Hand. Sie fühlt sich warm und mitfühlend an.

»Wie geht es Ihnen?«

»Soweit ganz gut. Ich will jetzt zu meinen Freunden.«

»Das verstehe ich sehr gut.«

Die Pause, die entsteht, während seine graublauen Augen mich prüfend ansehen, fühlt sich merkwürdig an. Am liebsten würde ich ihm meine Hand entreißen und davonstürmen.

»Ich würde gerne mit Ihnen reden, bevor Sie zu Ihren Freunden gehen.« Wieder macht er eine Pause. »Sie wissen, dass noch einer fehlt, nicht wahr?«

Ich nicke und der Kloß in meinem Hals schwillt an. »Ja, ich wollte gerade an der Rezeption nachfragen.« Ich schlucke diesen verdammten Kloß herunter. »Wissen … wissen Sie es?« Unruhig wandert mein Blick über sein Gesicht.

»Wollen wir uns setzen?« Er deutet auf die weinrote Sitzgelegenheit am anderen Ende der Halle. Er wartet erst gar nicht meine Antwort ab und geht voraus.

Ich setze mich auf den Rand des Kunststoffsessels. Von weitem sah es nach Leder aus, das ist es aber natürlich nicht. In Krankenhäusern muss alles abwaschbar und steril sein. Angespannt verschränke ich meine Finger ineinander. Ich will diesen Kommissar nicht drängen, auch wenn ich darauf brenne, zu erfahren, wer fehlt.

»Erzählen Sie mir, was geschehen ist, damit ich mir ein Bild machen kann – bitte.«

»Natürlich.« Ich senke den Blick auf meine Hände, die verkrampft in meinen Schoß liegen. Doch ich kann es nicht länger aushalten, ich muss es wissen.

»Können Sie mir erst sagen, wer noch fehlt?« Ich atme tief ein, konzentriere mich auf meine Stimme, sie muss ängstlich und angespannt wirken. Aber das macht sie sowieso, denn ich bin ängstlich und angespannt. »Ist Aron Sjögren unter den Geretteten? Bitte, sagen Sie es mir!« Eindringlich sehe ich ihn an. »Er ist mein Lebensgefährte«, füge ich leise hinzu.

Bedauernd verzieht er seinen Mund. »Leider nein, aber Sie dürfen die Hoffnung nicht aufgeben. Der Suchtrupp macht weiter. Wir werden ihn finden. Versprochen.«

Ich springe auf. Drehe ihm den Rücken zu, damit er nicht sieht, wie ich erleichtert aufatme. Ich bohre meine Fingernägel in die Handballen, bis der Schmerz mir Tränen in die Augen treibt.

Ich höre das typische schmatzende Geräusch des Kunststoffs, als er sich erhebt.

»Tut mir leid«, murmelt er hinter mir. Ich zucke zusammen, als er die Hand auf meine Schulter legt. Mit tränennassen Augen wende ich mich zu ihm um. Suche verzweifelt nach einem Taschentuch in meiner Jackentasche.

Ström zieht aus seiner Jackentasche ein Päckchen Papiertaschentücher und reicht es mir.

»Danke.« Ich trockne meine Tränen und schnäuze mich geräuschvoll. Ich weiß nicht, wann ich zu einer perfekten Schauspielerin geworden bin. Eine Seite an mir, die ich gar nicht mag. Die mich aber im Moment vor unangenehmen Fragen schützt.

»Machen Sie sich keine Gedanken, der Suchtrupp ist noch dran, sie finden ihn. Da bin ich mir ganz sicher.«

Es ist dieser letzte Satz, der mir Sorgen macht. Wenn sie ihn finden, dann werden sie die Stichwunden entdecken und wer wird mir glauben, dass ich in Notwehr gehandelt habe?

»Ja«, hauche ich. »Aber das Wasser ist kalt und ... und ich habe ihn nicht gesehen. Ich habe wie verrückt nach ihm gerufen, als ich auftauchte. Er war weg. Ich bin wieder getaucht. Doch der See war zu dunkel.« Ich schlucke. Schnäuze mich erneut.

»Soll ich uns einen Kaffee besorgen?«

»Nein, danke. Ich möchte einfach nur zu meinen Freunden.«

»Nur ein paar Fragen noch. Dann können Sie zu ihnen.«

»Tut mir leid, wenn ich unhöflich war. Also bitte, fragen Sie mich ruhig, was sie wissen möchten.« Mir wird schlagartig bewusst, dass ich keinen blassen Schimmer habe, was meine Freunde gesagt haben. Ich sehe zu den weinroten Sesseln.

»Wollen wir uns wieder setzen?«, fragt Ström.

Wieder setze ich mich an den Rand des Sessels.

»Erzählen Sie mir in Ihren Worten, was passiert ist.«

Stockend berichte ich ihm von der Tour. Ich schildere, dass meine Freunde einige Minuten vor uns losgefahren und wir alle von dem Wetterumschwung überrascht worden sind. Ich lasse nichts aus, bis auf den Teil, in dem Aron mein Kajak touchiert hat, damit es trudelt. Auch über meinen Kampf mit ihm unter Wasser verliere ich kein Wort.

Nachdenklich blickt er mich an.

»Was ist?«, frage ich ihn.

»Haben Sie einen Seitenarm genommen, bevor sie zu dem Wasserfall kamen?«

Ich schüttle den Kopf. »Nein, ich erinnere mich an keinen. Die Sicht war miserabel. Zu viel Regen und dann der Sturm. Ich bin hinter Aron hergefahren. Er meinte, er kennt die Strecke.« Ich beiße mir auf die Unterlippe. »Ich habe ihm vertraut.« Und diesmal kommen ehrliche Worte über meine Lippen. Es ist wahr. In dem Moment habe ich das wirklich. Ja, ich wusste, dass er nach Macht und Kontrolle strebt. Aber dass er so weit geht, und mich umbringen will und das Leben meiner Freunde aufs Spiel setzt, das war jenseits meines Vorstellungsvermögens. Bis zu dem Zeitpunkt, als seine Hände mich in die Tiefe gedrückt haben.

Ein Weinkrampf schüttelt meinen Körper. Ich kann nicht aufhören. Dabei würde ich so gerne diesem Kommissar alles erzählen. Ihm mein ganzes Elend und auch meine Wut entgegenschleudern.

Warum mache ich es nicht einfach?

»Beruhigen Sie sich.« Tröstend legt er seine Hand auf meine, die verkrampft das durchnässte Taschentuch umklammert.

»Finja, alles in Ordnung?«

Wenn ich jetzt rede, sprudelt alles aus mir raus. Die ganze hässliche Wahrheit. Also schweige ich.

»Ich denke, wir sind fürs Erste fertig. Gehen Sie zu ihren Freunden. Dritter Stock, Zimmer Elf und Zwölf.«

Stumm nicke ich und setze mich in Bewegung, drehe mich zu ihm um. »Finden Sie Aron! Bitte.«

Aber will ich das wirklich?

Zaghaft klopfe ich an die Zimmertür, hinter der Elsie und Olek sein sollen. Von dem Arzt, den ich im Gang nach ihr frage, erfahre ich, dass es sie am schwersten getroffen hat. Oberschenkelhalsbruch und Gehirnerschütterung.

Nele und Lucas sind mit Prellungen davongekommen.

Olek hat sich den Arm ausgekugelt und Schürfwunden im Gesicht. Er sieht auf, als ich das Zimmer betrete. Sein Gesicht erhellt sich. »Wie gut, dich zu sehen«, und während er versucht, mich zu umarmen, murrt er: »Scheiße tut das weh.«

»Es tut mir so leid.«

»Du hättest uns sagen sollen, was für ein Arsch Aron ist. Elsie hat mir alles erzählt. Ich verstehe dich nicht. Was wolltest du damit bezwecken? Hätten Lucas und ich gewusst, was für ein mieses Stück er ist, dann wäre das hier nicht passiert!« Er deutet auf Elsie, die Mühe hat, sich aufzurichten. »Warum hast du uns nicht vertraut? Wozu sind Freunde da?«

»Olek bitte, lass sie in Ruhe.« Elsies Stimme ist leise und brüchig. »Ist doch auch meine Schuld.«

»Wo ist dieses Arschloch eigentlich?«, schnauft Olek. »Und was ist mit dir?« Er kneift die Augen zusammen und mustert mich. »Du siehst okay aus.«

»Olek, reg dich ab«, bittet Elsie erneut.

»Nein, ist schon gut, er hat ja recht.«

Vorsichtig setze ich mich zu ihr ans Bett. Küsse ihre Wange und drücke ihre Hand. »Ich bin so froh, dass ihr lebt.« Ich wende mich zu Olek um. »Bitte hol Nele und Lucas rein. Ich erzähle euch, was passiert ist.«

Ich lecke über meine Lippen, bevor ich kurz darauf allen zusammen berichte, was auf der Tour geschehen ist. Kein Detail lasse ich aus. Meinen Freunden erzähle ich auch, was Aron unter Wasser vorhatte, dass er mich heruntergedrückt hat und wie ich mich verteidigt habe. Die Bilder, die ich dabei wieder vor Augen habe, lassen mich immer wieder stocken. Die Angst, die zunehmende Panik, alles ist wieder präsent.

»Ich hab immer wieder auf ihn eingestochen, irgendwann hat er losgelassen und ich bin, so schnell ich konnte, geschwommen. Einfach nur geschwommen, bis ich endlich das Ufer erreicht hatte«, ende ich.

»Scheiße.« Lucas sieht mich schockiert an, ringt mit seiner Fassung. Sein Gesicht ist bleich wie die Wand hinter ihm, an der er lehnt.

»Dann habe ich den Notruf-Button auf meinem Handy gedrückt«, fahre ich fort.

»Tja, unsere Handys waren in den Rucksäcken und die sind mit den Kajaks abgesoffen«, gibt Lucas mürrisch von sich. »Wir hatten Glück mit dem Wasserfall und wir hatten keinen Aron, der hinter uns war und unsere Kajaks zum Trudeln gebracht hat, so wie er es bei dir getan hat.« Ärgerlich reibt er über sein Kinn. »Dennoch war der Aufprall heftig, und die Kajaks schlingerten und füllten sich rasch mit Wasser. Und dann waren da noch die Felsenbrocken,« bedauernd blickt er hinüber zu Elsie. »Und dann die Verletzungen. Keine Orientierung beim Schwimmen, wir haben euch nicht einmal bemerkt.«

»Aron hat es äußert geschickt hinausgezögert. Offensichtlich hat er euch eine Abzweigung genannt, richtig?« frage ich.

»Ja, hat er«, bestätigt Lucas.

»Er wollte, dass ihr vorausfahrt und nicht in unserer Nähe seid. So oder so wäre es ihm recht gewesen – ob ihr es schafft oder eben nicht. Es war ihm alles egal. Er wollte nur mich.«

Eine bedrückende Stille breitet sich aus. Niemand wagt es, sich zu bewegen oder gar etwas zu sagen.

»Ich organisiere uns einen Transport nach Hause«, schlage ich schließlich vor.

»Gute Idee«, meint Elsie, die meine Hand hält. »Und noch was ...«, sie drückt meine Hand fest. »Du bist so tapfer und hast der Welt einen Dienst erwiesen, indem du dieses Ekelpaket ins Jenseits befördert hast.«

»Elsie, was redest du da?« Irritiert starrt Olek sie an.

»Hab dich nicht so.«

»Hat man ihn eigentlich schon gefunden?«, fragt Nele.

Diese simple und wichtige Frage bereitet mir Angst und ich weiß nicht, was ich mir wirklich wünsche. »Nein, noch nicht«, sage ich leise.

»Hast du der Polizei die Wahrheit gesagt über Aron, und was wirklich passiert ist?«

Ich blicke auf den Fußboden.

Nele schüttelt den Kopf. »Du bist am Arsch, wenn sie ihn finden. Egal, ob tot oder lebendig. Wie willst du ihnen später die Stichwunden erklären? Scheiße Finja. Du hättest ihnen alles sagen müssen, und zwar sofort.«

Meine Euphorie darüber, dass meine Freunde am Leben sind und Aron auf dem Grund des Sees verrottet, verfliegt.

»Ich kümmere mich jetzt darum.« Ich recke mein Kinn. »Ich hab's versaut und bringe es auch wieder in Ordnung.«

»Und wie willst du das anstellen?«

»Weiß ich noch nicht«, gebe ich kleinlaut zu.

»Vielleicht sollten wir uns jetzt erst einmal alle beruhigen«, meint Elsie und lässt sich in das Kissen sinken. »Ich möchte nach Hause zu meiner Tochter.«

Kapitel Fünfundfünfzig

Hanna

Mit ihrem Smartphone in der einen und einem Glas Wein in der anderen Hand, schreitet Hanna barfuß in ihrem Wohnzimmer auf und ab. Bei jedem Schritt gibt der Holzboden ein leises, knarzendes Geräusch von sich.

Erneut sieht sie auf ihr Handy. *Warum ruft Finja nicht zurück? Wo ist sie?*

Diese zwei Fragen beschäftigen sie seit heute Morgen. Was waren Finjas Worte? Ich bin auf einer Tour in ... Väster ... irgendwas? Oder so ähnlich. Die Verbindung war grottig. Und sie konnte sich nicht weiter damit befassen, weil sie den ganzen Tag bei einer Gerichtsverhandlung war, zu der sie als Zeugin geladen war. Ein widerlicher Fall von Kinderpornografie, den sie und ihr Kollege Jonas mit Leidenschaft und erfolgreich gelöst haben. Zwei Jahre hatte es gedauert, bis sie sämtliche Beweise zusammen hatten. Es war eine Genugtuung gewesen, den mafiösen Ring zu sprengen. Jetzt hofft sie, dass alle Beteiligten ihre gerechte Strafe bekommen. Noch steht die Urteilsverkündung aus. Hanna fragt sich, warum das immer so lange dauert. Alle Beweise sind stichhaltig und belastend.

Auch die Verabredung mit dem Staatsanwalt, der über

den Durchsuchungsantrag für Finja entscheiden soll, wurde daher kurzfristig auf morgen verschoben.

Genervt stößt Hanna ihren Atem aus, geht in die Küche, reißt den Kühlschrank auf und sucht nach etwas Essbarem. Doch außer einer geöffneten Dose Sardinen in Öl und Salat findet sie nichts. Sie wirft die Tür wieder zu. »Ich sollte mal wieder einkaufen«, murmelt sie.

Hanna setzt sich auf die breite Fensterbank, nippt an dem Wein und sieht hinaus in die dunkle Nacht. Es ist weit nach Mitternacht. Sie bemerkt tanzende Lichtflecken auf dem Wasser, die von den vor Anker liegenden Booten ausgehen. Der Anblick ist friedlich und fühlt sich heimelig für sie an. Nie hätte sie gedacht, dass sie sich hier wohlfühlen könnte. Sie liebt die Stadt, aber seit sie in Vaxholm ist, schätzt sie den Abstand zu ihr. An diesem Ort kann sie auftanken und vergessen.

Gedankenverloren nimmt sie einen kräftigen Schluck Wein.

Ihr Handy klingelt. Sie hält es immer noch in der Hand und erschrickt so sehr, dass sie sich verschluckt. Es dauert, bis der Hustenanfall sich gelegt hat und sie etwas sagen kann.

»Finja! Mein Gott, wo sind Sie?«, krächzt sie.

»Hanna, ich hab Mist gebaut. Ich brauche Ihre Hilfe.«

Eine Stunde später klingelt es an der Wohnungstür. Hanna ist mit wenigen Sätzen an der Tür, reißt sie auf, erschrickt ein weiteres Mal.

Ihr Blick gleitet über Finja, die nichts mehr von der charakterfesten Person an sich hat, die sie kennengelernt hat. Dunkel umschattete Augen blicken ihr entgegen. Ihr blondes Haar ist strähnig und nachlässig zu einem Pferdeschwanz gebunden.

»Kommen Sie rein.«

Finja zögert. »Tut mir leid, dass ich Sie noch zu später Stunde belästige.«

Müde folgt sie Hannas Aufforderung und schlurft ins Innere und ins Wohnzimmer.

»Überhaupt kein Problem, ich konnte sowieso nicht schlafen. Eine dieser Nächte …« Hanna zuckt mit den Schultern und lächelt Finja aufmunternd an.

Finja sieht sich in dem Wohnzimmer um, geht auf die Fensterfront zu. »Schöner Ausblick, direkt aufs Meer.«

»Stimmt, ich sitze oft an diesem Fenster.«

Finja reibt sich über den Nacken.

»Wollen sie sich setzen?« Hanna deutet auf das weiche graue Sofa, auf dem unzählige bunte Kissen liegen.

Stumm lässt Finja sich auf das Sofa sinken.

Hanna hat den Eindruck, dass sich Finja dort am liebsten einrollen würde und ist versucht, ihr eine Decke anzubieten, lässt es aber, als sie sieht, wie Finja nach einem der Kissen greift und es umklammert.

Die Fragen, die sie ihr stellen möchte, hält Hanna nur mühsam zurück. Aber sie weiß, dass sie warten muss. Nicht drängen darf, schon gar nicht, so lange Finja so still und in sich gekehrt ist. Abwarten. Eine Basis aufbauen.

»Könnte ich auch einen Wein bekommen?«, fragt Finja schließlich und deutet auf das Glas in Hannas Hand.

»Klar, bin gleich wieder da.«

Gedankenverloren nimmt Finja zwei Minuten später das Glas aus Hannas Hand.

»Wie lange leben Sie schon hier?«

»Fast drei Jahre. Es sollte eigentlich nur eine Übergangslösung sein. Aber dann hab ich mich in diese Gegend verliebt. Es ist ruhig und beschaulich. Und nach einem stressigen Tag eine reine Wohltat.« Hanna setzt sich auf einen Sessel gegenüber. Die Anspannung, die von Finja ausgeht, ist erdrückend.

Sie schweigen eine Weile.

Finja nippt an dem Wein und stellt das Glas auf dem niedrigen Holztisch ab.

»Er ist tot«, sagt Finja mit monotoner Stimme und wendet den Blick zum Fenster.

Hanna lässt die Nachricht auf sich wirken. Lässt Finja Zeit, weiterzusprechen. Und das macht sie auch.

Erst stockend, und dann sprudelt es nur so aus ihr heraus.

Hanna saugt jedes Wort, jedes Detail auf. Sie wertet nicht, sondern sortiert die Informationen so, wie sie es immer macht. Zuhören und dann analysieren.

»Ich hab wirklich Mist gebaut«, wiederholt Finja ihre Worte, die sie schon am Telefon gesagt hat. »Nele meinte, dass ich Probleme bekommen werde. Egal, ob sie Aron tot oder lebendig bergen, sie werden die Stichwunden an seinem Körper finden.«

Hanna nickt, wartet weiter ab.

Finja lacht hysterisch. »Ist doch irgendwie ironisch, oder? Eigentlich bin ich nur mitgefahren, damit er nicht merkt, dass etwas nicht stimmt. Ich wollte ihm keine Zeit lassen, alles zu vertuschen ... denn das hätte er gemacht. Aber ich habe nicht damit gerechnet, dass er längst geahnt hat, dass ich ihn überführen wollte. Er hat diese Kajaktour mit meinen Freunden so organisiert und geplant, dass ich keine Chance gegen ihn hatte. Schlechtes Wetter, eine extrem schwierige Route, ein Unfall, den ihm niemand als Mord hätte nachweisen können. Er wollte mich umbringen«, stößt Finja nahezu lautlos aus und kaut auf ihrer Unterlippe. »Nie hätte ich gedacht, dass er so berechnend ist ... oder war.« Sie hebt den Blick. »Und jetzt ist er tot. Ich habe ihn getötet.«

Sie legt den Kopf in den Nacken und lacht mit Tränen in den Augen. »Er war ein Blender und ich habe mich von all dem, was er mir vorgespielt hat, täuschen lassen. Aber ein eiskalter Mordversuch …« Ihre Stimme wird brüchig.

Hanna schiebt ihr eine Box mit Taschentüchern hin.

Finja trocknet sich die Augen und schnäuzt sich. Knüllt das Taschentuch in ihren Händen. »Ich habe nicht nur mich, ich habe auch meine Freunde in Gefahr gebracht. Das kann und werde ich mir nie verzeihen.«

Sie nimmt sich ein neues Taschentuch aus der Box. Tupft sich damit über die Augen.

»Ich weiß nicht, warum ich so naiv war, zu glauben, ich hätte alles im Griff.« Sie reibt sich über die Oberschenkel, fährt monoton fort: »Nach der Tour und der Hausdurchsuchung wollte ich ihn fertig machen, wollte ihn da treffen, wo es ihm am meisten schadet. Wenn öffentlich geworden wäre, was und wer er ist, wäre er gesellschaftlich und geschäftlich ruiniert gewesen. Er hätte seine Agentur, seinen Ruf, alles verloren. Aber nicht sein Leben.« Müde lässt sie ihren Atem entweichen. »Ich hab es vermasselt, Hanna. Ich hätte auf Sie hören sollen.«

Finjas Ausführungen wühlen Hanna auf. Sie erinnern sie an ihre eigene Geschichte.

Reiß dich zusammen. Sei unvoreingenommen und konzentriert.

»Sie sind nicht naiv«, sagt sie schließlich. »Ich nehme an, jeder Mensch handelt irgendwann in seinem Leben gutgläubig.« Hanna ist versucht, Finja in den Arm zu nehmen, doch sie lässt es. Es wäre zu intim.

»Aber ihre Freundin hat recht. Irgendwann wird man Arons Leiche finden und die Obduktion wird mit Sicherheit ergeben, wie er zu Tode gekommen ist.«

Als sie Finjas entsetzte Miene bemerkt, fügt sie rasch hinzu: »Keine Sorge, wir schaffen das.«

»Aber wie!?« Finja greift sich das Glas und leert es in einem Zug. »Niemand wird mir glauben, dass es Notwehr war!«

»Beruhigen Sie sich. Ich werde alles daran setzen, das es auf Notwehr hinausläuft«, bekräftigt Hanna.

Finja schnäuzt sich geräuschvoll. »Kann ich noch einen Wein bekommen?«

»Sicher.«

Schweigend trinken sie den Wein.

»Werden Sie es melden?« Besorgt sieht Finja zu Hanna.

Nachdenklich reibt sich Hanna über ihren verspannten Nacken. Dann blickt sie Finja fest an. »Nein. Aber Sie werden es tun. Und zwar im Revier. Kommen Sie gleich morgen und sagen Sie offiziell aus, dass Sie in Notwehr auf Aron eingestochen haben. Das ist wichtig, und nicht nur, damit man Sie nicht der Falschaussage bezichtigt, sondern auch, um zu verhindern, dass nach Fund der Leiche oder nach Wiederauftauchen des überlebenden Aron, alles gegen Sie verwendet wird.«

»Wieso gegen mich?«

»Als Angriff auf Aron«, antwortet Hanna bedacht. »Niemand außer Ihnen beiden war dabei, als es zu dem angeblichen Unfall kam. Im harmlosesten Fall ginge das als Aussage gegen Aussage durch. Im schlimmsten Fall für Sie könnte Aron sich als Opfer präsentieren.«

Finja zieht scharf den Atem ein, während Hanna sie beobachtet und sich mies fühlt. Aber sie musste Finja dieses schlechtmöglichste Szenario schildern. Auch wenn sie Finja jedes Wort glaubt und sich sicher ist, dass vor ihr eine Frau sitzt, die um ihr Leben gekämpft hat und es noch tut.

Und Hanna weiß nur zu gut, wie sich das anfühlt. Sie muss einen Weg finden, um Finja zu helfen. Aber das muss so geschehen, dass keiner von ihnen falsche Aussagen macht. Das wäre strafrechtlich gegen sie verwendbar.

Finja nickt zögernd. »Ich denke darüber nach.«

»Nicht zu lange, Finja. Kommen Sie aufs Revier, machen Sie Ihre Aussage und fangen Sie an, ein neues Leben zu leben.«

»Klingt gut …«

»Was wollen Sie dann anfangen, Finja?«

»Ich werde warten, bangen und mir dann eine Wohnung suchen.« Sie lächelt. »So wie diese hier.«

»Das ist ein guter Plan. Aber heute Nacht werden Sie hierbleiben.« Sie hebt die Hand, als Finja etwas erwidern will. »Das ist eine Anordnung und keine Bitte.«

Kapitel Sechsundfünfzig

Hanna

»Guten Morgen. Wow, du siehst ...« Bevor Jonas den Satz beenden kann, zeigt Hanna ihm drohend den Mittelfinger.

Er grinst und setzt sich ihr gegenüber auf seinen Platz, lehnt sich zurück, verschränkt die Arme und mustert sie.

»Was siehst du mich so an, habe ich irgendetwas in meinem Gesicht? Ist mein Make-up verlaufen?«

»Nichts dergleichen. Du siehst müde aus, als hättest du eine wilde Party hinter dir. Hattest du?«

»Ich wünschte, es wäre so.« Sie lacht und bemerkt selbst, wie falsch das klingt.

»Hm ... lass mich raten. Du hast schon die Meldung gelesen, die gestern spät rein kam.« Jonas richtet sich auf und sieht sie forschend an.

»Welche meinst du?« Hanna gibt sich Mühe, seinem Blick standzuhalten.

»Die Nachricht, dass Aron Sjögren vermisst wird. Er war auf einer Kajaktour in den Gewässern des Västerdalälven und kam dabei wahrscheinlich ums Leben.«

»Das ist ja furchtbar.«

»Ist es das für dich? Hanna, was weißt du über sein Verschwinden? Und komm mir nicht mit irgendeiner

Ausrede. Schließlich bist du hinter dem Kerl her und hast dich ein paar Mal mit seiner Lebensgefährtin getroffen ... wie ist doch gleich ihr Name?«

»Finja, Finja Hellström.«

»Magst du Kaffee?« Ohne Hannas Antwort abzuwarten, geht er zu dem Beistelltisch. »Hat sie sich bei dir gemeldet?«, fragt er über die Schulter und füllt zwei Becher.

Müde fährt sich Hanna über das Gesicht. »Ja, sie kam gestern Nacht zu mir.« Sie will Jonas nicht anlügen. Dafür kennen sie sich zu gut und haben zu viel erlebt. Und sie verdankt ihm viel.

»Erzähl«, sagt er, reicht ihr einen Becher und setzt sich ihr gegenüber.

Hanna gibt Wort für Wort wieder, was Finja ihr anvertraut hat. Ihr Gehirn ist darauf trainiert, nichts zu vergessen. Nicht die Worte, nicht die Emotionen, die ihr Gegenüber zeigt.

»Hm ... das ist nicht gut«, meint Jonas, nachdem sie geendet hat.

»Nein, ist es nicht. Egal, ob er tot ist oder noch lebt. Er könnte ihr so oder so noch gefährlich werden. Falls er noch lebend gefunden wird, kann alles mögliche passieren. Ich denke nicht, dass er Sie bezichtigen wird, ihn angegriffen zu haben. Aber ich denke, er wird sie erpressen. Und falls er es doch nicht überlebt hat, dann hat sie auch ein Problem.«

»Was wirst du jetzt tun, Hanna?«

»Da es offiziell keinen Fall gibt, da ja Gott sei Dank mein Termin bei dem Staatsanwalt erst heute ist und ich ihm erst einmal absagen werde, weil der Mann, um den es geht, offensichtlich nicht mehr lebt,«, sie zuckt mit den Schultern, »werde ich mich um sie kümmern und wahrscheinlich Emilia Gustafsson kontaktieren. Aber ich habe Finja auch geraten, sich offiziell bei uns zu melden und ihre Aussage zu dem Unfall und seinem Tötungsversuch, bei dem sie sich mit dem Messer gewehrt hat, zu hinterlegen. Damit sichert sie sich rechtlich – und ihm gegenüber – ab, falls er lebt und sie erpressen will.«

»Ergibt Sinn, beides«, gibt Jonas zu. »Und ich denke, Emilia Gustafson wird ihr das Gleiche raten. Ich schätze die Frau und ihre Organisation sehr.«

»Ich auch.«

Für einen Moment schweigen sie.

»Hat die Presse schon Wind davon bekommen?«, fragt Hanna.

»Nein, noch nicht, aber es wird nicht lange dauern.«

»Sehr gut. Das gibt mir ein kleines Zeitfenster.«

Kapitel Siebenundfünfzig

Finja

Ich fühle mich verkatert. Meine Muskeln schmerzen und mein Kopf dröhnt. Hannas' Sofa war bequem, dennoch habe ich kein Auge zu bekommen. Hanna war fürsorglich und bemüht, es mir so angenehm, wie möglich zu machen. Und sie hat mir angeboten, solange ich möchte, bei ihr zu bleiben. Zugleich hat sie mich davor gewarnt, mit der Presse zu reden, falls diese mich aufstöbert. Kommissar Ström versprach zwar, dass keine Namen genannt werden, jedenfalls vorerst nicht, aber sicher solle ich nicht sein. Kopfschmerzen bereitet mir Hannas dringlicher Rat, meine Aussage über den Unfall, beziehungsweise Tötungsversuch Arons, in dessen Folge ich mich mit dem Messer verteidigt habe, zu Protokoll zu geben.

Ich öffne das Fenster, blicke aufs Meer. Die leichte Brise, die hereinweht, hilft mir, klarer zu denken. Auch wenn ich Hannas Angebot schätze, muss ich mich bewegen, ich kann und will mich nicht wie eine Schnecke in ihrem Haus verkriechen. Ich muss raus und sollte schleunigst zum Revier fahren, wie Hanna es mir geraten hat.

Mit gesenktem Kopf steige ich in das Taxi und drücke mich tief in das Polster. Der Taxifahrer sieht mich immer wieder über den Rückspiegel skeptisch an. Mir ist bewusst, dass ich furchtbar aussehe. Blaue Flecken und Kratzer im Gesicht. Wahrscheinlich denkt er, das ich eine Prügelei hinter mir habe. Aber wenigstens fragt er nicht nach.

»Mögen Sie ein wenig Musik hören? Ist Klassik in Ordnung für Sie?«

»Ja, gerne«, sage ich.

Ich lehne den Kopf an die Fensterscheibe und lausche den Klängen von Vivaldi, den *Vier Jahreszeiten* nach und sehe, wie das Meer an mir vorbeigleitet.

Ich beuge mich vor und tippe dem Fahrer auf die Schulter. »Halten Sie bitte hier.«

»Aber bis zu ihrem Ziel ist es noch etwa ein Kilometer.«

»Das macht nichts.«

Als er mir das Wechselgeld zurückgibt, deutet er auf mein Gesicht. »Wenn das ein Mann war, dann zeigen Sie ihn an.«

Stumm nicke ich und steige aus dem Taxi.

Erst als er aus meinem Sichtfeld verschwunden ist, gehe ich hinunter zum Meer. Streife meine Sneaker ab und laufe am Ufer entlang. Das Wasser ist eisig, erinnert mich an den Fluss. Ich halte es aus. Ich bin in Sicherheit.

Als ich an dem Platz unterhalb von Arons Haus ankomme, habe ich wieder einen jener Erinnerungsflashs, auf die ich gut verzichten könnte. Ich denke an meine Freunde, an das Zelten während der Kajaktour. An all das, was danach mit Aron und mir passiert ist. Es war mehr als nur eine verhängnisvolle Affäre, es hätte uns alle umbringen können.

Eine Welle von Wut auf mich selbst überrollt mich. Ich schließe meine Augen, lausche dem Klang der Wellen nach.

Ich habe das Richtige getan, als ich auf Aron einstach. Es

war nicht nur Selbstschutz, es war Rache – Rache für mich, für Britt und all die anderen Frauen.

Zielstrebig gehe ich auf das Haus zu. Erleichtert stelle ich fest, dass dort keine Polizei oder Presse auf mich wartet.

Dennoch sehe ich mich verstohlen an der Haustür um, bevor ich mich bücke, um unter dem Blumentopf mit Tulpen nach dem Ersatzschlüssel zu suchen.

Typisch Aron. Was sagte er? *»Süße, du bist ja manchmal vergesslich und falls du deinen Schlüssel verlegt haben solltest, liegt hier ein Ersatzschlüssel. Aber vergiss es nicht.«*

Er zwinkerte mir damals zu, küsste mich leidenschaftlich und gab mir keine Chance, zu protestieren. Das war nur der Anfang seiner Manipulationen.

»Danke Aron.«

Zweimal fällt mir der Schlüssel aus der Hand bei dem Versuch, ihn in das Schloss zu stecken.

Verdammt, alles ist gut. Er ist nicht da.

Verstohlen sehe ich über die Schulter zur Garage. Nachdenklich beiße ich auf die Unterlippe. Vielleicht sollte ich nachsehen, ob sein Wagen da ist.

Blödsinn!

Dazu brauche ich die Fernbedienung, und die ist im Haus an meinem Wagenschlüssel. Außerdem sind meine Freunde mit Arons Wagen nach Hause gefahren.

Genervt über mich selbst schüttle ich den Kopf, hole dennoch mein Handy aus der Jackentasche, checke, ob es neue Anrufe gibt.

Nichts! Nur Nachrichten von Nele und Elsie, dass sie zurück sind. Nele zu Hause und Elsie in Stockholm im Krankenhaus. Also nichts Neues.

Ich stoße die Tür auf.

Ein vertrauter Geruch weht mir entgegen. Sandelholz und Mandelblüten. Arons Aftershave. Für einen Moment raubt es mir den Atem.

Der Duft ist so präsent, dass ich stocksteif im Flur stehen bleibe.

»Aron?« Meine Stimme klingt zittrig. Erneut rufe ich seinen Namen. Doch außer dem Ticken der Uhr im angrenzenden Wohnraum ist nichts zu hören.

»Puh ... entspann dich«, murmel ich vor mich hin. Alles ist so, wie wir das Haus verlassen haben.

Sicherheitshalber kontrolliere ich jeden Raum, bis auf Arons Büro. Dafür habe ich keinen Schlüssel und keinen Nerv, das Schloss zu knacken. Warum auch. Wenn ich Glück habe, kehrt Aron nie mehr hierher zurück.

Er ist tot!

Die Stimme in meinem Kopf übertönt nur kurz meine Zweifel. Wenn er überlebt hat, erfahre ich das von der Polizei, rede ich mir ein.

Erneut checke ich mein Handy.

Ich mache mich verrückt.

Warum eigentlich?

Stimmt, ich sollte zur Polizei gehen, meine Aussage revidieren, ergänzen, um einen wichtigen Teil: Arons Versuch, mich zu töten, und meine Messerstiche in Notwehr.

Aber ich bin noch nicht so weit.

Vielleicht sollte ich erst ein Bad nehmen? Etwas essen und schlafen oder einen Spaziergang am Meer unternehmen. Irgendetwas, das mich ablenkt.

Ich hocke auf dem Rand der Badewanne, träufle Badeschaum unter den laufenden Wasserhahn. Ein Hauch von Pfirsich und Vanille verbreitet sich im Raum, vertreibt kurz die Anspannung, den ganzen Spuk.

Meine dreckige und verschwitze Kleidung reiße ich von meinem Körper. Steige in die Badewanne und lasse mich von dem Schaum umhüllen. Ich sinke tiefer in das Wasser, bis nur noch mein Gesicht daraus hervorragt, schließe die Augen.

Es ist erregend, Finja zu beobachten während sie ihren festen sexy Körper einschäumt ...

Arons Worte!

Ich reiße meine Augen auf starre zur Decke. Die Kameras.

Kapitel Achtundfünfzig

Finja

Hastig greife ich nach dem Handtuch, wickel mich darin ein und steige aus der Wanne. Mit dem Handtuch um meinen Körper gewickelt, mühe ich mich ab, meine Jogginghose anzuziehen. Ein Bein verheddert sich in der Hose. Fluchend hüpfe ich auf einem Bein, versuche mich zu befreien, mit dem Resultat, das sich das Handtuch lockert und herunterrutscht. »Scheiße, verdammt«, fluche ich vor mich hin. Ich komme mir vor, wie in der Umkleide in der Schule beim Sport. Dieses beschämende Umziehen während der Pubertät ... keiner sollte sehen, dass einem Brüste wachsen.

Endlich habe ich es geschafft, auch das Sweatshirt überzuziehen. Erschöpft setze ich mich auf den Wannenrand, schnaufe wie eine alte Frau. Aber wenigstens bin ich wieder verhüllt, keine eventuell versteckte Kamera zeichnet meine Blöße auf.

Gurgelnd fließt der letzte Rest des Badewassers in den Abfluss.

Warum veranstalte ich eigentlich so ein Theater?

Mit einem Mal muss ich laut über mich selbst lachen.

Glaube ich denn wirklich, dass Aron irgendwo in einer

Bar sitzt, einen Drink nimmt und auf seinem Smartphone zusieht, wie ich ein Bad nehme?

Der Kerl, der hoffentlich irgendwo im tiefen Wasser treibt und langsam aufbläht und verrottet.

Erneut stoße ich ein überdrehtes Lachen aus und stelle mir vor, wie die ersten Fische an ihm nagen, bis nur noch sein Skelett übrig ist. Dass es anders sein könnte, verdränge ich. Stattdessen suche ich nach diesen versteckten Kameras und versuche damit, meine bösen Wunschvorstellungen loszuwerden.

Vage ärgere ich mich, dass auch diese hässlichen Wünsche Arons Schuld sind. Ich bin nicht boshaft, habe zuvor nie einem Lebewesen etwas Übles gewünscht.

Mein Blick schweift weiter durch das Badezimmer, und dann entdecke ich in der Verzierung des Spiegels etwas, das nicht dorthin gehört.

Kurzerhand klettere ich auf einen Hocker und betrachte es näher. Mitten in der opulenten Rosenverzierung steckt in einer Blüte eine winzige Kamera. Sie ist nicht größer, als der Nagel meines kleinen Fingers.

Unsanft reiße ich das Ding heraus und verstaue es in den Taschen meiner Jogginghose.

Dich habe ich schon mal.

Ich bin im Jagdfieber.

Eile weiter ins Schlafzimmer, wo ich eine weitere Kamera in der obersten Ecke am Kleiderschrank entdecke und entferne.

Eine Minute später drücke ich die Tür zu meinem Zimmer auf. Unmittelbar muss ich an meine Wohnung in Stockholm denken. Sie war chaotisch, klein, hatte Charme und war gemütlich, so wie dieses Zimmer. Nur schwer reiße ich mich von meinen melancholischen Gedanken los und lasse meinen Blick über das Mobiliar gleiten. Da ist nichts, was meinen mittlerweile geschulten Augen auffällt.

Ich drehe und wende mich. Sehe mir auch die Bilderrahmen genauer an. Nichts. Keine Kamera. Krame meine Bücher aus dem Regal. Nichts. Auch über den Türrahmen finde ich keine Kamera.

Ich kann mir nicht vorstellen, dass Aron ausgerechnet diesen Raum nicht mit einer Kamera bestückt hat.

Ich wende mich dem Fenster zu. Vergebens. Mich weiter umblickend, trete ich ein paar Schritte zurück und lasse meine Augen über die Deckenverkleidung schweifen. Und da oben ist, was ich suche: Eine Kamera, platziert in den Zwischenräumen der Holzpaneelen an der Decke.

Auch die reiße ich raus, verstaue sie in meinen voller werdenden Hosentaschen, frage mich, wie viele denn noch?

Unvermittelt überkommt mich neben einer gehörigen Portion Frust auch Wut, erschlagen setze ich mich auf das Bett. Genau hier hat Aron mich zum ersten Mal der Vergesslichkeit bezichtigt und Elsie und Nele gegenüber behauptet, dass ich dieses Zimmer haben wollte. Dabei war er es, der darauf bestanden hat, dass ich so einen Raum bräuchte.

Hier hat Aron mich vermutlich auch eingeschlossen und damit meine Phobie ausgenutzt. Die Bilder meiner Angst sind wieder da.

Ich springe hoch, räume das Zimmer auf. Es ist mein Zimmer und Aron ist weg. Tot. Ja, das ist er, er ist tot.

Mit einem Glas Wein in der Hand sitze ich auf der grobgezimmerten Holzbank der Veranda. Die Abendsonne scheint und wirkt irgendwie tröstlich. Ein Tag geht, eine bittere Episode meines Lebens neigt sich dem Ende zu.

Ich habe Stunden damit zugebracht, diese verdammten Kameras aus dem Haus zu entfernen. Nur das Büro habe ich ausgelassen. Denn dort will ich mich nicht aufhalten.

Ich merke, wie ich mich entspanne.

Inzwischen habe ich mit Hanna telefoniert. Sie war

besorgt, verstand aber, dass ich allein sein möchte, und sie bot mir an, dass ich jederzeit bei ihr willkommen bin. Zugleich ermahnte sie mich abermals, meine Aussage über den Unfall zu ergänzen. Sie habe auch schon mit Emilia Gustafsson über mich gesprochen. Emilia sei für mich da, wann immer ich Hilfe von ihrer Organisation benötige.

Das hat mich nachdenklich gestimmt, denn wenn Aron auftauchen sollte, egal in welcher Form, werde ich in Schwierigkeiten sein. Aber daran will ich jetzt nicht denken. Noch nicht.

Das Gespräch mit meinen Freunden war tröstlich. Auch sie stehen fest zu mir. Nele hat mir mehrmals angeboten, zu ihnen zu kommen, ihr Gästezimmer wartet auf mich. Doch auch das will ich noch nicht.

Ich schließe die Augen, genieße weiter die Abendsonne in meinem Gesicht.

Neben mir auf der Bank steht ein Teller mit den Resten meines Abendessens. Salat mit geräuchertem Lachs und Weißbrot. Es war köstlich. Versonnen lausche ich dem Kreischen der Möwen, die der Wind vom Meer zu mir trägt.

Mir geht es gut. Ich lächle, stelle mir vor, wie schön das Leben doch sein kann. Ich gieße mir noch einen Wein ein, schließe die Augen und träume vor mich hin, bis die Sonne untergegangen ist und es mir zu kühl wird. Ich schnappe mir das Weinglas und die leere Flasche. Sehe auf den Teller, versuche, beschwipst wie ich bin, auch den Teller mitzunehmen. Nach mehrmaligen Versuchen lasse ich es. Hier ist niemand mehr, der mich mahnend ansieht, wenn nicht alles korrekt aufgeräumt ist. Befreit atme ich auf.

Kapitel Neunundfünfzig

Finja

Am nächsten Morgen

Unruhig wälze ich mich in meinem Bett hin und her. Die verdammten Träume holen mich wieder ein. Immer wieder schlage ich im Halbschlaf um mich. Ich bin in der Tiefe, meine Lungen drohen zu bersten. Dann eine Silhouette vor mir. Arons Gesicht, dicht an meinem. Ich spüre seine Hände auf meinem Körper. Seinen Atem.

Schreiend richte ich mich auf, japse nach Luft. Sehe mich gehetzt um. Ich bin in meinem Zimmer, in Sicherheit. Die Sonne scheint durch das Fenster, blendet mich. Stöhnend lasse ich mich in die Kissen sinken. Mir brummt der Schädel. Auch wenn ich gestern Abend den Wein genossen habe, so bereue ich es jetzt.

Ich stehe auf, schlurfe die Treppe hinunter, halte mich am Treppenlauf fest, um nicht zu stürzen. Unten gehe ich in der offenen Küche auf den Kühlschrank zu und greife nach der Wasserflasche. Ich mache mir erst gar nicht die Mühe, mir ein Glas zu holen, sondern trinke direkt aus der Flasche.

Danach koche ich einen Kaffee und esse einen Apfel. Mehr bekomme ich nicht runter. Mir ist übel.

Mit dem Kaffeebecher in der Hand gehe ich auf die Veranda. Atme tief die Frühlingsluft ein, warte darauf, dass mein Kopf nicht mehr dröhnt, die Sonne nicht mehr blendet, mein Denken allmählich klarer wird.

Was war das für ein Traum?

Wieso habe ich unter Wasser seinen Atem gespürt?

Das ist Schwachsinn!

Puh ... aber Träume sind ja nur Träume!

Komisch war es dennoch. Und es fühlte sich viel zu real an. Genau wie die Berührungen.

Ich wende mich der Bank zu, um den Teller ins Haus zu tragen.

Er ist nicht da. Grübelnd stehe ich vor der Bank. Bin mir nicht sicher, ob ich ihn nicht doch gestern Abend noch hineingetragen habe.

Ich checke den Geschirrspüler. Und da ist er. Ich schlucke. Er ist abgespült. So wie Aron es immer macht und es mir *beigebracht* hat. Viel ordentlicher eingeräumt, als ich es früher gemacht habe. Wütend knalle ich die Tür des Geschirrspülers zu. Verfolgt sein Aufräumwahn mich etwa noch nach seinem Tod?

Kapitel Sechzig

Finja

Am nächsten Tag

Unaufhörlich kaue ich auf dem Daumennagel, während ich Kommissar Ström zuhöre. Dabei presse ich das Handy viel zu fest an mein Ohr.

»Es tut mir sehr leid, Ihnen mitteilen zu müssen, dass die Suche nach ihrem Lebensgefährten eingestellt wurde.«

Er macht eine Pause und ich bin mir nicht sicher, was ich sagen soll.

»Sind Sie noch dran?«, fragt er.

Ich räuspere mich. »Ist das sicher … ist es sicher, dass er tot ist?«

»Sicher ist es erst, wenn wir seinen Körper geborgen haben. Aber ich will Ihnen keine falschen Hoffnungen machen. Die Chance, ihn noch lebend zu bergen, nun ja, also, es ist sehr unwahrscheinlich.«

»Danke, dass Sie mir Bescheid gesagt haben«, antworte ich mechanisch. »Wie geht es jetzt weiter? Was muss ich tun?«

»Sie erhalten eine schriftliche Benachrichtigung und

können Aron Sjögren für tot erklären lassen. Es tut mir wirklich sehr leid.« Er zögert.

»Was noch?«, frage ich ... und will ihm schon erklären, was wirklich unter Wasser passiert ist.

»Nichts weiter. Wie geht es Ihnen?«

Ich zögere, lasse mir Zeit, bevor ich antworte. Schniefe, räuspere mich. »Warten Sie, ich sollte Ihnen vielleicht noch was sagen.«

»Ja bitte?«

»Also, es war nicht wirklich ein Unfall«, beginne ich. »Ich bin sicher, dass Aron geplant hat, dass wir kentern.«

»Wie kommen Sie denn darauf? Und wieso erst jetzt?«

»Ja, ich weiß, ich hätte es gleich sagen sollen. Aber ich war voller Panik und Angst um meine Freunde ... nicht um Aron.«

»Moment mal. Sagten Sie eben, dass das kein Unfall war?«

»Ja, Aron hat mein Kajak absichtlich zum Trudeln und Kentern gebracht, und mich, nachdem ich unter Wasser war, daran gehindert, aufzutauchen. Er hat mich unter Wasser gedrückt.«

»Sind Sie sicher, dass Sie ...«

»Ja«, schreie ich ins Telefon. »Er hat mit mir gerungen, ich hatte keine Chance, habe dann nach dem Messer in meinem Gürtel gegriffen und damit blind um mich gestochen. Ich hab ihn wahrscheinlich erwischt, er hat mich losgelassen und ich kam frei.«

»Sie haben sich verteidigt um freizukommen, verstehe ich das richtig?«

»Ja, so war es. Wenn Sie ihn noch bergen, hat er wahrscheinlich Messerstiche. Aber ich weiß weder, ob, noch wie schwer ich ihn verletzt habe. Aber als ich an die Oberfläche kam, hab ich mich nach ihm umgesehen und ihn nicht mehr gesehen. Er ist nicht wieder aufgetaucht, war auch nicht am Ufer, an das ich mich gerettet hatte.«

»Gut, Finja, das sollten Sie uns auch noch mal schriftlich bestätigen, zusammen mit der ganzen Vorgeschichte. Geben Sie zu Protokoll, wie es dazu kommen konnte.«

»Ja sicher, das mache ich. Aber nicht jetzt«, stammele ich und spüre, wie mich eine weitere Übelkeitswelle überrollt. Und dieses Mal kommt sie nicht vom Wein des Vorabends.

Ich lasse das Handy in meinen Schoß fallen. In meinem Kopf hämmert es unentwegt: *Aron ist tot!*

Und dann weine ich. Nicht aus Trauer, nicht mal, weil ich erleichtert bin. Da ist kein Jubelschrei und kein Gefühl der Genugtuung. Da ist überhaupt nichts.

Ich setzte mich auf die Bank vor dem Haus. Schließe meine Augen. Sehe Aron vor mir, als wir uns zum ersten Mal in der Galerie in die Augen sahen …

Die Bilder rauschen an mir vorbei, all die Szenen unserer Beziehung, die immer düsterer werden. Immer wieder glaube ich, seine Hände zu spüren, zu fühlen, wie seine Blicke auf mir ruhen … bevor es hässlich wird und grinsende Kameraaugen alles erfassen, aufzeichnen, an ihn übertragen.

Ich weine und weine, während die Worte *Zuckerbrot und Peitsche* vor mir auftauchen.

Am Ende weine ich nur noch Tränen der Enttäuschung. Die Erkenntnis ist bitter: ich habe mich täuschen lassen!

Und da sind diese Schuldgefühle. Ich weiß, ich habe ihn getötet und meine Freunde in Gefahr gebracht.

Ja, es war Aron, der diese verfluchte Kajaktour organisiert hat, um mich loszuwerden, der in Kauf genommen hat, dass auch meine Freunde umkommen, damit ich ihn nicht demaskieren konnte.

Aber ich bin in seine Falle getappt, habe mich bis zum Schluss täuschen lassen und alle Warnungen überhört.

Ich wollte schlauer sein. Und war so dumm!

Jetzt habe ich einen Mord begangen. Und damit muss ich jetzt leben.

Meine Unruhe steigert sich, ich habe das Gefühl, wahnsinnig zu werden. Ich muss mich bewegen, sonst drehe ich noch durch. Ich muss zurück aufs Wasser, dahin, wo alles angefangen hat.

Aus meiner Handtasche hole ich meinen Autoschlüssel.

Erhasche einen Blick von mir in dem Spiegel über der Konsole. Gott, sehe ich fertig aus. Egal. Ich schnappe mir meine Windjacke und ziehe die Tür hinter mir zu.

Eiligen Schrittes gehe ich auf die Garage zu. Suche an meinem Schlüsselbund die Fernbedienung für das Garagentor. Doch das Tor reagiert nicht. »Mist, verdammter!« Wieder und wieder versuche ich es. Doch nichts regt sich.

Der Kies knirscht in der Auffahrt und lässt mich herumwirbeln.

»Hej, gibt es Probleme?«

»Hanna! Ja, mehr als das. Ich bekomme dieses verdammte Garagentor nicht auf.«

Sie nimmt mir die Fernbedienung aus der Hand. Doch auch sie kann kein Wunder vollführen. »Vielleicht ist die Batterie hinüber.« Sie lächelt vage. »Ich hab die Meldung gesehen, dass die Suche abgebrochen wurde.« Sie atmet tief ein. »Wie geht es Ihnen?«

»Mir geht es ... keine Ahnung«, ich stottere, fühl mich komplett überfordert. »Ich fühle mich wie eine Mörderin. Obwohl ich nicht einmal weiß, wie sich eine Mörderin fühlt.« Und wieder brennen Tränen in meinen Augen. Abwehrend hebe ich die Hände und weiche zurück, als Hanna meinen Arm berührt. »Tut mir leid.«

»Schon in Ordnung.«

»Ich wollte mit dem Kajak raus.«

»Verstehe.« Sie druckst einen Moment herum, kickt einen Stein zur Seite. »Wollen Sie Aron für tot erklären lassen?«

»Oh bitte, Hanna, nicht jetzt. Ich muss erst einmal für mich klarkommen.«

»Gut, wenn Sie Hilfe benötigen, dann melden Sie sich.«

»Das mache ich und danke für alles.« Spontan umarme ich sie.

Sie erwidert meine Umarmung. »Sie schaffen das, Finja. Sie sind stark.«

Verwundert löse ich mich aus der Umarmung.

»So stark, wie Sie meinen, bin ich nicht.«

Sie sagt nichts und winkt mir lächelnd zu, während sie auf ihr Auto zugeht. »Rufen Sie mich an, egal wann!«, ruft sie, bevor sie die Autotür zuschlägt.

Ich sehe auf den Wagenschlüssel in meiner Hand und dann zur Garage.

Sämtliche Schubläden in der Küche und im Wohnzimmer habe ich durchwühlt auf der Suche nach Batterien. »Was für ein dilettantischer Haushalt«, schimpfe ich laut und muss wider Willen schmunzeln. Wenn Aron mich jetzt sehen und hören könnte. Er würde ausflippen.

Ich halte inne. Er kann mich nicht mehr hören und schon gar nicht sehen.

Verdammtes Kajak, ich soll wohl nicht damit rausfahren. Aber Wasser muss sein. Ich sollte mich in die Badewanne legen und entspannen, später einen Film ansehen und dann vorm Fernseher eindösen, vielleicht schaffe ich es ja sogar noch ins Bett.

Morgen sehe ich dann weiter und entscheide.

Kapitel Einundsechzig

Finja

Lauer Wind weht durch das gekippte Fenster und irgendwo in der Nähe ruft ein Käuzchen. Ich lege das Buch zur Seite und lösche das Licht, kuschel mich in meine Decke und warte darauf, dass mich der Schlaf übermannt.

Das Zuschlagen der Haustür reißt mich aus meinem Traum. Schlaftrunken lausche ich in die Dunkelheit.

Das Klimpern von Schlüsseln in der Keramikschale auf der Garderobe lässt mich erstarren. Ich halte den Atem an. Konzentriere mich auf die Geräusche.

Vorsichtig schlage ich die Bettdecke zurück, wanke aus dem warmen Bett. Spitze die Ohren. Doch da ist nichts, nur das Rascheln der Birkenblätter vor dem Fenster. Mein Blick hetzt zu der Zimmertür. Erleichtert stelle ich fest, dass sie einen spaltweit geöffnet ist. Ich halte den Atem an, als ich erneut ein Geräusch höre. Ich kann nicht einordnen, woher es kommt.

Auf Zehenspitzen schleiche ich zur Tür, drücke sie weiter auf und spähe in den dunklen Flur. Mein Herz hämmert wie wild. Ich höre nichts, außer meinen Herzschlag.

Meine Hand umklammert das Treppengeländer, ich setze einen Fuß nach dem anderen auf die Stufen.

Unten angekommen, verharre ich erneut und horche. Die Wanduhr tickt, der Kühlschrank brummt. Sonst ist da nichts. Ich taste nach dem Lichtschalter, um den dunklen Spuk zu vertreiben.

Ich haste zur Haustür. Sie ist verschlossen. Blicke in die Keramikschale. Sie ist leer. Erst jetzt atme ich erleichtert aus.

An Schlaf ist nicht mehr zu denken. Ich ziehe mir eine Strickjacke über und setze mich auf die Bank vor der Tür. Allmählich erwacht die Welt. Zaghaftes Vogelgezwitscher ertönt, der Himmel ist ein Meer aus purpurnen Farben. Ich recke mich, gähne ungeniert und die Lust auf einen Kaffee zeigt mir, dass ich noch lebe, dass die Nacht, und das damit einhergehende Grauen, überstanden ist.

Jetzt kommt mir alles albern vor, was ich mir eingebildet habe. Aber ich hatte Zeit, über alles nachzudenken. Ich werde Hanna bitten, einen Kontakt mit Emilia herzustellen. Ich werde ihr alles sagen. So, wie ich es der Polizei inzwischen gebeichtet habe.

Am Rande fällt mir ein, dass ich vergessen habe, Hanna von meinem nachgeschobenen Bericht bei der Polizei zu berichten. Aber wahrscheinlich weiß sie das eh inzwischen. Die Behörden arbeiten doch sicher zusammen.

Hanna war die ganze Zeit im Hintergrund für mich da. Hanna, die mir sagte, ich sei eine starke Frau.

Zweimal hat sie das jetzt schon gesagt.

Das erste Mal in dem Restaurant, als sie mir *Gaslighting* erklärte. Gestern hat sie es wiederholt.

Entschlossen gehe ich ins Haus. Ich kann es nicht vermeiden, erneut einen Blick in die froschgrüne Keramikschale zu werfen. Natürlich ist sie leer.

Ich sehe auf meine Uhr. Viertel nach fünf. Viel zu früh, um Hanna anzurufen. Doch meine Entscheidung fühlt sich gut an, sehr sogar.

Minuten stehe ich in der offenen Küche und warte darauf, dass der Kaffee durchläuft, lehne mich an die Schubladenschränke, auf denen immer noch Chaos herrscht, nach meiner Suche nach Batterien.

Egal. Darum werde ich mich später kümmern, oder auch nicht.

Im Geiste formuliere ich schon, was ich Emilia erzählen werde. Aber ich vertraue darauf, dass Hanna sie schon in meine Geschichte eingeweiht hat und es nicht allzu schwer werden wird.

Grübelnd fällt mein Blick auf den Küchentisch. Da liegen sie. Die Batterien. Ich stoße mich von der Küchenzeile ab und noch, bevor ich dem Tisch näher komme, lässt mich das Gurgeln der Kaffeemaschine zusammenzucken.

»Herrgottnochmal!«, zische ich. *Ich bin ein nervöses Wrack.*

Über mich selbst lachend, nehme ich das Päckchen mit den Batterien an mich.

Ich war gestern wohl völlig neben der Spur. Vermutlich habe ich die Batterien ja doch gefunden und hier liegen lassen.

Oder?

Ich gehe den gestrigen Tag noch mal gedanklich durch und besonders meine Suche nach den Batterien ... nein, ich habe sie nicht gefunden. Mein Magen verkrampft sich.

Und dann weiß ich es:

Er ist hier – hier in diesem Haus, in seinem Haus.

Kapitel Zweiundsechzig

Finja

Mein erster Impuls ist, hinauszustürmen und so schnell wie möglich fortzufahren. Und dann? Zu meinen Freunden flüchten? Zu Hanna flüchten?

Ich habe keine Ahnung. Befürchte aber, dass niemand mir glauben wird, dass er wieder da ist, erneut sein Spielchen mit mir abzieht. Und noch eins weiß ich: Sie werden ihn nie finden. Aber er mich, egal wohin ich flüchte. Er will es beenden und dann wie Phönix aus der Asche wieder auftauchen.

Vergeblich versuche ich, die Batterien in dem kleinen Fach der Fernbedienung zu platzieren, immer wieder fällt mir das Ding auf den Boden. Meine Hände beben, ich schaffe es einfach nicht. Ich unterdrücke ein Fluchen, sehe mich immer wieder um. Ich weiß, Aron ist da und beobachtet mich.

Endlich habe ich es geschafft.

Mein Puls ist auf Anschlag.

Ich bin mir unsicher. Sehe zur Haustür, die weit offen steht. Ich rechne mir aus, wie lange ich brauche, um zu der Garage zu kommen. Da sind wieder die Gedanken von eben, dass ich keine Chance habe, ihm zu entkommen. Aber vielleicht ist er nicht mal in der Nähe, und ich mache mich umsonst verrückt.

Ich muss es wissen.

Mein Handy liegt noch auf der Küchenzeile. Ich nehme es und aktiviere die Diktierfunktion, stecke es in die Tasche meiner Jogginghose, den Wagenschlüssel mit der Fernbedienung für die Garage in die andere Tasche.

Ich schaue die Treppe hinauf. Es gibt nur einen Raum, wo er sich aufhalten kann. Den Raum, den ich gemieden habe, als ich die Kameras gesucht und entfernt habe.

Stufe um Stufe steige ich hinauf, hoffe immer noch, dass ich mich irre.

Traue mich kaum, die Türklinke anzurühren, drücke sie nieder, als wäre sie glühend heiß. Bete und hoffe, dass ich mich irre, dass sie wie immer verschlossen ist.

Ernüchtert drücke ich sie auf.

»Hej Süße, da bist du ja.« Aron strahlt mich freudig an, erhebt sich von dem Bürosessel und kommt mit ausgestreckten Armen auf mich zu.

Ich taumele zurück.

Jetzt wäre der richtige Moment, um davonzustürmen. Doch ich verpasse ihn, bin wie versteinert.

»Freust du dich denn nicht, mich wiederzusehen?« Enttäuscht lässt er die Arme sinken. »Das ist wirklich schade. Ich hatte so sehr gehofft, dass du es bereut hast.« Er lüftet sein Shirt, deutet auf seine Brust, seinen Bauch und die Taille. Da, wo mein Messer seine Spuren hinterlassen hat.

Die Schnitte sehen tief aus. Mir war nicht bewusst, mit welcher Wucht ich zugestoßen habe. Ich bin versucht, mich zu entschuldigen und in dieses verdammte Muster zurückzufallen, das er mir aufgezwungen hat und so sehr liebt.

»Das tut verdammt weh. Aber wie du siehst, hat es mich nicht umgebracht.«

Ich gehe nicht darauf ein. Mit einem bedauernden Ausdruck im Gesicht lässt er das Shirt sinken.

»Seit wann bist du hier?«, frage ich und lasse ihn nicht aus den Augen. Irgendetwas hat er vor und ich möchte nicht überrascht werden. Deshalb bleibe ich im Türrahmen stehen. Sehe hinüber zu der Ottomane, auf der ein Kissen und eine ordentlich gefaltete Wolldecke liegt.

»Oh, das war knapp«, meint er, unterstreicht seine Worte theatralisch mit geweiteten Augen. »Ich hatte gerade geduscht und das Bad wieder in Ordnung gebracht, da hörte ich auch schon die Haustür.«

Er neigt den Kopf. »Zu schade, dass du die Kameras entfernt hast. War ein wunderbarer intimer Moment, als du ein Bad genommen hast.« Süffisant leckt er sich über die Lippen. »Und nur zu gerne hätte ich dich dabei beobachtet, wie du den Teller in der Spülmaschine entdeckt hast, oder die Batterien auf dem Tisch – du hast sie doch gefunden, oder?«

Ich bleibe ihm die Antwort schuldig. Mir ist speiübel. Ich muss mich zwingen, ihn weiterhin anzusehen, ihm keine Angriffsfläche zu bieten, weder emotional noch mit meinen Fäusten.

Er lächelt schief. »Aber es war auch eine wunderbare Erfahrung, dich im Schlaf zu berühren, deinen Duft einzuatmen.« Herausfordernd ist sein Blick auf mich gerichtet.

Immer noch bemühe ich mich, meine Emotionen unter Kontrolle zu haben. Denn eines habe ich gelernt. Er liebt diese Spiele. Und er ist frustriert, wenn ich nicht mitspiele.

»Wie geht es Elsie und Nele und ihren Männern? Was sind das doch für langweilige grobschlächtige Typen.«

Das ist zu viel.

»Wage es nicht noch einmal, ihre Namen in deinen Mund zu nehmen!« Ich gehe einen Schritt auf ihn zu, funkle ihn an. »Und wage es niemals wieder, meine Freunde zu beleidigen. Du bist weit und breit der einzige Typ, der langweilig ist und keine Eier hat. Wahrscheinlich brauchst du es sogar, Frauen klein zu machen.« Zische ich wütend durch zusammengepresste Zähne.

Seine Antwort ist ein schallendes Lachen.

Verdammt, er hat mich aus der Reserve gelockt. Das darf nicht noch einmal passieren. Ich blicke ihn fest an.

»So kratzbürstig. Aber na ja, du hast ja sonst keine Familie. Ist wohl so was wie ein billiger Ersatz.« Grinsend weist er auf die Ottomane neben dem Regal. »Wollen wir uns nicht setzen?« Er zieht seine Stirn kraus.

Wahrscheinlich hat er Schmerzen. Doch die Krankenschwester in mir pausiert gerade. Soll er umkommen vor Pein, es ist mir egal. »Nein, ich stehe lieber.«

Auch er bleibt stehen, verschränkt die Arme vor der Brust, lehnt sich an den Schreibtisch und betrachtet mich aufmerksam.

»Ich bewundere dich, du bist wirklich eine Herausforderung. Ich wusste es von Anfang an. Aber ich werde dich nicht einfach so gehen lassen, falls du das denkst. Wir sind zwar quitt, aber noch gehörst du mir.«

Bohrend sieht er mich an.

Doch ich sage nichts dazu, auch wenn es in mir brodelt.

Er wischt sich den Schweiß von der Stirn. »Du wolltest mich fertig machen wegen Britt. Hast dich mit dieser übereifrigen Kommissarin getroffen. Sie hat dich angestachelt. War es nicht so? Sie ist eine verdammte Lügnerin und du bist auf sie hereingefallen.« Schnaubend schüttelt er den Kopf. »Ich sage dir jetzt die Wahrheit über Britt. Sie war eine wunderschöne und folgsame Frau. Aber die Ärmste hatte psychische Probleme. Hat eine Überdosis Tabletten geschluckt, was sehr bedauerlich ist. Aber was habe ich damit zu tun? Nichts, rein gar nichts. Und die anderen Frauen – keine Ahnung.« Er zuckt mit den Schultern.

Ich sage nichts, warte, dass er weiterredet. Und er redet weiter ...

»Aber dann habe ich dich kennengelernt, alles lief so,

wie ich es mir vorgestellt hatte. Ich habe dich geliebt. Und wenn ich ehrlich bin, tue ich das immer noch. Aber deine Marotten, und dass du selbstständig sein willst, das alles steht uns und einer Partnerschaft im Weg.« Wieder wischt er sich die Stirn ab. »Aber ich schweife ab. Du wolltest mich zu Fall bringen, weil du dachtest, dass ich etwas mit Britts Selbstmord zu tun habe, genauso die anderen Frauen, die – sagen wir es mal so – schweigen und ein bescheidenes und bekümmertes Leben führen. Aber ist das mein Problem? Ich habe niemanden gezwungen, sich auf mich einzulassen. Und wer mit mir zusammen ist, der muss sich fügen. Ich bin der Mann in der Beziehung. Ich bin es, der die Entscheidungen trifft, ich …« Er pocht sich mit der Faust auf den Brustkorb, verzieht aber sofort sein Gesicht.

»Das muss wehtun«, entfährt es mir, was ich im Moment nicht mal auf die wahrscheinlich körperlichen Schmerzen beziehe.

Aron überhört den sarkastischen Tonfall in meiner Stimme. »Ja, ich bin das Zentrum der Beziehung«, fährt er fort. »Und wer das nicht akzeptiert und sich nicht meinen Wünschen fügt, muss gehen.«

Stolz erhebt er seinen Kopf. »Wie du siehst, hättest du es viel einfacher haben können. Du hättest gehen können. Es gibt genügend andere Frauen auf der Welt, die ich mir nehmen kann.«

Fragend sieht er mich an. »Was ist, warum sagst du nichts dazu? Du bist doch sonst nicht auf den Mund gefallen.«

Unverwandt starre ich ihn an. Presse meine Fingernägel in die Handballen, um meine Wut und Fassungslosigkeit über seine Worte nicht rauszuschreien. Aber da ist neben meiner Stimme der Vernunft etliches, was mir Hanna gesagt hat: Er ist ein verdammter Narzisst, ein Gaslighter, der es liebt, sich in Szene zu setzen.

Deshalb bekommt er nicht, was er will. Ich werde einfach nicht reagieren.

»Na schön, dann eben nicht, aber komm mir nicht damit, dass ich dich nicht gefragt habe.« Er holt tief Luft. »Also, hier kommt mein Vorschlag. Wir beide versuchen es noch einmal und du benimmst dich. Nach einer Weile trennen wir uns. Du unterschreibst eine Verschwiegenheitserklärung, ich zahl dir eine gute Abfindung und das wars. Danach kannst du gehen und machen, was du willst.«

Mir klappt der Mund auf. Mit allem hatte ich gerechnet, aber nicht damit.

»Sieh mich nicht so entgeistert an. Ich biete dir eine Chance, sauber aus der Sache zwischen uns rauszukommen. Ergreife sie, bevor ich es mir anders überlege und dich wegen versuchten Mordes anzeige.« Er lächelt breit. »Glaub mir, ich habe die Macht dazu und kein Gericht der Welt wird dir«, er deutet mit dem Finger auf mich »dir kleiner Krankenschwester glauben.«

Ich muss hier raus, bevor ich mich doch noch auf ihn stürze, auf ihn einschlage, ihm sein Gesicht zerkratze, bis dieses Lächeln verschwunden ist. Wortlos wende ich mich ab und will gehen.

Mein Handy piepst, signalisiert mir, dass ich eine Nachricht bekommen habe.

Es ist nur ein Bruchteil einer Sekunde, die er mich taxiert. Sein Griff an meinen Arm kommt überraschend und lässt mich taumeln.

»Gib mir dein Handy!«

Ich winde mich, um seinem Griff zu entkommen.

»Hast du unser Gespräch aufgezeichnet, so wie beim letzten Mal?«

»Nein!«, brülle ich ihn an und trete gegen sein Schienbein.

Aron jault vor Schmerz auf und lockert seinen Griff.

Jedoch nicht lang genug. Er versetzt mir einen Stoß. Ich lande hart auf dem Boden, robbe auf den Flur. Doch er ist schnell, zu schnell. Er drückt mich auf den Boden, während er sich abmüht, in der Hosentasche an mein Handy zu gelangen. Ich winde mich wie ein Aal. Doch es ist zwecklos.

Er lockert seinen Griff, hält triumphierend das Handy in seiner Hand. »Du … du kleines Biest! Du hast es doch getan!«

Ich kann nur auf die Stichwunde an seiner Taille starren, die bei unserem Handgemenge entblößt wurde. Ich taste nach meinem Autoschlüssel, richte mich mit einem Schrei auf und ramme den Schlüssel in die freigelegte Wunde.

Vor Verblüffung und Schmerz zuckt er zusammen und lässt dabei das Handy fallen.

Hastig greife ich es mir und stürme die Treppe hinunter. Reiße die Haustür auf. Sehe mich nicht um. Renne einfach weiter auf die Garage zu. Halte die Fernbedienung fest in der Hand. Noch im Laufen drücke ich darauf. Bete, dass ich die Batterien richtig eingesetzt habe.

Nichts regt sich.

Ich werfe einen Blick über die Schulter. Aron rennt aus dem Haus. Die Hand auf seine Wunde gepresst.

Ich drücke erneut. Nichts.

Oh verflucht.

Mit wild rasendem Herzen bleibe ich vor dem Tor stehen, drücke erneut auf die Fernbedienung. Endlich öffnet sich das Tor.

Viel zu langsam.

Geduckt stürme ich in die Garage. Springe ins Auto, starte den Motor. Knalle den Rückwärtsgang rein. Sehe in den Rückspiegel. Das Tor ist nicht ganz geöffnet, es ist mir egal. Ich gebe Gas, gelange ins Freie, lenke den Wagen in Fahrtrichtung.

Plötzlich taucht Arons Gesicht am Beifahrerfenster auf.

Ich reiße das Steuer herum. Trete das Gaspedal durch.

Mein Atem geht keuchend und ich wage einen Blick in den Rückspiegel. Aron stützt seine Hände auf die Oberschenkel und sieht mir nach.

Kapitel Dreiundsechzig

Finja

Noch vollgepumpt mit Adrenalin stoße ich die schwere Holztür des Polizeireviers auf. Der Geruch, der mir entgegenschlägt, ist muffig, eine Mischung aus altem abgewetztem Linoleumboden und Holzverkleidung. Hektisch sehe ich mich um. Es sind nur wenige Menschen hier. Einige sitzen wartend auf einer Bank, andere eilen zum Ausgang. Doch das nehme ich nur am Rande wahr. Und dann entdecke ich den Empfang und stürze darauf zu.

»Hej, ich ... ich muss zu Kommissarin Hanna Lund.«

Der Mann hinter dem Tresen sieht mich skeptisch an. Er hat eine stattliche Figur und sein Blick gleitet argwöhnisch über mein Gesicht.

»Bitte sagen Sie ihr, dass Finja hier ist. Sie weiß, wer ich bin ... ich bitte Sie.« Nervös sehe ich über die Schulter zu der Tür und dann wieder zu dem Mann.

»In Ordnung. Nehmen Sie doch Platz.« Er deutet auf eine Holzbank gegenüber.

»Nein, ich stehe lieber.«

»Wie Sie wollen.« Behäbig greift er zum Telefon.

»Hej Hanna, ich bin es, Milo. Da ist eine Finja«, er lauscht, nickt mir dann zu.

»Sie kommt sofort und holt Sie ab.«

Erst jetzt atme ich erleichtert aus.

Es dauert höchstens zwei Minuten, dann höre ich Schritte, Hanna eilt auf mich zu.

»Finja!« Hanna blickt mich entsetzt an. »Was ist passiert?«

»Er lebt!«, brülle ich viel zu laut.

»Kommen Sie.« Hanna hakt sich unter meinen Arm. Schweigend eilen wir in ihr Büro, wo sie auf ihren Kollegen weist, der uns entgegensieht. »Finja, das ist mein Kollege Jonas. Er weiß Bescheid. Sie können frei reden.«

»Hej Finja.« Jonas reicht mir die Hand und langsam fällt meine Anspannung von mir ab.

»Was ist passiert?« Hanna schenkt Wasser aus einer Flasche in ein Glas, reicht es mir.

Ich leere es in einem Zug.

»Setzen Sie sich.« Sie deutet auf einen Stuhl vor einem Schreibtisch. »Möchten Sie noch ein Wasser?«

Zustimmend nicke ich und setze mich. Atme erleichtert auf, realisiere, dass ich in Sicherheit bin.

Hanna zieht sich einen Stuhl zu mir heran. »Was ist passiert?«

Ich erzähle Hanna und ihrem Kollegen, was geschehen ist. Immer wieder tauschen die beiden Blicke aus, aber keiner unterbricht mich.

Als ich ende, greife ich in meine Hosentasche und lege das Handy auf den Schreibtisch.

»Ich hoffe, er hat es nicht geschafft, etwas zu löschen.«

»Dann probieren wir es doch mal«, sagt Jonas und drückt den Play-Button.

Zitternd vor Nervosität schlinge ich die Arme um meinen Oberkörper, während ich Arons Stimme höre.

Als die Aufzeichnung endet, sagt zunächst keiner was. Diese Stille fühlt sich wie eine Wohltat an, alles in mir schaltet ab.

»Was wollen Sie jetzt tun?«, fragt Hanna nach einer Weile.

Mich erschreckt sogar ihre Stimme, ich blicke hoch.

»Finja … was möchten sie jetzt tun?«, wiederholt Hanna ihre Frage.

»Ich weiß es nicht. Ich weiß es wirklich nicht. Vielleicht sollte ich mit Emilia vom Opferschutz reden, untertauchen, mir helfen lassen.«

Erleichtert lächelt mich Hanna an.

Auch Jonas stimmt meinem Entschluss zu. »Das ist eine gute Entscheidung. Es ist eine der besten und erfolgreichsten Organisationen, die Emilia da ins Leben gerufen hat.«

Eine Stunde später reicht mir eine Frau mit langem flachsblondem Haar die Hand. Ihr Lächeln ist einnehmend und ich vertraue ihr auf Anhieb.

»Hej Finja, ich bin Emilia. Ich habe schon ein wenig von ihrer Tragödie gehört. Hanna war so frei.« Sie sieht sich um. »Wollen wir hier bleiben oder uns ein ruhiges und entspanntes Plätzchen zum reden suchen? Vielleicht in einem Café?«

Ich sehe an mir herunter. »Ich fürchte, ich bin nicht dafür gekleidet.«

»Stimmt.« Emilia lacht und ich stimme nur zu gerne darin ein.

»Fahrt doch zu mir nach Hause«, schlägt Hanna vor. »Ich muss leider noch Papierkram erledigen, komme aber später dazu.«

»Wie klingt das Finja?«

»Fantastisch.«

Auf der Fahrt zu Hannas Wohnung erzählt mir Emilia von sich. Von ihrem Leben als Staatsanwältin und ihrem ganz persönlichen Schicksal mit ihrem Mann und der Familie. Gebannt lausche ich ihren Worten und kann es nicht fassen, dass eine Frau wie sie, die einen nahezu unantastbaren Status hatte, ebenfalls eine von Gewalt geprägte Vergangenheit hat.

»Wie Sie sehen Finja, gibt es viele von uns, mich eingeschlossen, die ähnliche furchtbare Erfahrungen machen mussten, wie Sie. Aber wir können uns wehren. Und das tun wir auch.«

Sie biegt in die Straße zu Hannas Wohnung ein. Für einen flüchtigen Moment prickelt meine Haut, denn nicht allzu weit entfernt ist Arons Haus. Schon allein der Gedanke an ihn macht mich nervös.

Emilia blickt mich an. »Keine Sorge, alles wird gut.«

Nachdem ich geduscht, mir eine frische Jogginghose und ein Sweatshirt von Hanna übergestreift habe, setze ich mich Emilia gegenüber auf einen Sessel. Sie schiebt mir einen Becher Kaffee herüber.

»In der Zwischenzeit habe ich mir die Aufnahme angehört. Erzählen Sie mir die ganze Geschichte zwischen Ihnen und Aron und wie Sie darauf kamen, über Britt nachzuforschen.«

Ich lecke meine Lippen, atme tief ein, und beginne stockend zu erzählen.

Aufmerksam hört Emilia zu, macht sich rasche Notizen, sieht aus dem Fenster, durch das die Sonne ins Zimmer scheint, nickt an passenden Stellen, aber niemals unterbricht sie mich.

Meine Hand zittert, als ich versuche, den Kaffeebecher anzuheben. Meine Kehle ist trocken und in mir ist es leer, als ich ende.

Nach einer Weile lächelt Emilia mich an. »Was wollen Sie jetzt tun?«

Wie oft habe ich diese Frage in den letzten Wochen, Tagen und Stunden gehört? Stets habe ich mir dann vorgestellt, wie ich ihn zerstöre.

Will ich das wirklich? Bin ich dazu in der Lage?

Ich muss an Arons Worte denken.

Ich habe die Macht, und kein Gericht der Welt wird dir kleiner Krankenschwester Glauben schenken.

»Ich will ihn zerstören«, sage ich fest. »Sein Imperium. Sein Leben. Ich will, dass die Menschen wissen, wer er wirklich ist. Er soll leiden, so wie die Frauen, die mit ihm zusammen waren. Denn eines weiß ich: Ohne seinen Status ist er ein Nichts. Verliert er den, verliert er alles.«

Emilia lässt sich Zeit mit ihrer Antwort.

»Gut. Aber eines sollten Sie bedenken, es wird schmutzig, vielleicht auch für Sie. Es werden Reporter auf Sie zukommen und in ihrer Vergangenheit wühlen. Gibt es etwas, dass ich wissen muss?«

Ich reibe mir über die Oberschenkel, blicke auf den Boden.

»Ja vielleicht – aber nichts dramatisches, oder vielleicht ja doch.« Nervös reibe ich erneut über meine Oberschenkel. Ich beginne mit Elsie und meiner Angst, in geschlossenen kleinen Räumen zu sein. Meinem Vater, der ein notorischer Fremdgänger war und meiner Mutter, die sich totgesoffen hat. Erzähle von den Pflegeeltern. Die behaupteten, dass ich Geschichten erfinde und lüge. Doch wie sich herausstellte, war es ihre eigene Tochter, die gelogen und es mir angelastet hat.

Eifrig macht sich Emilia Notizen, schürzt die Lippen und blickt mich an. »Nun, das ist alles harmlos. Machen Sie sich keine Sorgen, das bekommen wir hin.« Zuversichtlich lächelt sie.

»Wie geht es jetzt weiter?«

»Wir werden ihn anklagen und wenn ich Sie richtig verstanden habe, möchten Sie, dass die dreckige Wäsche von Aron öffentlich gemacht wird. Das bekommen wir auch hin.« Sie lächelt breit und wie ich finde, vergnüglich, als habe sie Spaß. »Dann mache ich mich gleich an die Arbeit.« Sie verstaut den Notizblock in ihrer Umhängetasche. »Wo werden Sie jetzt unterkommen?«

»Ich werde zu meiner Freundin Nele ziehen, bis ich etwas gefunden habe.«

»Gut. Falls Sie Unterstützung brauchen, melden Sie sich.«

»Danke.«

Erleichtert richte ich mich auf. »Bringen Sie ihn zu Fall.«

»Ich gebe mein Bestes.«

Kapitel Vierundsechzig

Aron

Drei Monate später

Verkrampft presst Aron den Telefonhörer an sein Ohr. »Hej Lövgreen, wie geht es dir so? Wie laufen deine Geschäfte?«

»Gut, sehr gut, sehr gut.«

»Gibt es schon eine Entscheidung bezüglich deiner neuen Kampagne? Soll ich etwas vorbereiten?«

Eine lange Pause entsteht. Aron streicht über sein Haar betrachtet sich in der Spiegelung des Panoramafensters. Setzt sein Geschäftslächeln auf. »Schick mir doch mal was, dann bereitet mein Team schon mal was vor, so wie wir es immer machen.« Er lacht gestelzt.

»Aron«, Lövgreen zieht hörbar Luft durch die Nase. »Ich ... tut mir leid, diesmal setzen wir aus. Ich habe eine neue Agentur gefunden.«

Aron richtet sich auf. »Aber keine Agentur ist so gut wie meine! Ich habe die besten Leute, und das weißt du. Du warst immer zufrieden.«

»Schon ja, aber ... dein Name ist – wie soll ich es sagen –

er ist beschädigt. Es würde auf mein Unternehmen zurückfallen, wenn wir weiter mit dir arbeiten.«

»Du glaubst doch kein Wort von dem Unsinn, der in der Presse kursiert? Du doch nicht. Ich bitte dich ...«

»Tut mir leid«, unterbricht Lövgreen. »Ich wünsche dir alles Gute.«

»Aber ... Lövgreen?«

Wütend knallt Aron den Hörer auf. Rauft sich die Haare. Steht abrupt auf und schreitet durch sein Büro, sieht durch die riesige Fensterfront auf die Stadt. Doch er nimmt nichts wahr.

Aron presst die Kiefer aufeinander. Er zückt sein Smartphone. »Ulf ... hör mir zu, du musst etwas unternehmen gegen diese Schmutzkampagne, die dieses Miststück angeleiert hat. Ich verliere meine Kunden! Verstehst du?«

»Nun beruhige dich. Ich bin dran.«

»Was heißt das, du bist dran? Verdammt, du bist mein Anwalt und bekommst einen Haufen Geld von mir. Also sieh zu, dass diese Hexenjagd aufhört. Es muss aufhören! Mach was! Jeden Tag erscheinen neue Schlagzeilen, neue Lügenmärchen über das, was ich angeblich getan habe. Frauen, die ich längst vergessen habe, melden sich plötzlich. So ein Blödsinn. Ich habe niemanden umgebracht oder um sein Geld betrogen. Ich bin unschuldig.«

»Wie gesagt, ich bin dran. Aber da ist ganz schön viel schmutzige Wäsche im Umlauf. Verschwiegenheitsklausel. Seelische Qualen und obendrauf dieser Selbstmord. Wenn ich nicht aufpasse, bin ich meine Zulassung los. Also verhalte dich ruhig. Und lass die Frauen in Ruhe. Verstanden?«

Wütend drückt Aron das Gespräch weg. Lässt sich auf seinen eleganten Designer-Bürosessel fallen. Sein Herz klopft ihm bis zum Hals. Er ist es nicht gewohnt, die Fäden nicht in der Hand zu haben.

Das kurze Klopfen an der Tür, die gleich darauf aufgestoßen wird, lässt ihn zusammenfahren.

»Hej Liv, was gibts?« Er ringt sich ein Lächeln ab.

Wortlos legt sie einen Umschlag auf den Schreibtisch.

»Was ist das?«

»Meine Kündigung.«

»Aber ... warum?«

»Das weißt du ganz genau.« Mit diesen Worten schreitet sie erhobenen Hauptes aus seinem Büro.

Epilog

Ein Jahr später

Ich habe ein süßes kleines Holzhaus in Elsies Nachbarschaft bezogen. Darüber bin ich glücklich und zufrieden.

Wie vor über zwei Jahren stehe ich vor dem Spiegel und überlege, was ich anziehen soll, denn heute ist mein erster Geburtstag in meinem neuen Leben. Elsie bestand darauf, dass wir diesen Tag feiern und die Jahre neu zählen.

Erst vor wenigen Tagen wurde Aron rechtskräftig verurteilt.

Ich wähle einen Hosenanzug. Drehe und wende mich und betrachte mein Spiegelbild. Sehr gut. Ich fühle mich wohl damit.

Vor ein paar Tagen habe ich mir die Haare abschneiden lassen. Ich trage sie jetzt so kurz wie Nele. Es steht mir und auch damit fühle ich mich wie neugeboren.

Elsie meinte, dass so einige Frauen radikal ihre Frisur ändern, wenn sie einen alten Lebensabschnitt hinter sich lassen. Mag sein, dass sie recht hat, aber ich habe damit gewartet bis zu Arons Verurteilung.

Die ganze Geschichte ging tatsächlich vor Gericht. Es haben sich noch mehr Frauen gemeldet, die zuvor geschwiegen hatten. Aron musste ihnen eine finanzielle Entschädigung zahlen und er wurde verpflichtet, sich einer Therapie zu unterziehen.

Emilia und ihr Team haben verdammt gute Arbeit geleistet. Ich bin ihnen so dankbar, dass sie meinen Plan, ihn zu vernichten, umgesetzt haben. Und ich bin froh, dass ich meine Freunde habe, die fest zu mir stehen. So auch Astrid, meine Kollegin in der Klinik. Sie war außer sich, als sie erfahren hat, was alles passiert ist.

Wieder muss ich über das, was sie gesagt hat, lachen. Ich habe mir einen neuen, alten und zugegeben recht klapprigen Polo zugelegt, mit dem ich sie nach Hause fuhr, weil es regnete.

»Also, dass dieser Aron ein Mistkerl ist, geschenkt! Aber dieser riesige bequeme SUV. Der war schon schick.«

Und noch etwas hat mich in letzter Zeit zum Grinsen gebracht. Ich traf Liv, Arons Assistentin, beim Einkaufen im Supermarkt.

Als sie mich erkannt hatte, eilte sie auf mich zu und nahm mich spontan in den Arm und dann legte sie los ...

»Gut sehen Sie aus. Frisch und voller Tatendrang. Wissen Sie was, Aron hat es verdient. Er war ein Blender, ich hab gesehen, wie er mit den Frauen umging. Oh ja, ich stand auf ihn, aber ich hab ihn schnell durchschaut und nur mit ihm geflirtet, damit er mir nicht kündigt. Ja, ich war eine von den Frauen, die er wollte und nicht bekam. Aber ich denke, damit konnte er leben. Oder vielleicht wollte er mich ja auch nicht, weil ich seine Angestellte war. Er war schlau. Und wie ich hörte, hat er alles verloren. Er hat kein Geld, keine Macht mehr. Einfach nichts mehr von dem, was ihn ausmachte. Der schöne Schein trügt.

Ich wünsche Ihnen einen guten Start in ihr neues Leben.«

An der Haustür ertönt die Klingel.
»Hej, Elsie.«
»Wow, du siehst toll aus!«
»Was hast du mit mir vor?«
»Lass dich überraschen.«
Skeptisch sehe ich sie an.
»Keine Sorge, ich passe auf dich auf.«

Nachwort

Liebe Leser,

vielen Dank, dass Sie sich für dieses Buch entschieden haben. Ich hoffe, dass die Geschichte Sie gut unterhalten konnte, ich jedenfalls hatte großes Vergnügen beim Schreiben.

Und wenn wir schon einmal beim Danke sagen sind, dann möchte ich meiner Lektorin Inca Vogt Danke sagen. Danke, für deine Argusaugen, die Fehler aufspürten, deine Anmerkungen und die Diskussionen, die wir hatten, um die Geschichte um Finja und Aron perfekt zu machen.

Aber was ist Gaslighting?

Gaslighting verdankt seinen Namen dem Theaterstück „Gas Light" (Gaslicht) von Patrick Hamilton aus dem Jahr 1938. In dem Stück manipuliert ein Ehemann seine Frau und leugnet, die Dinge zu sehen, die sie sieht – eben jene flackernde Gaslaterne. Die Frau beginnt, an sich selbst zu zweifeln. Doch es gelingt ihr, die Manipulation zu entlarven.

In der Realität dauert es oft viele Jahre, bis ein Opfer den

Missbrauch als solchen erkennt. In den meisten Fällen sind sich die Täter:innen ihres Verhaltens bewusst und handeln mit dem Motiv, Macht auszuüben. Grund für ihr Fehlverhalten können dann zum Beispiel narzisstische, dissoziative oder psychopathische Persönlichkeitsstörungen sein.

Und genau das hat mich angeregt, diesen Thriller zu schreiben. Natürlich ist die Geschichte von Finja und Aron reine Fiktion.

Finja ist eine Frau, deren innere Uhr und der Wunsch nach Familie und Geborgenheit immer größer wird, doch die Aussicht darauf immer kleiner. Und dann lernt sie den Mann kennen, der all das verkörpert, was sie begehrt und der ihre Sehnsucht teilt.

Aron ist es, der diesen Umstand für sich nutzt, sie ist die Frau, die stark ist, und er seinen Narzissmus voll ausleben kann.

Ich wollte, dass Finja lange mit sich selbst hadert, ob Aron wirklich der Mann ist, der ihr das bietet, was sie begehrt. Doch es passieren zu viele Dinge, Lügen und der Selbstmord von Britt. Sie kann die Augen nicht mehr davor verschließen.

Aron hingegen ist bemerkenswert, wie er geschickt manipuliert, dass selbst ich oft ins Schleudern kam. Na ja nicht ganz, denn ich habe ihn ja erschaffen. Dennoch, sein Narzissmus hat mich fasziniert und das Spiel, das er mit Finja trieb.

Doch Finja traf ihn an seiner empfindlichsten Stelle – Macht!

Bewusst habe ich die Kommissarin Hanna Lund aus dem Buch ABGRUNDTIEF und die ehemalige Staatsanwältin Emilia Gustaffson aus dem Buch GUILTY ins Boot geholt, weil sie ähnliche Schicksale und Erfahrungen gemacht haben.

Dadurch konnte Finja Hoffnung schöpfen und ihren Plan verwirklichen, Aron zu Fall zu bringen.

Und jetzt brüte ich schon an der nächsten Geschichte. Mal sehen, was ich aus meinem Gedanken-Karussell kreieren werde.

Wenn Ihnen die Geschichte um Finja gefallen hat, freue ich mich auf ein Feedback von Ihnen.

Lieben Dank und wir lesen uns.

Marion Krafzik

Printed in Poland
by Amazon Fulfillment
Poland Sp. z o.o., Wrocław

36170512R00194